arturo

Dany R. Wood

Über den Autor

Dany R. Wood, Jahrgang 1978, im Saarland geboren und aufgewachsen, studierte in Köln und Sydney und lebt heute in München. Vor seiner Karriere als Autor absolvierte er verschiedene Jobs, um sich über Wasser zu halten, wie z. B.: Zeitschriftenausträger, Sachbearbeiter für orthopädische Einlagen und Bäderkuren bei einer Krankenkasse sowie PowerPoint-Schubser bei verschiedenen Unternehmen. In seiner Freizeit reist er gerne durch die Welt, hat eine Schwäche für Spaghetti-Eis und singt unter der Dusche - sehr zum Leidwesen seiner Nachbarn aufgrund dünner Wände.

Seit 2013 sind vierzehn Bücher im Arturo Verlag erschienen, die in den schönsten Ländern dieser Welt spielen: Australien, Südafrika, Thailand, Spanien, Schweden und dem vom Tourismus noch weitgehend unentdeckten Fleckchen Erde - dem Saarland. 2024 ist sein erster Küstenkrimi von Sylt veröffentlicht worden.

Der tote Kurschatten von Sylt

Dany R. Wood

Bibliografische Information der Deutschen Nationalbibliothek:
Die Deutsche Nationalbibliothek verzeichnet diese Publikation in der Deutschen Nationalbibliografie; detaillierte bibliografische Daten sind im Internet über http://dnb.dnb.de abrufbar.

1. Auflage, Juni 2024

Lektorat: Christiane Saathof, www.lektorat-saathoff.de
Covergestaltung: Catrin Sommer, www.rausch-gold.com
Verlag: Arturo Verlag, München, www.arturo-verlag.de
Druck und Bindung: Print Group, Szczecin
ISBN: 978-3910688025

Gut zu wissen:

Die nachfolgenden Personen und Handlungen sind in meiner blühenden Phantasie entstanden. Ähnlichkeiten mit lebenden Personen sind rein zufällig und niemals in der Art und Weise gewollt.

Für alle treuen Fans der Familie Backes!

Herzlichen Dank für Eure langjährige Lesetreue, denn bereits seit 2014 sorgen »Die Backes« mit Dorfpolizist Jupp, seiner Gattin Inge sowie Schwiegermutter Käthe für humorvolle Unterhaltung auf dem Buchmarkt. 2018 wurde die lustige Krimireihe »Familie Jupp Backes ermittelt!« von mir ins Leben gerufen, weil bis dahin im Saarland tote Hose herrschte - zumindest was die Krimilandschaft betrifft.

2024 feiert die chaotische Familie Backes also ihr zehnjähriges Dasein, und was schenkt man der Lieblingsfigur der Leser zu diesem runden Jubiläum? Genau, einen eigenen Mordfall. Und das Beste: Damit sie ihrem Schwiegersohn Jupp nicht ins ermittlerische Gehege kommt, spielt Oma Käthes Fall weit weg vom Schuss auf Sylt in ganz neuer Umgebung. Ist dies eine reine Vorsichtsmaßnahme, um den angeknacksten Familienfrieden nicht unnötig zu strapazieren?

Ich würde mich sehr freuen, wenn Ihr der Nordseeinsel viele Sternchen am Lesehimmel geben würdet, denn es kann ja nicht immer ein Saarland-Krimi sein. Woanders ist es schließlich auch schön, gell ;-)

Dany

Kapitel 1

»Die Oma muss an die frische Luft. Basta! Ich will meine Schwiegermutter nicht eines Tages blutüberströmt in der Badewanne vorfinden, nur weil sie in ihrer Verzweiflung mit den messerscharfen Rasierklingen rumgespielt hat. Ich rede dabei übrigens nicht vom Beinerasieren, sondern von ihrer angeknacksten Psyche. Schauen Sie sich die Frau doch mal genauer an, die ist doch ein absolutes Wrack.« Jupp schüttelte energisch den Kopf, weil er sich komplett unverstanden fühlte, und fauchte den unkooperativen Kundenberater der Krankenkasse weiter an: »Herrschaftszeiten, Servicewüste Deutschland. Die Oma hat noch nie was von euch gekriegt, nicht mal ein billiges Blutdruckmessgerät. Da wird sie doch wohl mal ein paar Wochen wegfahren dürfen. Wo ist denn das Problem?«

»Das Problem ist, dass wir kein Reisebüro sind«, antwortete der Mitarbeiter ungerührt, er hatte seine Hände noch immer ruhig vor der Tastatur gefaltet.

»Ja, das ist mir schon klar, aber verstehen Sie doch, so ein Tapetenwechsel tut der Seele grundsätzlich gut, um wieder auf die richtige Spur zu kommen. Mensch, jetzt geben Sie sich endlich einen Ruck. Wenn Sie weiter so sturköpfig sind, will ich auf der Stelle mit Ihrem Vorgesetzten sprechen. Und zwar ganz flott, Herr Lehmann.«

Oma Käthe, um die sich hier alles drehte, verfolgte den Schlagabtausch mit gesenktem Blick. Die Geduld ihres Schwiegersohns war so langsam am Ende, das merkte sie genau, denn er diskutierte nun schon seit einigen Minuten mit dem Herrn von der Krankenkasse herum. Dabei fuchtelte er so wild mit den Händen umher, dass sie sich immer wieder ducken musste, um nicht versehentlich einen Kinnhaken abzubekommen.

Allerdings gab der Krankenkassenmann keinerlei Signal, dass ihn Jupps motzige Art umstimmen könnte, daher beugte sich dieser ein letztes Mal auf seinem Stuhl weit nach vorn und schaute Herrn Lehmann mit bitterbösem Blick an.

»Die Angelegenheit ist für einen guten Zweck - die Oma muss weg!« Um seinem Anliegen den nötigen Nachdruck zu verleihen, schlug er fest entschlossen mit der Faust auf den Schreibtisch und stampfte wütend mit dem Fuß auf den Boden auf.

»Mit Gewalt erreicht man bei mir gar nix - außer Hausverbot«, erwiderte der Angestellte und rollte mit den Augen. Der Mann mit dem lichten blonden Haar und dem blütenweißen Hemd war das fordernde Verhalten von Angehörigen gewohnt, das konnte ihn nicht aus der Fassung bringen. Skeptisch blickte er auf die Person, für die sich der aufgebrachte Kunde hier so sehr einsetzte und geradezu in Rage redete.

Auf dem weißen Besucherstuhl, zwischen dem aufgeregten Herrn in den besten Jahren und dessen schweigsamer Ehefrau, hockte zusammengekauert und wie ein Häufchen Elend der Hauptgrund für das ganze Dilemma: Katharina Bohneberger, einundachtzig Jahre alt und in seinen Augen komplett geistesabwesend. Es schien, als würde sie gar nicht begreifen, dass es hier um ihre Zukunft ging, nämlich um die Genehmigung einer mehrwöchigen Rehabilitationsmaßnahme für die gesetzlich Krankenversicherte. Bei ihrem niedergeschlagenen Anblick kam ihm sofort in den Sinn, ob hier nicht ein Altenheim die bessere Alternative wäre.

Was er nicht wusste: Der Auftritt des Trios war von allen Beteiligten, Jupp Backes, seiner Frau Inge und natürlich deren Mutter, genannt Oma Käthe, komplett einstudiert worden. Es war ihre persönliche Antwort als Familie auf die schriftliche

Kurabsage, die vor ein paar Tagen für Ratlosigkeit, Frustration und einen schiefen Haussegen gesorgt hatte.

Dabei handelte Jupp, seines Zeichens Dorfpolizist in Hirschweiler im Saarland, nicht ganz uneigennützig. Er und die in Wahrheit sehr wohl rüstige Rentnerin, die in der oberen Etage seines Hauses lebte, lagen sich ständig in den Haaren. Schon häufig hatte er der Schwiegermutter mit fristloser Kündigung wegen Eigenbedarfs gedroht, falls sie sich nicht an seine Hausordnung halten würde. Daher legte er sich für drei Wochen omafrei jetzt mächtig ins Zeug, denn laut Krankenkasse war eine stationäre Reha medizinisch überhaupt nicht notwendig.

Während sich Jupp also wie das Rumpelstilzchen höchstpersönlich aufführte, starrte Käthe weiter wie im Vorfeld besprochen reglos auf die Schreibtischplatte.

Ihre Tochter Inge, die sich bisher nur durch stummes Kopfnicken an dem Gespräch beteiligt hatte, hob jetzt schüchtern die Hand, als wollte sie sich melden. »Entschuldigen Sie bitte, dass mein Mann etwas überreagiert, aber wenn man bei der Polizei arbeitet, können einem schon mal die Gäule durchgehen, nicht wahr? Also nehmen Sie das bitte nicht persönlich.« Sie lächelte verlegen. »Wissen Sie, auf einem Polizeirevier hat man ja tagtäglich mit Arschlöchern zu tun, so was härtet ab, gell.«

»Wie bitte?« Der Kundenberater verschränkte die Arme vor der Brust und zog irritiert die Augenbraue hoch. »Wie war das denn jetzt gemeint?«

»Oh, nein, nein, ich meine doch nicht Sie«, ruderte Inge hastig zurück, um es auf die verständnisvolle Tour zu versuchen. »Sie machen nur Ihren Job und den machen Sie wirklich verdammt gut. Ich weiß, dass Sie sich auch nur an Ihre Vorgaben halten. Es wäre ja nicht rechtens, wenn sich hier jeder

Hinz und Kunz auf Kosten der Allgemeinheit für ein paar Wochen irgendwo massieren und aufpeppen lassen wollte.«

Bei den Proben für die Szenen in der Filiale der Krankenkasse hatte Inge ihren Jupp bereits im Vorfeld gewarnt, dass er mit seinem aggressiven Verhalten und dem forschen Tonfall nichts erreichen würde.

Käthe war das nur recht, sie kannte ihren Schwiegersohn nicht anders, der nahm kein Blatt vor den Mund und wurde auch mal ruppig. Wie Inge das schon so lange mit ihm aushielt, war ihr immer wieder ein Rätsel. Eigentlich müsste sie ebenfalls zur Kur, um sich von ihm zu erholen.

Mit stoischer Miene verfolgte Oma Käthe, wie ihre Tochter es jetzt mit der Vergabe von Komplimenten versuchte, damit der Sesselpupser nicht mehr ganz so arg an den gesetzlichen Regelungen klebte.

»Übrigens, hübsche sympathische Tochter haben Sie«, meinte Inge und zeigte auf das gerahmte Bild, das schräg auf dem Schreibtisch stand. »Das Lächeln hat sie von Ihnen, die ist dem Herrn Papa ja wie aus dem Gesicht geschnitten. Kinder sind wirklich das Beste, was einem im Leben passieren kann, nicht wahr?«

»Das ist meine Frau«, knurrte Herr Lehmann gereizt.

Inge wurde knallrot und schaute hilfesuchend zu ihrem schnaufenden Jupp. Der zog jetzt souverän eine Visitenkarte mit dem Logo der Polizei aus seinem Portemonnaie und warf sie zusammen mit seiner Dienstmarke auf den Tisch. Dabei sagte er mit sanfterer Stimme: »Also, wenn Sie mal irgendwelche Probleme wegen nerviger Nachbarn und Lärmbelästigung haben sollten, dann ... ähm, ja dann rufen Sie mich einfach an. Es schadet ja nie, jemanden von der Polizei zu kennen, denn eine Hand wäscht schließlich die andere.« Er zwinkerte dem Angestellten auffällig zu.

»Ich fasse es nicht. Wollen Sie mich gerade bestechen?« Angewidert rollte Herr Lehmann mit seinem Bürostuhl ein Stück nach hinten, um auf Abstand zu gehen.

»Nein!«, riefen Inge und Jupp wie auf Knopfdruck, dabei schauten sie sich nickend an, denn nun war der Zeitpunkt gekommen, die allerletzte Möglichkeit zu nutzen, um die Kostenzusage zur Kur zu ergattern: die Mitleidsnummer!

Wie besprochen und bei der Generalprobe in der heimischen Küche mehrfach geübt, legte Jupp beide Hände vors Gesicht und wimmerte: »Ich will doch nur, dass die Oma wieder ganz die Alte wird, sie ist seit Wochen ein anderer Mensch. Gar nicht mehr wie mein Schwiegermons... ähm, meine liebe Schwiegermama.« Das stoische Auswendiglernen von Texten war noch nie Jupps liebste Beschäftigung gewesen.

»Ja, eine Kur könnte helfen, dass meine Mutter nicht in ein Seniorenheim umziehen muss, falls sich ihr Gesundheitszustand weiterhin verschlechtert«, fügte Inge hinzu. »Gestern musste ich ihr beim Anziehen ihres Schlafanzugs helfen, weil sie so antriebslos war.« Sie tupfte sich mit einem Taschentuch unter den Augen herum und fuhr fort zu erklären, wie rapide ihre Mutter in den vergangenen Wochen abgebaut habe.

»So ein Pflegeheim kostet die Kasse doch viel mehr als eine läppische Kur, die oft echte Wunder bewirken kann«, schlug Jupp im Anschluss in die gleiche Kerbe.

»Ja, ja, ich hab's verstanden«, stöhnte Herr Lehmann und legte die Stirn in Falten. »Laut dem Gutachten des medizinischen Dienstes müssen alle ambulanten Therapien vor Ort ausgeschöpft werden, bevor wir eine stationäre Maßnahme genehmigen können. Ich kann da nicht einfach eine Rehamaßnahme verschenken, auch ich muss mich an meine Regeln halten.«

»Vergessen Sie es! Die Oma muss fort!«, reagierte Jupp wieder energisch. »Bei uns im Saarland ist das Klima doch überhaupt nicht so schön wie zum Beispiel an der Nordseeküste.«

Inge ergänzte, dass ihre Mutter bereits zehn Kilo an Gewicht verloren habe und sie darauf hoffe, dass ihr Appetit bald zurückkehren werde.

Herr Lehmann blies die Backen auf und blätterte durch die Akte, in der sich der Antrag und das Gutachten befanden. »Frau Bohneberger, verstehen Sie mich?«, sagte er dann besonders laut in Käthes Richtung.

Die hob in Zeitlupe den gesenkten Kopf und nickte langsam.

»Ist es Ihr freier Wille, eine Reha weit weg von Ihren Liebsten zu machen?«, fuhr er noch ein bisschen lauter fort.

»Was soll die bescheuerte Frage«, mischte sich Jupp ein. »Natürlich will die Oma weg!«

Der Angestellte warf ihm einen strafenden Blick zu. »Sie glauben gar nicht, wie viele Angehörige ein nerviges Familienmitglied am liebsten auf den Mond schießen wollen. Aber da wir keine Kostenzusagen für Raumschiffe vergeben, sondern nur für Rehamaßnahmen zuständig sind, wird es halt dennoch oft bei uns probiert, damit da jemand für paar Wochen weg kommt.«

»Um Gottes willen! Wer macht denn so etwas Schreckliches«, gab Jupp entsetzt zurück und betonte, dass seine Schwiegermutter im Prinzip wie seine eigene Mama sei. »Die Oma und ich sind ein Herz und eine Seele«, fügte er hinzu. Dabei schaute er freundlich zu ihr rüber.

»Wir sind doch auch komplett überfordert mit der Diagnose«, hakte Inge wieder ein. »Wir wussten am Anfang ja gar nicht, was der Arzt mit einem ›gebrochenen Herzen‹ meint.«

Käthe wusste das sehr genau. Einige Zeit hatte sie nach dem Tod ihres Mannes vor vielen Jahren getrauert, doch irgendwann hatte sie sich dafür entschieden, das Alter und das Leben in vollen Zügen zu genießen, frei nach dem Motto: Lieber ein spannendes Tinder-Match als ein stinklangweiliger Friedhofsbesuch. Da war der ein oder andere Flirt und heimliche Herrenbesuch im Haus des Schwiegersohnes schnell an der Tagesordnung, was dieser überhaupt nicht gern sah. Dummerweise war der letzte angebliche Mr. Right ein ganz tiefer Griff ins Klo gewesen, weshalb sie tatsächlich wieder trauerte, irgendwie.

»Das sogenannte Broken-Heart-Syndrom kommt öfter vor, als man denkt«, entgegnete Herr Lehmann. »Wenn die Seele das Herz lähmt, hat man oft Symptome wie bei einem Herzinfarkt.«

»Nee, so was hat meine Mutter zum Glück nicht, denn ...«

»Die Oma hat es da mehr seelisch statt kardiologisch getroffen«, fiel Jupp seiner Frau schnell ins Wort. »Den Tod meines Schwiegervaters hat die Oma nie richtig verkraftet«, ergänzte er hastig. Auf keinen Fall durfte herauskommen, dass der Hausarzt mit seiner Diagnose lediglich Liebeskummer gemeint hatte und keine Erkrankung des Herzmuskels, die aus emotionalem Stress hervorging.

»Warum hat sie sich dann nicht für eine Psychotherapie entschieden oder einer Trauergruppe angeschlossen?«, erkundigte sich der Krankenkassenmann. »Erst wenn man merkt, dass die ambulanten Maßnahmen am Wohnort keinen Erfolg bringen, kann man noch mal über einen Antrag für einen stationären Aufenthalt nachdenken.«

»Meine Mutter ist weder ein Couch- noch ein Stuhlkreistyp, so was lehnt sie kategorisch ab«, widersprach Inge. »Ihr Hausarzt hat dem Antrag doch ausdrücklich zugestimmt. Ich verstehe gar nicht, wo das Problem ist.«

Jupp räusperte sich, dann lehnte er sich wieder etwas über

den Schreibtisch nach vorn und flüsterte: »Es gibt ja auch immer Einzelfallentscheidungen oder so was wie eine Art Kulanz, nicht wahr? Wissen Sie, wenn ich auf Streife bin und einen Raser rauswinke, weil der mit zu hoher Geschwindigkeit über die Landstraße brettert, kann ich ihn ins Röhrchen pusten lassen und seinen Lappen einkassieren. Oder ich drücke mal ein Auge zu und gewähre ihm nach einer Verwarnung freie Fahrt. Sie mögen wohl schnelle Autos?« Er zeigte auf ein weiteres Foto, das auf dem Schreibtisch stand, auf dem ein schwarzer VW Golf zu sehen war. Die von Inge irrtümlich für die Tochter gehaltene junge Frau lehnte strahlend an der Motorhaube und hatte ihren Mann fest im Arm. »Sagen Sie, ist der Wagen da aufgemotzt und tiefergelegt?«

Der Herrscher über die Kostenzusage grinste breit mit leuchtenden Augen. »Ja, ist er. Ich habe ein Faible für sportliche, schnittige Autos, seit ich vor über dreißig Jahren meinen Führerschein gemacht habe. Mein Golf 7 GTI ist mein absolutes Hobby, an dem schraube ich in jeder freien Minute herum. Warum?«

»Dann haben Sie sich die Tieferlegung Ihres geliebten Autos garantiert im Fahrzeugschein eintragen lassen, gell, sonst droht nämlich die Aberkennung der Betriebserlaubnis. Laut Straßenverkehrsordnung ist da ja einiges zu beachten.«

Totenstille. Käthe wagte einen vorsichtigen Blick unter den gesenkten Augenlidern hervor, um zu sehen, ob der Vorstoß ihres Schwiegersohns Erfolg zeigte, und richtig: Der Angestellte begann plötzlich, eifrig auf der Tastatur zu klimpern. Sogar ein paar Schweißtropfen konnte sie auf seiner Stirn entdecken.

»Hm, Sie waren ja nie ernsthaft krank, Frau Bohneberger«, sprach er, ohne den Blick vom Bildschirm zu lösen. »Ich sehe gerade, nicht mal orthopädische Einlagen haben Sie von uns bekommen«, fuhr er kopfschüttelnd fort und lehnte sich dann entspannt in seinem Bürostuhl zurück.

Käthe verkniff sich ein Schmunzeln. Ihr Schwiegersohn hatte bei dem Autojunkie tatsächlich einen wunden Punkt getroffen.

Sekunden später begann der kleine Drucker, der neben dem Schreibtisch stand, leise zu rattern, und Herr Lehmann schob der Familie die ausgedruckten Unterlagen über den Tisch zu.

»Herzlichen Glückwunsch! Ihre Rehamaßnahme für drei Wochen ist genehmigt. Ich habe heute einfach mal meinen sozialen Tag für eine treue Beitragszahlerin.« Er grinste breit.

Käthe fiel ein Stein vom Herzen. Sie hob den Kopf und strahlte ihren Gönner an. »Vielen Dank, Sie sind wirklich ein guter Mensch. Möge der heilige Christophorus auf all Ihren Autofahrten immer ein Auge auf Ihre aufgemotzte Karre haben. Wohin geht es denn für mich?«

Jupp lächelte verlegen. »Huch, wie schnell es der Oma besser geht, Sie sind ja ein kleiner Wunderheiler mit Ihrer frohen Botschaft«, lobte er den Mitarbeiter.

Käthe schluckte und sackte wieder ein wenig in sich zusammen, um den Schein zu wahren.

»Packen Sie Ihre Koffer, meine liebe Frau Bohneberger, es geht für Sie in die Küstenklinik nach Sylt!«

»Sylt?«, wiederholte Käthe entzückt und beherrschte sich, um vor Freude keine Luftsprünge oder sonstige akrobatische Kunststücke darzubieten. »Sie sind kein Autofreak, Sie sind ein Engel.«

»Oh! Doch so weit weg?«, warf Inge ein, ihr gefiel diese Entscheidung gar nicht. »Da kann man ja gar nicht spontan auf Besuch kommen, um mal die Dreckwäsche abzuholen. Ist hier im Saarland nirgendwo ein freies Kurplätzchen zu haben?«

»Pst!«, machte Jupp und gab ihr verhaltene Zeichen, sofort still zu sein. »Sylt ist genial, war auch der Wunschort von der Oma«, sagte er besonders laut und deutlich.

»Es gibt da nur einen kleinen Haken«, fuhr Herr Lehmann verlegen fort.

Alle drei schauten ihn fragend an.

»Sie müssten morgen schon anreisen.« Entschuldigend hob er die Schultern und erklärte, dass der Platz eigentlich für ein anderes Mitglied in seinem Kundengebiet reserviert gewesen sei, dieser aber kurzfristig abgesagt habe und Käthe nun dessen Platz auf der Insel einnehmen könne. Dafür werde er als besonderen Service jetzt alles mit der Klinik für sie klären.

Käthe war baff.

Nachdem das kuriose Bauerntheater-Trio die Räumlichkeiten der Krankenkasse im vierten Stock des Geschäftshauses verlassen hatte und in den Fahrstuhl eingestiegen war, plagte Inge das schlechte Gewissen. »Also ich fühle mich schon irgendwie mies, dass wir gerade so gelogen haben. Kann uns da wirklich keiner Betrug vorwerfen, weil die Mama ist doch eigentlich fit wie ein Turnschuh?«

Jupp verneinte. »Wir haben nichts Schlimmes getan, wir haben nur etwas dramatisiert. Es kann ja nicht sein, dass die Oma eine Kur abgelehnt bekommt! Die Frau hat sich nie was zu Schulden kommen lassen und jahrelang ins System eingezahlt. Jetzt ist sie mal dran!«

»Danke, Jupp«, hauchte Käthe und hob triumphierend die Genehmigung wie eine Siegertrophäe in die Höhe. »Ach, jetzt kann ich mir endlich mal den Rücken durchkneten und die Seele baumeln lassen. Ich bin gerührt.« Sie seufzte erleichtert.

»Hoffen wir mal, dass es dort einen ordentlichen Wellnessbereich gibt, damit ich wirklich mal abschalten kann von meinem tristen Alltag«, fügte sie verträumt hinterher.

»Ich hab's euch gesagt, wenn man persönlich bei der Krankenkasse vorbeigeht und dort ein bisschen auf die Tränendrüse drückt, hat man die allerbesten Chancen, seinen Willen durchgeboxt zu bekommen.«

»Sollen der Jupp und ich dich mit dem Polizeiauto nach Sylt fahren? Da können wir mit dem Blaulicht auch etwas schneller fahren als sonst«, schlug die besorgte Inge vor, doch Jupp tippte sich an die Stirn.

»Ich habe keine Zeit, die Oma quer durch Deutschland zu kutschieren, die soll gefälligst mit dem Zug fahren.«

»Aber sie ist krank und gebrechlich«, nahm Inge ihre Mutter in Schutz.

»Ihre offizielle Diagnose lautet gebrochenes Herz - nicht gebrochener Fuß«, erwiderte Jupp spöttisch, dann wandte er sich an Käthe. »Ich musste mir ja eben fast vor Lachen auf die Zunge beißen, als ich sagte, dass du den Tod deines Mannes nicht verkraftet hättest. Ich kenne keine lustigere Witwe als dich, aber der liebe Heinrich ist ja auch schon ein paar Jährchen unter der Erde und der wird es dir gönnen, dass du mal an die frische Luft kommst.«

Noch bevor Käthe etwas zu ihrer Verteidigung vorbringen konnte, mischte sich Inge ein und betonte, dass ihre Mutter in den letzten Wochen sehr wohl unter Liebeskummer gelitten habe, weil sie halt immer wieder auf die falschen Kerle hereinfalle. »Mama, bitte versprich mir, dass du dich in deiner Kur von den ganzen Hallodris und Wichtigtuern fernhältst und um Machos einen riesigen Bogen machst.«

Käthe nickte eifrig. »Keine Sorge! Von Männern habe ich die Nase gestrichen voll - ich will jetzt einfach nur noch an mich denken, mich verarscht keiner mehr, und sollte ich doch noch mal so doof sein und mir die Tinder-App herunterladen, nehmt mir das Handy ab und verbuddelt es im Garten.«

In diesem Moment öffnete sich die Aufzugtür und Käthe stürzte tatendurstig hinaus: »Lasst uns schnell in die Stadt fahren, ich brauche dringend einen neuen Badeanzug. Wegen meinem blöden Liebeskummer habe ich nicht nur meinen Appetit verloren, sondern auch jede Menge Kilos.« Sie strich sich über die tatsächlich schmaler gewordenen Hüften und ging schon mal Richtung Auto vor.

Jupp beugte sich zu seiner Frau und raunte ihr ins Ohr: »Ich wette mit dir, dass sie in der Klinik nix anbrennen lässt.«

»Oh Gott! Da sind doch hoffentlich nur Alte und Kranke, oder nicht?«, gab Inge erschrocken zurück.

»Na und? Meinst du, die wollen keinen Spaß mehr haben? Du weißt doch, je oller, desto doller.«

»Wo bleibt ihr denn?«, drängelte Käthe und winkte die beiden zu sich. »Neue Unterwäsche brauche ich auch noch. Ihr wisst, wenn ich mich vor einem attraktiven Assistenzarzt entblößen muss, um Kniebeugen zu machen, muss neben meinem schweißtriefenden Körper und der feuerroten Birne wenigstens eins positiv im Gedächtnis bleiben: Die Alte trägt schicke Reizwäsche.«

Kapitel 2

Am nächsten Tag kam Käthe kurz vor Mitternacht mit mehreren Stunden Verspätung in Westerland auf Sylt am Bahnhof an, nervlich und körperlich völlig am Ende. Nach fast siebzehn Stunden Zugfahrt konnte sie einfach nicht mehr sitzen - ihr tat alles höllisch weh: Hintern, Rücken, Beine. Die Kur war jetzt dringend nötig - dank der Bahn.

Vorsichtig und wie auf rohen Eiern gehend, stieg sie gemeinsam mit unzähligen anderen Fahrgästen aus dem Waggon, ihre zwei Koffer hatte ihr ein freundliches junges Pärchen herausgehievt. Nun stand sie wie eine Art Hindernis auf dem Bahnsteig und schaute verzweifelt in alle Richtungen, während die Mitreisenden sie fast überrannten.

»Wo bin ich hier nur?«, murmelte sie.

»Entschuldigung, brauchen Sie Hilfe?« Eine junge Frau mit Rastazöpfen und einem Rucksack auf dem Rücken zog sie zur Seite, sie hatte Erbarmen mit der erschöpften Käthe.

»Ich will in die Küstenklinik zu meiner Kur. Ich brauche dringend ein Taxi, weil ich habe überhaupt keine Ahnung, wo ich hinmuss«, antwortete Käthe und berichtete, dass ihr Handyakku leer sei und ihr Ladekabel sich irgendwo im Koffer befinde, weshalb sie nun völlig orientierungslos sei. »Ohne mein Handy bin ich komplett aufgeschmissen und verloren.«

Die junge Frau fackelte nicht lange, sie schnappte sich Käthes Gepäck und zusammen gingen sie gemütlich ins Bahnhofsgebäude.

»Die Küstenklinik wird Ihnen garantiert gefallen. Was fehlt Ihnen denn, wenn ich fragen darf?«, versuchte die junge Frau einen Small-Talk zu starten.

Die Antwort auf solche Fragen ging Käthe noch nicht

ganz so leicht über die Lippen, auch wenn sie sich in den vergangenen Stunden eingehend damit beschäftigt hatte. Das kam eben davon, wenn man vor der Krankenkasse ein bisschen schummelte. »Ähm, ich kure wegen meinem Herzen.« Sie seufzte laut und setzte eine leidvolle Miene auf.

Die Gepäckträgerin blieb abrupt stehen. »Dann gehen Sie bitte ganz langsam, nicht dass Sie mir hier noch umkippen. Mein Erste-Hilfe-Kurs ist schon ein paar Jahre her, das mit der Herzdruckmassage hab ich nicht mehr so perfekt drauf.«

»Nein, nein, keine Sorge. Es ist eher so Herzschmerz, also psychisch bedingt«, beschwichtigte Käthe.

»Ach, dann wird Ihnen die Küstenklinik guttun, meine Mutter arbeitet dort.«

»Wirklich? Na, das ist ja ein Zufall, oder ist das ein Service, von dem ich nichts wusste, dass ich abgeholt werde? Ich sage Ihnen, diese Bahnfahrt war die reinste Tortur, mit mehrmaligem Umsteigen und verpassten Anschlusszügen. Noch zwei Stunden länger und man hätte mich in einem Leichenwagen statt mit einem Taxi abholen können«, scherzte sie.

»Woher kommen Sie denn?«, fragte die junge Frau. Sie hatten mittlerweile das Bahnhofsgebäude erreicht, das nun menschenleer war, da sie die letzten Ankömmlinge aus dem Zug waren, der von Hamburg über den Hindenburgdamm zur Insel fuhr.

»Ich komme aus einem kleinen Dorf im Saarland, das kennt kein Mensch«, antwortete Käthe.

»Saarland? Da war ich ja noch nie. Können Sie es mir empfehlen?«

Käthe seufzte. »Leider muss ich Ihnen ganz offen sagen, dass Sie nix verpasst haben. Also für junge Leute ist es dort recht langweilig. Übrigens auch für Rentner wie mich, die das Abenteuer lieben.« Sie lachte.

Die junge Frau grinste und reichte Käthe die Hand. »Ich bin Maike, ich studiere Kunstgeschichte in Hamburg.«

»Freut mich - ich bin die Käthe. Das ist echt nett von dir, dass du mir behilflich bist. Jetzt brauche ich nur noch ein Taxi.« Sie blickte sich auf dem gespenstisch leeren Bahnhofsvorplatz um.

In dem Moment hupte jemand und Maike flitzte mit Käthes Gepäck zu einem weißen Mercedes. »Komm, steig ein. Die Klinik liegt auf dem Weg zu uns nach Hause. Mein Vater kann dich dort hinfahren.«

Käthe strahlte. Sie war begeistert von der Studentin und nahm das Angebot, auch aus Mangel an Alternativen, liebend gern an.

Leider war der Vater nicht ganz so freundlich und hilfsbereit wie die Tochter, sondern eher etwas mürrisch. Nach ein paar Minuten Autofahrt hielt er am Straßenrand an. »Dahinten ist die Klinik«, sagte er zu seiner fremden Beifahrerin, was Käthe als Rausschmiss verstand.

»Papa! Du kannst sie doch nicht im Dunkeln hier rauslassen«, reagierte Maike entsetzt. »Warum fährst du sie nicht vor das Gebäude?«

»Weil um diese Zeit die Schranken unten sind, außerdem bin ich kein Chauffeur. Es ist gleich Mitternacht, ich bin hundemüde und will in mein Bett«, grummelte er.

Käthe hatte während dieser Ansage schon ihren Gurt gelöst. Sie wollte auf keinen Fall schuld an einem Vater-Tochter-Konflikt sein und der unangenehmen Situation schnell entkommen.

Der genervte Fahrer zeigte in Richtung einer Straßenlaterne. »Dort ist ein Fußgängerweg, von da sind es höchstens fünfhundert Meter bis zur Klinik, das ist der kürzeste Weg. Gute Nacht!«

Käthe bedankte sich noch einmal fürs Mitnehmen und stieg mit schmerzverzerrtem Gesicht aus. Kaum kam sie wieder in Bewegung, meldeten sich ihre von der Bahnfahrt geschundenen Glieder.

»Soll ich dich begleiten? Es ist ja echt dunkel«, bot Maike an, die ihr das schwere Gepäck aus dem Kofferraum hievte.

Käthe lächelte und lehnte ab. »Nein, ich brauche keinen Begleitschutz, man wird mich schon nicht klauen. Die paar Meter zur Klinik schaffe ich. Komm, lass deinen Vater nicht zu lange warten. Er trommelt bestimmt längst ungeduldig auf dem Lenkrad herum.« Sie zwinkerte ihr zu.

Kaum war der weiße Mercedes davongebraust, machte sich Käthe, mit jeder Hand einen Trolley ziehend, auf das letzte Stück ihrer holprigen und anstrengenden Anreise. Der asphaltierte Fußgängerweg war mit vielen Laternen ausgestattet, sodass sie sich überhaupt nicht fürchtete, zu dieser Stunde allein hier unterwegs zu sein. Das mehrstöckige weiß gestrichene Klinikgebäude lag hell angestrahlt vor ihr, so konnte sie gar nichts falsch machen.

Doch an einer Weggabelung musste sie nach rechts abbiegen, da der andere Abzweig wegen einer Baustelle gesperrt war, und nur wenige Schritte später hing Käthe im Sand fest. Der Pfad hatte sie zum Strand geführt.

Mit aller Gewalt zerrte sie ihre beiden Koffer durch den feinkörnigen Sand und fluchte dabei wie ein Rohrspatz. Das hier war eine echte Herkulesaufgabe, doch umkehren kam überhaupt nicht infrage, dafür war sie viel zu trotzig. Sie war ihrem Ziel so nah und sie sehnte sich nach einem kuscheligen Bett. Wie eine Verdurstende, die sich in der Wüste einer Oase nähert, bewegte sich Käthe im Schneckentempo durch den Sand, während von Weitem das Meeresrauschen zu hören war. In der Dunkelheit konnte sie überhaupt nicht einschätzen, wie weit das Wasser entfernt war. Ebbe oder Flut? Sie hatte keine Ahnung. Sofort sah sie vor sich, wie Jupp kopfschüttelnd ihren Eichensarg in Empfang nehmen würde mit den Worten: Keine halbe Stunde auf Sylt und zu doof, um den Eingang der Klinik zu finden. Orientierungslos am Strand ins Meer gelatscht und ertrunken, schön blöd.

Vorsichtig setzte sie einen Fuß vor den anderen, um nicht hinzufallen. Einen Oberschenkelhalsbruch konnte sie nämlich ebenso wenig gebrauchen wie den peinlichen Tod in den Fluten. Laut schnaufend stapfte sie mit ihrem Gepäck weiter. Irgendwo mussten hier doch die paar Treppenstufen sein, die den Gartenbereich der Klinik vom Strand trennten, denn solche Fotos hatte sie auf der Webseite gesehen. Wo zum Teufel war der verdammte Haupteingang?

Einen Moment blieb sie stehen und schaute in der Dunkelheit umher, dann entdeckte sie eine Lampe, die an einer Ecke des Klinikgebäudes angebracht war. Energisch zerrte sie die Koffer in die neue Richtung und spürte bald festeren Untergrund unter den Füßen. Eine Art Sand-Rasengemisch, vielleicht schon der an die Klinik angrenzende Park, denn auch die schattenhaften Umrisse von Bäumen wurden sichtbar.

Die Lichtquelle wie ein Leuchtfeuer im Blick, setzte sie mit neuem Mut ihren Weg fort, dabei erinnerte ihr knurrender Magen sie daran, dass sie nicht nur todmüde, sondern auch am Verhungern war. Wo würde sie wohl um kurz vor Mitternacht noch etwas Essbares auftreiben? Hoffentlich wartete in ihrem Zimmer ein Fresskorb auf sie, als Begrüßung der Klinik. Außerdem musste sie sich unbedingt bei ihrer Tochter Inge melden, denn aufgrund ihres leeren Handyakkus war der Kontakt schon vor Stunden abgebrochen und Inge war stets besorgt, ob mit ihrer Mutter alles in Ordnung sei.

Mittlerweile war sie recht nahe an das Klinikgebäude herangekommen, doch vom Haupteingang gab es immer noch keine Spur. Missmutig zerrte sie ihre Koffer weiter.

Plötzlich stolperte Käthe und die Gedanken an Essen und Familie waren schlagartig vergessen. Erschrocken ließ sie die Trolleys los. Noch im Fallen fand sie Halt an einem Baum, der ihren Sturz zum Glück abfing. Keuchend schaute sie nach unten, dann ließ sie den Baumstamm los und näherte sich vorsichtig der Stolperfalle.

»Das gibt's ja nicht, da liegt einer und pennt«, murmelte sie kopfschüttelnd. Genervt stupste sie den Schlafenden mit dem Schuh an. »Hallo! Aufwachen! Ich hätte mir fast das Genick gebrochen«, beschwerte sie sich. Doch die Person, die hier in kurzer Hose und Hawaii-Hemd auf dem Bauch lag und schlummerte, regte sich nicht.

»Stehen Sie auf! Sie können hier nicht schlafen! Das ist ja lebensgefährlich.« Sie trat etwas heftiger zu, dabei fiel ihr Blick auf die Füße der Person, die in weißen Socken und Sandalen steckten. Damit war die Sache glasklar: Hier lag ein Mann. Definitiv!

»Na super, das hat mir gerade noch gefehlt. Der typische deutsche Tourist schläft seinen Rausch aus«, schimpfte sie. »Bin ich hier auf Malle oder auf Sylt? Mir bleibt heute aber wirklich gar nichts erspart.« Missmutig ging sie in die Hocke und rüttelte an der Schulter des Mannes. »Aufstehen! Los! Wird's bald?«

Keine Reaktion.

Mit einem Ruck drehte Käthe die liegende Person auf die Seite - und bekam plötzlich Schnappatmung. Das Gesicht des Mannes war blutverschmiert. Erst jetzt bemerkte sie, dass sie in einer großen Blutlache stand, was ihr aufgrund der Dunkelheit und des spärlichen Lichts der Außenbeleuchtung bisher nicht aufgefallen war.

Schockiert von dem Anblick fing Käthe wie wild zu zittern an. Ihr Herz pochte laut und sie wurde schlagartig kurzatmig. Als auch noch ihre Knie anfingen zu schlottern, spürte sie, dass die Panikattacke nur Sekunden entfernt war.

»Hilfe! HIIIIIIILFE!«, brüllte sie hysterisch, den Kopf des Mannes in ihren Händen. »Hilfe! Ich brauche Hilfe!«

»Schnauze! Ich will pennen«, ertönte es von einem der Balkone der Klinik.

Käthe sah auf. Sie befand sich dicht am Klinikgebäude, vermutlich auf der Rückseite, da immer noch kein Eingangsbereich zu sehen war.

»Ich brauche einen Notarzt. Ich habe einen Schwerverletzten gefunden«, schrie sie in die Nacht hinaus. Sie fühlte sich komplett hilf- und machtlos.

Der Wind peitschte ihr ins Gesicht und die Kälte der Nacht erfasste sie, ebenso kalt fühlte sich der Mann an. Geistesgegenwärtig versuchte sie, seinen Puls zu fühlen, doch sie konnte nichts spüren. Als sie nun in seine offenen Augen starrte, wurde ihr schlagartig bewusst, dass sie einen Toten gefunden hatte. Sie hielt den Kopf einer Leiche in ihren Händen.

Käthe sah in den Himmel und schrie wie am Spieß, minutenlang, sie hatte überhaupt kein Zeitgefühl mehr.

Irgendwann standen zwei weiß gekleidete Menschen vor ihr, die sie an Händen und Füßen festhielten, doch Käthe wehrte sich, sie schlug und trat nach den beiden, da sie von der Situation völlig überfordert war.

Der Schmerz eines Nadelstichs brachte sie in die Realität zurück. Ihr wurde etwas in die linke Armvene gespritzt. Kraftlos reckte sie den rechten Zeigefinger in den Himmel und wisperte: »Nach Hause telefonieren.«

»Wie bitte?«, fragte eine Krankenschwester, sie hatte sich besorgt zu Käthe heruntergebeugt.

»Ich will nach Hause telefonieren, weil ich über einen Toten gestürzt bin«, flüsterte Käthe. »Meine Tochter bringt mich um, wenn ich mich nicht bei ihr melde ...«

Dann wurde ihr schwarz vor Augen. In der Ferne hörte sie eine Sirene. Zu gern hätte sie gefragt, was das alles zu bedeuten hatte, doch sie wurde schlagartig so müde, dass sie keine Kraft mehr hatte. Für nichts. So hatte sie sich ihre ersten Minuten auf Sylt jedenfalls nicht vorgestellt. Ihr als Willkommensgeschenk statt eines Obstkorbs eine Leiche vor die Füße zu werfen, war an Dramatik sicherlich nicht zu überbieten. Was für eine bodenlose Frechheit!

Kapitel 3

»Guten Morgen, Frau Bohneberger! Sie müssen jetzt raus aus den Federn.«

Das laute Zurückziehen der bodenlangen tannengrünen Vorhänge holte Käthe endgültig aus ihren süßen Träumen.

Herzhaft gähnend blinzelte sie in das helle Sonnenlicht. »Wo bin ich?«, murmelte sie.

An ihrem Bettrand stand eine strenge Krankenschwester mit Dutt am Hinterkopf, die bereits nach ihrem Arm griff. Käthe sah sich aus schmalen Augenschlitzen um. Sie lag in einem Zimmer, das nur ein paar Quadratmeter groß und mit hellen Eichenmöbeln ausgestattet war. Sehr spartanisch und zweckmäßig. Ein Stuhl, der an einem kleinen Schreibtisch stand, war die einzige Sitzmöglichkeit.

»Willkommen in der Küstenklinik. Ich bin Oberschwester Gundula«, fuhr die Resolute fort. »Ich messe nur mal schnell Ihren Blutdruck.« Blitzschnell legte sie der Patientin die Manschette um den Oberarm und begann zu pumpen, während sie sich die Bügel des Stethoskops in die Ohren steckte.

»Was ist heute Nacht eigentlich geschehen?«, fragte Käthe, die sich nur mühsam sammelte.

»Pst! Sie müssen still sein.« Mit einem leisen Zischen entwich die Luft aus der Manschette. »105 zu 70. Sie können sich gern im Bad frisch machen. Die Nachtschwester hat Ihr Gepäck bereits ausgepackt, um Ihnen ein Nachthemd anzuziehen.«

»Wie bitte? Man hat mich ausgezogen?« Vorsichtig hob Käthe die Bettdecke hoch und linste darunter.

»Umgezogen«, relativierte die Oberschwester.

»Was ist denn nun in der Nacht passiert? Was ist mit dem

Mann, den ich gefunden habe?« Sie hielt kurz inne. »Er ist tot, nicht wahr?«

»Tut mir leid, ich weiß nicht, wovon Sie sprechen. Die Nachtschwester hat nur erzählt, dass man Sie in einem verwirrten Zustand auf dem Klinikgelände vorgefunden habe. Laut Übergabeprotokoll waren Sie völlig dehydriert, was ein Grund für Ihre Desorientierung sein kann. Sie hatten anscheinend einen Nervenzusammenbruch, weil Sie durch die Anreise am Ende Ihrer Kräfte waren. Wer weiß, wie lange Sie planlos am Strand herumgeirrt sind, man hat Sie erst nach Mitternacht entdeckt. Aber keine Sorge, wir werden Sie wieder aufpäppeln, da hatten wir schon ganz andere Fälle.«

»Was sagen Sie da?« Käthe fixierte einen Punkt an der Wand und versuchte, sich zu erinnern. »Da war ein toter Mann und überall Blut. Alles war voller Blut. Dann kamen zwei Leute, die mich nicht gerade zimperlich angepackt und in den Schwitzkasten genommen haben.« Sie sah mit gerunzelter Stirn zu der Schwester. »Ab da habe ich auf einmal keine Erinnerung mehr.«

Die Oberschwester tätschelte ihre Hand. »Da hat wohl jemand sehr schlecht geschlafen. Leiden Sie häufig unter Albträumen?«

»An sich nicht. Außer wenn ich mir abends einen Horrorfilm anschaue, aber wann mache ich das schon – eigentlich nie«, gab Käthe offen zu. »Allerdings hatte ich eine Horroranreise mit der Bahn, ich war endlos unterwegs.«

»Na, sehen Sie. Da haben Sie den Beweis«, bestätigte die Oberschwester lächelnd.

»Aber ich habe definitiv einen Toten entdeckt ... also, er hat mich zu Fall gebracht.« Käthe schlug sich die Hand vor den Mund. »Oh Gott, er war doch hoffentlich schon tot und ist nicht meinetwegen gestorben?«

Schwester Gundula seufzte. »Sie sind der lebende Beweis dafür, was das Chaos bei der Bahn und Zugverspätungen mit Menschen machen kann. Das muss ja die reinste Katastrophe gewesen sein, wenn man so halluziniert.«

»Ich halluziniere nicht!«

»Alles wird gut«, beschwichtigte die Schwester sie mit einem schiefen Lächeln. »Meine Kollegen haben Ihnen heute Nacht eine Beruhigungsspritze verpasst, weil Sie unter Schock standen und ganz schwer zu besänftigen waren.«

»Sie glauben, ich bilde mir das alles ein?« Käthe sah sie entrüstet an.

Ohne darauf zu antworten, schlug die Oberschwester die Bettdecke auf, damit sich der Neuankömmling endlich fürs Frühstück fertig machte. »Wir sind spät dran. Bitte beeilen Sie sich, ich werde Sie zum Speisesaal führen.«

Vorsichtig stieg Käthe aus dem Bett und kam mit Hilfe der Schwester etwas wackelig auf die Beine. »Oh, mir ist schwindelig. Ich glaube, ich bin ein wenig unterzuckert.« Schweißperlen traten ihr auf die Stirn, während ihr Gesicht kreidebleich wurde.

Die Schwester reichte ihr ein Glas Wasser und betonte erneut, dass sie nun schleunigst ausgiebig frühstücken solle, um wieder zu Kräften zu kommen. »Könnten Sie Ihrer Tochter dann bitte ausrichten, dass Sie aufhören soll, uns zu belästigen? Das ist Telefonterror, was sie da betreibt.«

Käthe zuckte zusammen. Sie hatte tatsächlich vergessen, Inge Bescheid zu geben, dass sie endlich »gut« angekommen sei, so wie sie es versprochen hatte.

»Ich brauche dringend mein Handy, sonst flippt sie daheim aus und macht sich die allergrößten Sorgen«, erwiderte Käthe.

»Das tut sie schon jetzt. Sie hat mir eben gedroht, eine

Vermisstenanzeige aufzugeben, falls sie nicht mit Ihnen sprechen könne. Sie will einen Beweis, dass Sie lebendig in der Reha eingetroffen sind, ansonsten würde sie alle Hebel in Bewegung setzen. Sie scheut angeblich nicht davor zurück, mit dem Polizeiwagen ein paar hundert Kilometer durch das Land zu reisen.«

Käthe bekam große Augen. Sie musste sofort verhindern, dass Jupp und Inge alle verrückt machten. Es reichte ja schon, dass die Krankenschwester glaubte, sie würde sich den toten Mann nur einbilden.

»Wo ist bloß mein iPhone?« Fragend schaute sie zum Schreibtisch, der neben dem Fernseher stand, doch dort waren nur ein paar Broschüren der Küstenklinik, eine Flasche Wasser und ein Glas aufgereiht.

Schwester Gundula zuckte mit den Achseln. »Nutzen Sie einfach das Festnetztelefon im Stationszimmer und geben Sie Ihrer Tochter schnell ein Lebenszeichen. Wir sind alle schon ziemlich genervt von den ständigen Anrufen, gefühlt alle zehn Minuten bimmelt das Telefon.«

Käthe schluckte hörbar. Die Vorstellung, dass ihr heißgeliebtes Handy verschwunden sein könnte, ließ sie kurzatmig werden. »Nein, ich muss jetzt auf der Stelle mein Handy finden, das ist für mich überlebenswichtig. Wie soll ich sonst mit meinen Leuten kommunizieren? Außerdem ist mein Seniorenleben ohne Facebook und Instagram nur halb so lustig.« Hektisch öffnete sie einen Koffer, um darin zu wühlen, doch da er bereits leer war, hastete sie zu ihrem Schrank und ließ in ihrem Suchwahn sämtliche Kleidungsstücke durch die Luft fliegen. »Ich mag es gar nicht, wenn Fremde meine Sachen auspacken«, motzte Käthe vor sich hin.

»Nun rasten Sie bitte nicht wegen Ihres Mobiltelefons aus. Unser Speisesaal schließt in einer halben Stunde, Ihre Nahrungsaufnahme ist jetzt überlebenswichtiger als so ein dämliches Gerät.«

Resigniert beendete Käthe ihre Sucherei, zog sich um und ließ das Chaos in ihrem Zimmer, wo alle Klamotten kreuz und quer herumlagen, hinter sich. Die Oberschwester ging ihr voraus über einen Flur, der mit grünem Teppich ausgestattet war. Als der Bodenbelag auf PVC wechselte und Käthe einen Blick in die Zimmer werfen konnte, deren Türen sperrangelweit offen standen, wurde ihr bewusst, dass sie sich tatsächlich in einer Klinik befand.

»Hier liegen die schweren Fälle, die vom Krankenhaus kommen und während einer Anschlussbehandlung bei uns gesund werden wollen«, erklärte die Schwester. »Wir kümmern uns aber natürlich auch um die Patienten aus dem anderen Trakt, die relativ fit sind und eigentlich keine Pflege benötigen.« Sie musterte Käthe von oben bis unten und fuhr mit hochgezogener Braue fort: »Leiden Sie unter Wahnvorstellungen oder wurde bei Ihnen eine beginnende Demenz diagnostiziert?«

»Nein! Wie kommen Sie darauf? Nur weil ich mein Handy nicht finde? Das ist doch lächerlich.«

»Na ja, Sie haben auch von einem toten Mann erzählt«, konterte die Oberschwester. »Können Sie mir sagen, wie spät es ist?« Sie zeigte auf die große Uhr, die im Stationszimmer an der Wand hing.

»Könnte ich, will ich aber nicht«, reagierte Käthe trotzig. Zielstrebig ging sie zum roten Tastentelefon, einem Relikt aus einer anderen Zeit. Überhaupt schien es, als wäre in der Küstenklinik die Zeit stehen geblieben, denn die Einrichtung wirkte nicht besonders modern, sondern altbacken und spießig.

Während Gundula ein paar Medikamentenschälchen mit

Pillen füllte, wartete Käthe, bis am anderen Ende abgehoben wurde.

»Backes!«

»Morgen, Jupp, ich bin es«, sagte Käthe.

»Aha! Die Vermisste. Wird ja mal Zeit, dass du dich meldest«, raunzte er sie zur Begrüßung an.

»Hör zu, ich hatte eine total beschissene Anreise, ich habe auch nicht viel Zeit, denn hinter mir steht eine Aufpasserin und drängelt, weil sie mich gleich in den Speisesaal abführen will.«

»Bist du im Knast oder in einer Klinik?«, frotzelte ihr Schwiegersohn wie gewohnt.

Käthe stöhnte, für seine pseudowitzigen Kommentare hatte sie jetzt überhaupt nicht die Nerven. »Wo ist denn die Inge?«

»Im Bad, die wäscht sich gerade den Kopf, damit sie etwas abgelenkt ist, weil die Warterei auf ein Lebenszeichen von dir macht sie völlig wahnsinnig. Deine Tochter hat heute Nacht wegen dir kein Auge zugemacht. Hättest ja wenigstens mal eine WhatsApp senden können, mich hat sie nämlich auch nicht schlafen lassen, weil sie mir ohne Unterbrechung Horrorszenarien erzählt hat. Von Entführung, Geiselnahme und so. Du kennst ja ihre blühende Fantasie.«

»Was für ein Blödsinn - wer soll mich denn kidnappen?«, reagierte Käthe ungehalten.

»Genau, das habe ich ihr auch gesagt. Wer die Oma klaut, bringt sie ganz schnell wieder zurück.« Er lachte.

Käthe rollte nur mit den Augen, dann sah sie sich möglichst unauffällig nach der Schwester um, legte die Hand an die Sprechmuschel des Telefons und teilte Jupp flüsternd mit, dass ihr Handy spurlos verschwunden sei, deshalb habe sie sich nicht melden können. »Außerdem bin ich im Park der

Klinik über einen toten Mann gestolpert«, wisperte sie weiter. »Alles war voller Blut, aber man hat mir irgendwas zur Beruhigung gespritzt, und jetzt tut man hier so, als ob ich nicht mehr alle Tassen im Schrank hätte.«

»Käthe! Sag mal, hast du deine Tabletten vergessen oder hat man dich da oben an der Küste falsch eingestellt? Was redest du auf einmal für einen Quatsch?«

Käthe umfasste den Hörer noch fester. »Nein, ich schwöre dir, ich bin über einen Toten gefallen, als ich den Eingang gesucht habe, weil ich irrtümlich zum Strand gelatscht bin.«

Am anderen Ende der Leitung im fernen Saarland ertönte ein spöttisches Schnauben. »Lass mal deinen Kopf durchchecken, vielleicht sind dir bei dem Sturz ein paar Sicherungen rausgeflogen oder du hast eine Gehirnerschütterung.«

»Du, ich muss Schluss machen, die Oberschwester guckt schon verdammt grimmig, fast bissig«, flüsterte Käthe nervös. Es hatte keinen Zweck, weiter mit Jupp zu diskutieren. »Ich melde mich, wenn ich mein Handy gefunden habe, und sag Inge bloß nichts davon, dass ich als Gastgeschenk einen Toten präsentiert bekommen habe. Der sah so schlimm zugerichtet aus - muss mit dem Kopf irgendwo draufgeknallt sein.« Sie schüttelte sich. »Es läuft mir eiskalt den Buckel runter, wenn ich an sein blutverschmiertes Gesicht denke.«

Kaum hatte sie das gesagt, tippte ihr Schwester Gundula auf die Schulter. Erschrocken fuhr Käthe herum. »Spinnen Sie? Ich hätte einen Herzinfarkt erleiden können, wenn Sie sich so von hinten anschleichen.«

»Nicht in diesem Ton«, rügte die Krankenschwester und machte ihr deutlich, dass sie endlich das Telefonat beenden solle. »Das Stationszimmer ist keine Telefonzelle!«

»Käthe? Bei dir alles in Ordnung?«, erkundigte sich Jupp, der den Vorfall am anderen Ende live miterlebt hatte.

»Ich bin hier in einer Irrenanstalt«, hauchte Käthe in den Hörer. »Bitte halte Inge davon ab, hier ständig anzurufen, ich glaube, man hat mich schon auf dem Kieker.«

Jupp erklärte sich damit einverstanden, gab ihr aber noch den Tipp, etwas freundlicher zum Personal zu sein, sonst könne es ihr passieren, dass man sie mit unablässigem Blutzuckermessen zu jeder Tages- und Nachtzeit piesackte, nur um sie zu mobben.

Käthe murmelte eine Zustimmung und verabschiedete sich, dann legte sie auf, drehte sich um und strahlte die Schwester besonders freundlich an, um unverzüglich Jupps Tipp in die Tat umzusetzen. »So, daheim ist alles in bester Ordnung«, erklärte sie gut gelaunt. »Jetzt freue ich mich auf ein leckeres Rührei mit Schinken und Speck und einen Cappuccino. Gibt es auch Croissants? Ich liebe es, mein Croissant in Erdbeermarmelade zu tunken, das ist für mich so ein Ritual im Urlaub.«

Die Oberschwester schaute sie skeptisch an. »Sie sind ganz sicher, dass Sie nicht unter Wahnvorstellungen leiden? Wir sind eine Rehaklinik - kein Hotel!«

Käthe hörte ihren Magen grummeln und verließ eilig das Stationszimmer, gefolgt von Gundula, die darauf beharrte, sie zum Saal zu begleiten, was Käthe kommentarlos annahm.

Im Fahrstuhl gestand Käthe, dass sie ohne ihren geliebten Kaffee am Morgen sehr zickig sein könne. Und schreckhaft.

»Na, dann sind wir schon zu zweit.« Die Angestellte lächelte milde. »Übrigens wäre es schön, wenn Sie Ihren Albtraum mit dem Toten für sich behalten könnten. Ansonsten müssten wir Sie von den anderen Patienten trennen, sie würden die armen Menschen ja alle wahnsinnig damit machen.«

»Was soll denn das jetzt?«, empörte sich Käthe. »Halten Sie mich etwa für unzurechnungsfähig, oder was?«

»Wenn es um das Wohl der Küstenklinik geht, lasse ich nicht mit mir reden. Wir haben hier schließlich einen guten Ruf zu verlieren, da können wir es uns nicht erlauben, dass altersverwirrte Omis Blödsinn verbreiten.«

Die Aufzugtür öffnete sich und Käthe ging mit vor Wut zitternden Knien auf die Tür zum Speisesaal zu. Der Appetit war ihr gehörig vergangen, sie und diese Oberschwester würden jedenfalls keine Freundinnen werden. Was die hier von sich gab, klang wie eine Drohung, und bei Drohungen reagierte Käthe seit jeher patzig, da konnte sie sehr ungemütlich werden. Von einer Krankenschwester würde sie sich garantiert nicht sagen lassen, was sie erzählen durfte und was nicht. Vielleicht hatte diese unsympathische Person ja auch ihr Handy gestohlen? Zuzutrauen wäre es ihr, denn wer andere erpresste, würde sicher genauso wenig vor Diebstahl zurückschrecken. Wo zum Teufel war sie hier nur gelandet?

Kapitel 4

Der Frühstückssaal der Küstenklinik, in dem mehr als dreihundert Patienten Platz hatten, um sich für die bevorstehenden Therapien und Anwendungen zu stärken, war riesengroß. Dementsprechend hoch war der Geräuschpegel von klimperndem Besteck und Tischgesprächen. Während Käthe der zielstrebigen Oberschwester Gundula durch den Lärm folgte, sah sie durch die bodentiefen Fenster, die dem Raum eine besondere Atmosphäre verliehen und den Blick auf ein wunderschönes Panorama freigaben: Strand und Meer ohne Ende.

Jeweils sechs Kurgäste bildeten eine Gruppe, um alle Mahlzeiten gemeinsam einzunehmen, zu solch einer führte die resolute Gundula ihre Patientin jetzt mit strammem Schritt.

»Das ist die Neue!«, sagte sie zu den anderen am Tisch. Gleichzeitig ertönte ihr Piepser und sie verabschiedete sich mit der Begründung, dass sie dringend zum Chefarzt müsse.

Käthe setzte sich auf den freien Stuhl und lächelte in die Runde.

»Ich bin Natascha«, stellte sich eine Blondine um die vierzig sofort freundlich vor und reichte ihr die Hand. »Willkommen in unserer kleinen Runde. Du musst dich übrigens beeilen, gleich wird abgeräumt.« Sie schob Käthe den Brotkorb herüber und schenkte ihr anschließend frischen Kaffee aus einer Edelstahlkanne ein.

»Kiek ma, wir ham dir ein bisschen Wurst und Käse übriggelassen. Bei uns gibt's keen Futterneid, wa«, teilte eine Frau mit orangefarbenen Haaren mit, die auffällig geschminkt war. »Ick bin die Regina aus Kreuzberg. Berlin-Kreuzberg, hört man, wa? Und woher kommt die gnädige Dame, wenn man so indiskret fragen darf?« Sie lachte verschmitzt.

»Ich bin die Käthe und komme aus Hirschweiler, im Saarland.«

»Saarland? Ick dachte immer, dit ist Frankreich, aber ick hab in meener Schulzeit sowieso mehr die Raucherecke als das Klassenzimmer jesehen«, lachte die Kodderschnauze, die von Käthe auf etwa sechzig geschätzt wurde.

»Und wer bist du?«, fragte sie neugierig den Dritten am Tisch, der Käthe gegenübersaß.

»Unser Nesthäkchen ist'n bisschen schüchtern, wa?« Regina kniff ihrem Nebenmann in die Seite. »Du musst schon den Mund aufmachen, sonst lernste nie 'ne Frau kennen und endest als schrulliger Junggeselle, der so schwer vermittelbar ist, dass dich jede Heiratsagentur ablehnt.«

»Das ist unser lieber Andi«, mischte Natascha sich ein und lächelte dem übergewichtigen jungen Mann aufmunternd zu, der mit hochrotem Kopf seinen Joghurt aß und stumm auf den Tisch glotzte.

»Musst du ihn so bloßstellen?«, beschwerte sich Käthe bei der Berlinerin. Sie hasste es, wenn auf Schwächeren herumgehackt wurde, da schaltete sich automatisch ihr Beschützerinstinkt ein. »Du bist bestimmt hier zur Kur, um dein Mundwerk in den Griff zu bekommen, oder?«, stichelte sie.

»Nee, meine Liebe. Ick hatte nen Schlaganfall. Aber zum Glück nur einen leichten. Seitdem rolle ich mit meinem Rolls-Royce durch die Gegend.« Sie zeigte auf den roten Gehwagen, der seitlich von ihr parkte.

»Tut mir leid«, entschuldigte sich Käthe.

»Wenn ick schon nich' richtig loofen kann, weil ick so 'ne Gangunsicherheit hab, lass ick mir nicht auch noch meinen Humor nehmen.«

»Schon klar, aber bitte nicht auf Kosten von deinem Tischnachbarn, der dir kein Paroli bieten kann.« Jetzt wandte sich Käthe dem jungen Burschen zu, der sicher erst Anfang zwanzig war. Er musste sehr schüchtern und unsicher sein, seine Wangen glühten mittlerweile feuerrot.

»Woher kommst du denn, Andi?«, versuchte sie, ein Gespräch anzufangen.

»Freiburg«, murmelte er und löffelte seinen Joghurt noch schneller.

»Er sagt nie was, und das schon, seit ich hier bin, also seit drei Wochen«, flüsterte Natascha in Käthes Ohr. »Wir wissen auch nicht, weshalb er behandelt wird, aber ohne einen triftigen Grund ist ja keiner von uns in der Reha. Bei mir ist es wegen Mobbing«, verriet sie mit gesenktem Kopf.

Käthe seufzte. Sie hatte Andi sofort ins Herz geschlossen, bei seinem Anblick kamen direkt Omagefühle bei ihr auf.

»Ach, nee. Die Bayern-Trulla, die hat uns gerade noch gefehlt«, lästerte Regina und verdrehte die Augen. »Mir bluten jetzt schon die Ohren.«

»Grüß Gott!«, sagte eine Mittfünfzigerin im quietschgelben Jogginganzug und setzte sich neben Käthe. »Ich bin die Heidi vom Tegernsee.« Sie angelte nach der Wasserflasche auf dem Tisch und verkündete in die Runde: »Stellt euch vor, ich komme gerade vom Wiegen, und ich habe sieben Kilo abgenommen, seit ich hier bin. Wenn das so weitergeht, muss ich mir meine Dirndl enger nähen lassen.« Sie gluckste vergnügt.

»Oder einfach wegschmeißen und sich anständige Klamotten kaufen, wie das jeder normale Mensch macht«, konnte Regina sich einen Seitenhieb nicht verkneifen. »Mein Albtraum ist ja, dass du beim Frühstück zu jodeln anfängst.«

»Wenn man keinen Sinn für Tradition und Kultur hat, ist das auch schwer zu verstehen«, konterte Heidi, zückte ihr Handy und legte es vor Käthe auf den Tisch. Dann fing sie wild darauf zu wischen an. »Das ist der Franz, mein Mann. Wir sind seit über dreißig Jahren glücklich verheiratet, er ist meine absolute Jugendliebe, und hier sind unsere Kinder. Ich bin ja so stolz auf meine Jungs, der Jüngste ist Investmentbanker in New York und der Älteste hat mich schon zur zweifachen Oma gemacht. Ja mei«, sie wischte das nächste Bild etwas größer, »schau mal, da machen wir mit dem Kleinsten eine Bergtour. Ach, der Maxi ist so ein süßer Lausebengel. Hier trägt er seine erste Lederhose und sitzt bei meinem Franz auf dem Schoß. Niedlich, oder?« Ihre Augen wurden auf einmal ganz glasig, dann wischte sie wieder über das Display ihres Handys und plapperte weiter: »Ich vermisse meine Familie und meine Berge. Das hier ist unser Haus mit Bergblick. Um dieses Panorama beneidet uns wirklich jeder. Das ist doch wie aus dem Reiseprospekt.«

Käthe nickte, um nicht unhöflich zu erscheinen, und hörte schweigend zu, während Heidi ohne Punkt und Komma über ihren weltbesten Ehemann und die tollsten Söhnen einfach weiterschnatterte. »Ich bin wirklich ein absoluter Familienmensch, wir telefonieren jeden Abend, weil wir sind alle ganz eng zusammen.«

Regina gähnte demonstrativ und unterbrach dann den Redeschwall der Bayerin. »Ich habe seit zwanzig Jahren kein Wort mehr mit meiner Schwester gewechselt, dieser hinterlistigen Schlange. Sagt mal, wo steckt eigentlich der Hans-Peter heute Morgen? Der hat wohl verpennt, wa?«

»Wer ist das?«, nutzte Käthe die Chance, nicht noch mehr von Heidi und ihren Liebsten zu erfahren.

»Er ist unser Sechster am Tisch«, erklärte Natascha und nickte auf das vereinsamte Gedeck rechts neben Andi und gegenüber von Heidi.

»Er wird wieder beim Nordic Walking sein, so eine Sportskanone, wie der ist«, bemerkte Heidi anerkennend. »Mein

Franz ist ja ebenfalls sehr sportlich, ein wirklich begnadeter Skifahrer. Mei, mein Franz, mein absoluter Herzensmensch.« Sie seufzte, worauf Regina mit deutlich vernehmbaren Würgegeräuschen reagierte. Sie wollte von der heilen Heidi-und-Franz-Welt nichts hören.

Käthe hoffte inständig, dass der fehlende Hans-Peter halbwegs normal war, denn sie wusste schon jetzt, mit wem sie es hier am Tisch zu tun hatte: Plappermaul Heidi war anstrengend, Regina rotzfrech und Andi maulfaul, da war ihr Natascha noch am sympathischsten, die schenkte ihr bloß aufmerksam Kaffee nach und drängte sich nicht so in den Mittelpunkt wie das Zickenduo Berlin gegen Bayern.

Plötzlich erklang ein lauter, dumpfer Gong, die Gespräche im Saal verebbten und schlagartig wurde es mucksmäuschenstill.

»Ist das jetzt ein Feueralarm oder eine Übung?«, fragte Käthe irritiert.

Natascha schüttelte den Kopf und erwiderte leise: »Nein. Es gongt immer, wenn es eine wichtige Information von der Klinikleitung gibt.«

Kaum hatte sie das gesagt, stürmte ein Mann mit wehendem weißem Kittel in den Saal, begleitet von Oberschwester Gundula, die ein Gesicht machte, als müsste sie zur Schlachtbank. Mit hängenden Mundwinkeln blieb sie neben dem Arzt stehen.

»Das ist unser Chefarzt, Dr. Paulsen«, flüsterte Natascha aufgeregt und rutschte auf ihrem Stuhl hin und her.

Der Arzt holte tief Luft und begann dann seine Rede: »Meine verehrten Patientinnen und Patienten, leider habe ich keine guten Nachrichten. Sicherlich hat der eine oder andere heute Nacht die Aufregung mitbekommen, als die Polizei und der Notarzt vorgefahren kamen. Wir möchten Sie daher über den Vorfall informieren, bevor es wilde Gerüchte und Spekulationen gibt. Leider hat sich Ihr Mitpatient Hans-Peter Mohrbach entschieden, freiwillig seinem irdischen Leben ein Ende zu setzen, indem er aus dem sechsten Stock von seinem Balkon gesprungen ist.«

Ein lautes Raunen ging durch die Reihen.

Nach einer kleinen Pause fügte der Arzt hinzu: »Wir tun als Klinik unser Allerbestes, damit Sie gesund werden, aber leider können wir nicht alle retten. Daher bitte ich Sie nach diesem tragischen Vorfall, denken Sie daran, dass ein Suizid niemals ein Ausweg ist. Nehmen Sie immer unseren psychologischen Dienst in Anspruch, denn unser Motto lautet: reden statt springen. Vielen Dank für Ihre Aufmerksamkeit.«

Er wollte sich gerade umdrehen, da flüsterte Oberschwester Gundula ihm etwas ins Ohr. Der Arzt nickte, dann wandte er sich noch einmal an die Zuhörer. »Ich bitte Frau Katharina Bohneberger zur Aufnahmeuntersuchung zu mir.« Er schaute auf die Uhr. »Um 9 Uhr.«

Darauf verließen beide schnellen Schrittes den Saal, als ob sie Rückfragen der Anwesenden aus dem Weg gehen wollten. Ebenso blitzartig machte sich Natascha davon. Zitternd und in Tränen aufgelöst rannte sie aus dem Speisesaal.

Eigentlich hätte sich Käthe freuen können, dass es nun den Beweis gab, dass sie sich ihren Leichenfund nicht einbildete, doch sie tat es nicht. Viel größere Sorgen bereitete ihr die Reaktion ihrer Mitpatientin. »Was hat denn die Natascha auf einmal?«, fragte sie ihre Tischgesellschaft.

»Ick würde ja gerne hinterherrennen, aber so viel PS hat mein Rolls-Royce nicht, wa.«

Die Bayern-Heidi seufzte theatralisch und bekreuzigte sich. »Gott hab ihn selig, den armen Hans-Peter. Er hatte bestimmt nicht diesen familiären Zusammenhalt, sonst würde man sich doch niemals umbringen. Die armen Angehörigen, die machen sich garantiert schreckliche Vorwürfe.«

»Also auf mich hat der Hans-Peter keen bisschen depressiv oder selbstmordgefährdet gewirkt. Eher wie das blühende Leben, aber ick sag immer, man weiß nie, was in so einem Hirn los ist. Ick tippe mal auf Kurzschlussreaktion, wa?«

»Er war mein Freund«, schluchzte Andi auf einmal unerwartet laut und schnäuzte sich geräuschvoll in seine Serviette.

Regina tätschelte ihm den Arm. »Kopf hoch, Schatzi. Keener is unsterblich, und wenn einer selbstbestimmt abtreten will, muss man dit akzeptieren, denn ...«

In diesem Moment fiel Andis Stuhl scheppernd zu Boden. Der junge Mann war mit einem Satz aufgesprungen und rannte wortlos zum Ausgang.

Käthe überlegte, ob sie den beiden Verbliebenen mitteilen sollte, dass sie den Toten gefunden hatte, allerdings waren Heidi und Regina nicht gerade diejenigen, mit denen sie darüber reden wollte.

»Komisch, dass auch der Andi so aufgewühlt ist«, wunderte sich Heidi und biss in ihr Marmeladenbrot.

Regina nickte. »Ja, bei der Natascha kann ich es ja noch irgendwie verstehen.«

»Warum?«, fragte Käthe neugierig.

Die Berlinerin kicherte und beugte sich weit über den Tisch. »Ick gloob, die zwei hatten ein Techtelmechtel miteinander. Ick merk das sofort, wenn Amor seine Pfeile verschießt, und der Natascha hat man mitten ins Hirn geschossen - die hat den Hans-Peter doch regelrecht angehimmelt.«

»Igitt! Man lässt die Finger von einem verheirateten Mann. Das gehört sich einfach nicht«, beschwerte sich Heidi und verzog angewidert das Gesicht.

»Wir sind hier nicht im Kloster, sondern in der Kur, Mutter Oberin«, schnauzte Regina sie an.

»Warum ist der Andi überhaupt so aufgewühlt? Hat er den Verstorbenen auch angehimmelt?«, wollte Käthe wissen.

»Keene Ahnung. Der Andi ist für mich das reinste Mysterium. Von dem weiß man eigentlich gar nüscht. Ick hoffe nur, dass bei dem nicht auch noch die Sicherungen durchbrennen und er als Nächster vom Balkon hüpft. So Nachahmer gibt es ja leider janz oft, und ick gloob, die zwei hatten einen verdammt guten Draht zueinander«, mutmaßte Regina.

In diesem Moment hallte erneut der Gong durch den Raum, gefolgt von der Aufforderung, dass Käthe Bohneberger sofort zum Aufnahmegespräch bei Dr. Paulsen erscheinen solle.

Mit einem mulmigen Gefühl erhob sich Käthe und griff hastig nach ihrem belegten Brötchen, denn so richtig satt war sie immer noch nicht. Ob das an der guten Seeluft lag? Einen langen Strandspaziergang hatte sie noch nicht gemacht, mal abgesehen von ihren Irrwegen bei der Ankunft, doch das musste sich schnell ändern, sie war schließlich zum Vergnügen hier. Zumindest hatte sie sich das in ihren Träumen von der Kur am Wasser so ausgemalt. Über eine Leiche zu stolpern, war dabei jedenfalls nicht vorgekommen, ganz im Gegenteil.

Kapitel 5

»Verstopfung?«, wiederholte Käthe entsetzt. »Nein, mein Darm funktioniert einwandfrei. Wie kommen Sie denn auf so was?« Nervös nestelte sie am Kragen ihrer Bluse herum, nachdem sie auf dem gelben Loungesessel Platz genommen hatte - direkt vor dem wuchtigen Mahagoni-Schreibtisch des attraktiven Chefarztes. Mit seinen grauen Haaren und dem sympathischen Grinsen hatte er eine gewisse Ähnlichkeit mit George Clooney, allerdings hoffte Käthe inständig, dass der Schauspieler angenehmere Fragen stellen würde, falls sie eines Tages in den Genuss eines solchen Kennenlernens kommen würde.

»Eine Verstopfung ist eine ganz natürliche Reaktion des Körpers aufgrund von Veränderungen. Sie sind hier in einer anderen Umgebung, hatten eine lange Anreise, da kommt der Magen-Darm-Trakt schon mal aus dem Gleichgewicht. Viele Menschen sind mit einer Reiseverstopfung konfrontiert, Sie müssen sich deshalb nicht schämen. Ich kann Ihnen gern helfen.« Er räusperte sich.

Käthe krallte ihre Finger um die gelben Armlehnen. »Sie haben mich über den Lautsprecher ausrufen lassen, weil Sie mir einen Einlauf verpassen wollen? Das ist doch nicht Ihr Ernst?«

»Wenn Sie möchten ...«

»Nein, danke! Ehrlich gesagt, wäre mir eine Tasse Kaffee tausendmal lieber. Außerdem gibt es erfreulichere Themen als meinen Stuhlgang, die man zur Begrüßung ansprechen kann.«

»Das ist hier kein Date, sondern ein Patientengespräch«, stellte der Chefarzt klar. »Meine Zeit ist kostbar, ich behandle eigentlich nur Privatpatienten.«

Das war der Moment, in dem der Arzt bei Käthe komplett

verschissen hatte. Sie hasste die Zwei-Klassen-Gesellschaft und das ganze Brimborium, das um Selbstzahler veranstaltet wurde. »Die Ärmsten haben in unserem Gesundheitssystem doch immer die Arschkarte gezogen, weil nur die Leute mit genügend Geld bevorzugt behandelt werden«, giftete sie den Arzt an.

»Tut mir leid, wir sind eine Rehaklinik, nicht die Arbeiterwohlfahrt.«

»Wie komme ich dann zu der Ehre, dass Sie sich dazu herablassen, mich als Kassenpatientin zu sich zu zitieren?«

Dr. Paulsen grinste. »Ausnahmen bestätigen die Regel.«

»Ach, dann soll ich mich wohl splitterfasernackt auf Ihren schicken und garantiert schweineteuren Schreibtisch legen, damit Sie mit einem Hämmerchen meine Reflexe an den Kniescheiben prüfen können?«, sagte Käthe und funkelte ihn kampflustig an.

»Nein!« Er hob abwehrend die Hände. »Ganz sicher nicht. Das ist eine Antiquität.«

»Das bin ich im Prinzip auch, wobei Rarität trifft es noch besser«, konterte Käthe und begann, die obersten Knöpfe ihrer Bluse zu öffnen.

Die Augen des Arztes weiteten sich besorgt. »Ähm, Frau Bohneberger, was wird das hier? Ein Striptease?«

»Keine Sorge, Ihre Patschepfötchen müssen meinen Körper nicht berühren. In meinen Unterlagen steht, dass man eine Erstuntersuchung erhält, damit ein Therapieplan erstellt werden kann«, antwortete Käthe grinsend. »Na, welcher Praktikant muss mich abhorchen, damit ich als Kassenpatientin sein Versuchskaninchen sein kann?«

»Jetzt seien Sie doch nicht so bissig. Ich bin Mediziner und kein Politiker.« Dr. Paulsen seufzte und beugte sich in seinem ledernen Chefarztsessel etwas vor. »Entschuldigen Sie, Frau Bohneberger, das läuft hier alles in die falsche Richtung.«

Käthe gab ihm recht und blickte auf das riesige Aquarium im Büro des Arztes, in dem die Fische so aufgeregt hin und her schwammen, als würden sie die negativen Schwingungen ebenfalls spüren, während sie erwiderte: »Na, das habe ich mir bei der Frage nach meinem Darm auch gedacht. Glauben Sie mir, als Dame reiferen Alters wünscht man sich vom Chefarzt einen diplomatischeren Gesprächseinstieg. Ich wette, mit einer Privatpatientin wären Sie anders umgegangen und hätten erstmal übers Wetter geredet. Stimmt's?«

»Tut mir leid. Sie haben natürlich recht«, versicherte er. »Sie müssen verstehen, wenn sich einer meiner Patienten für den Freitod entscheidet, belastet mich das sehr, und im Small-Talk war ich noch nie gut. Viele Patienten leiden nach einer langen und anstrengenden Anreise eben unter den zuvor genannten Problemen ... na ja, Sie wissen schon.« Dr. Paulsen nahm seine Brille von der Nasenspitze, legte sie auf den Schreibtisch und massierte sich die Nasenwurzel. »Oberschwester Gundula hat mich bereits informiert, daher habe ich Sie zu mir gebeten.«

Käthe schnappte nach Luft. »Wie bitte? Die Frau kennt mich doch überhaupt nicht, geschweige denn meinen Darm.«

Der Chefarzt schüttelte den Kopf. »Darum geht es gar nicht, es ist, weil ...« Er legte eine Denkpause ein, ehe er fortfuhr: »Sie sind hier, weil Sie meinen toten Patienten gefunden haben beziehungsweise über ihn gefallen sind und ich ausschließen möchte, dass Sie sich etwas gebrochen oder verstaucht oder sonstige Schäden erlitten haben könnten.«

»Mir tun nur der Hintern und der Rücken von der langen Bahnfahrt weh, ein Baum hat meinen Stolperer zum Glück abgefangen. Von daher geht es mir den Umständen entsprechend gut«, erklärte Käthe.

Dr. Paulsen stöhnte erleichtert auf. »Sie müssen wissen,

vor ein paar Wochen wurden wir von einem älteren Kurgast verklagt, weil ihn auf unserem Anwesen ein Gartenschlauch zu Fall gebracht hat, er ist schmerzhaft auf dem Rasen gelandet.«

»Auf dem gleichen Rasen, wo auch ich ins Straucheln geraten bin?«, fragte Käthe.

»Korrekt. Tja, der Mann hatte sich leider einen komplizierten Oberschenkelhalsbruch zugezogen. Sein Anwalt hat uns auf eine immense Schmerzensgeldsumme verklagt und auch gleich die Presse auf uns gehetzt.«

So langsam dämmerte es Käthe, weshalb die Krankenschwester so tat, als ob sie sich den Leichenfund nur einbildete, doch das wollte sie nicht auf sich sitzenlassen. »Ihre Oberschwester hat mir unterstellt, dass ich nicht mehr alle Tassen im Schrank hätte und mir das mit der Leiche nur einbilde. Was soll diese Heimlichtuerei?«

»Oberschwester Gundula ist eine wunderbare und verlässliche Fachkraft, sie hat lediglich im Sinne der Klinik gehandelt. Anscheinend hatte sie Panik, dass Sie uns wegen des Sturzes über einen toten Kurgast ebenfalls verklagen, also falls Sie sich was gebrochen hätten.«

Käthe verzog zweifelnd den Mund. »Merkwürdig. In meinen Augen ist es schon ein gewaltiger Unterschied, ob man über einen Gartenschlauch oder einen Menschen fällt, der sich in den Tod gestürzt hat.«

Der Arzt zog wortlos eine Schublade an seinem Schreibtisch auf und präsentierte Käthe ein offizielles Schriftstück. Dann reichte er ihr einen edlen schwarzen Kugelschreiber und tippte am unteren Rand des Blattes mit dem Zeigefinger auf eine Linie, neben der das aktuelle Datum stand.

»Was ist das?«

»Eine eidesstattliche Erklärung, mit der wir uns als Klinik absichern, dass Sie durch den Vorfall letzte Nacht keine Schäden erlitten haben und uns nicht irgendwann verklagen werden.«

Käthe legte die Stirn in Falten und zog das Blatt Papier zu sich. Aufmerksam las sie den Text durch, den sie hier unterschreiben sollte, anschließend sah sie auf. »Da steht aber nicht nur drin, dass ich versichern soll, mir keine Verletzungen zugezogen zu haben, sondern auch, dass ich über den Vorfall mit niemandem sprechen darf.«

»Ach, das ist diese typische Juristensprache. So muss das laut unserem Anwalt formuliert sein und der kennt sich wirklich bestens aus«, beschwichtigte der Chefarzt sie.

Doch Käthe hatte noch einen weiteren Punkt, der sie störte. »Warum soll ich nicht mit der Polizei über die letzte Nacht sprechen dürfen? Diesen Zusatz verstehe ich nicht.«

Auch hier hatte Dr. Paulsen eine plausible Antwort parat. Der Gartenschlauch-Geschädigte habe eine Anzeige bei der Polizei aufgegeben, und die Beamten in der Klinik zu haben, bringe immer negative Schwingungen mit sich. »Wir haben Patienten, die allein beim Aufheulen einer Sirene eine Panikattacke bekommen. Viele von denen sind die reinsten Nervenbündel«, erklärte er mit verschwörerischem Blick und ergänzte augenzwinkernd: »Wir haben hier schon ein paar richtig krasse Fälle, die wir behandeln müssen.«

Käthe sah ihn abschätzig an, dann sagte sie: »Wissen Sie, Herr Dr. Paulsen, mein Schwiegersohn ist zufälligerweise Polizist. Ein verdammt hohes Tier, aber das nur nebenbei.« Das stimmte zwar nicht so ganz, aber es klang gleich viel wichtiger. »Jedenfalls weiß ich von ihm, dass bei jedem Selbstmord die Polizei involviert werden muss, um zu prüfen, ob da nicht doch fremde Hände im Spiel waren und das Opfer in diesem Fall womöglich von seinem Balkon geschubst wurde.«

Die Gesichtsfarbe des Arztes wechselte schlagartig, er erhob sich ruckartig von seinem Ledersessel und begann, im Raum auf und ab zu wandern, während er sprach. »Selbstverständlich war die Polizei heute Nacht hier und hat den Freitod einwandfrei bestätigt. Ich wiederhole es aber gern noch einmal für Sie: Wir haben uns in der Küstenklinik auf neurologische und psychische Krankheiten spezialisiert, da führt es bei manchen Patienten zu heftigen Angstattacken, wenn die Polizei bei uns vorfährt. Sie glauben gar nicht, was heute Nacht los war, wir hatten alle Hände voll zu tun, um die Leute zu beruhigen.«

»Na, mich hat man mit einer Beruhigungsspritze ausgeschaltet, nicht wahr?«, konterte Käthe.

»Die Kollegen haben richtig gehandelt, Sie waren ja völlig aus dem Häuschen, wie man mir mitgeteilt hat.« Nun kam der Arzt zu ihr an den gelben Loungesessel und lehnte sich ihr gegenüber an die Schreibtischkante, dann betonte er besonders zuvorkommend: »Frau Bohneberger, Sie sind doch eine Kassenpatientin, trotzdem verspreche ich Ihnen eine einzigartige Chefarztbehandlung sowie die angenehmsten Anwendungen wie Ganzkörpermassage, Fangopackungen und das All-inclusive-Beauty-Paket inklusive Maniküre und Pediküre. Na, was sagen Sie dazu?« Beiläufig zeigte er erneut auf die Schweigepflichterklärung.

»Das sage ich dazu!«, schnaubte Käthe, zerriss das Blatt Papier und warf es ihm vor die Füße. »Nur weil ich gesetzlich krankenversichert bin, bin ich nicht käuflich. Hier ist doch irgendwas faul.«

Erneut hob der Arzt beschwichtigend die Hände. »Nein, Frau Bohneberger, unser Anwalt hat mir hoch und heilig versprochen, dass das standardisierte Formulierungen sind.«

»Ihr Anwalt interessiert mich nicht die Bohne! Das ist doch total unseriös, was Sie hier machen. Kein Arzt hat mich bisher untersucht, aber ich soll unterschreiben, dass ich keine

Verletzungen davongetragen habe und mit keinem über den Vorfall sprechen darf.« Sie zeigte Dr. Paulsen einen Vogel. »Sie versuchen hier, eine Schweigepflichterklärung von mir zu ergaunern, die Sie als eidesstattliche Erklärung getarnt haben. Auch wenn ich nicht Jura studiert habe, blöd bin ich nicht.«

»Unser Bereitschaftsarzt hat Sie heute Nacht sehr wohl untersucht, als Sie den Schock erlitten hatten, und dabei festgestellt, dass Sie quietschfidel sind. Sie können sich nur eben leider nicht mehr daran erinnern, daher wollte ich Sie einfach noch mal ganz persönlich fragen, verstehen Sie, Frau Bohneberger?«

»Hat mir ein Mann das Nachthemd angezogen?«, fragte Käthe entsetzt und fasste sich automatisch ans Dekolleté.

Dr. Paulsen zuckte nur die Schultern und schlug ihr vor, dass Sie jederzeit in eine Suite umziehen könne, damit ihr Aufenthalt auf Sylt unvergesslich sein werde. Sie müsse bloß rasch unterschreiben.

Doch Käthe blieb stur. »Ich möchte mit der Polizei sprechen.«

»Warum? Wollen Sie noch mehr Extrawürste von mir?« Der Arzt sah sie pikiert an.

»Ich bin nicht käuflich, und ich finde es gerade sehr merkwürdig, dass Sie mir so ein unmoralisches Angebot unterbreiten. Wovor haben Sie Angst, Herr Dr. Paulsen?« Käthe schaute ihm tief in die Augen in der Hoffnung, dass er einknicken würde.

Der Angesprochene seufzte. »Wir möchten einfach keine negative Presse wegen des Toten. Ich verrate Ihnen mal ein Geheimnis, er ist schon der dritte Patient dieses Jahr, der sich in den Tod gestürzt hat, und wir haben gerade mal Anfang Juni. Es soll niemand davon wissen, damit unsere Patienten nicht verunsichert sind. Also bitte behalten Sie das für sich.«

»Aha, daher weht der Wind. Die Küstenklinik ist als Todesklinik bekannt. War Herr Mohrbach denn depressiv?«

»Darüber darf ich mit Ihnen nicht sprechen, das fällt unter die ärztliche Schweigepflicht.«

Käthe zog die Augenbraue hoch. »Na, das finde ich schon heraus.« Mit diesen Worten erhob sie sich, marschierte zum Ausgang und drehte sich mit der Klinke in der Hand noch einmal um. »Ach, und mein Handy hätte ich auch gern wieder. Sie hatten wohl Angst, dass ich Fotos von der Leiche mache und sie an die Zeitung oder die Polizei weitergebe.«

Doch Dr. Paulsen schwor, ihr Telefon nicht zu haben, worauf Käthe wütend die Tür zuknallte.

»Mein Gott, in welcher Klitsche bin ich hier gelandet? Da kriegst du ein Mal im Leben eine Kur genehmigt und dann landest du in so einem Saftladen, wo sie von dir verlangen, dass du die Klappe hältst und dafür die Fußnägel gefeilt bekommst«, regte sie sich auf und marschierte den Flur entlang. Sie drehte sich auch nicht mehr um, als die Tür des Chefarztzimmers aufging und Dr. Paulsen ihr hinterherrief, dass einer der Assistenzärzte das Aufnahmegespräch mit ihr machen werde, da er sich nur um die Privatpatienten kümmere. Käthe stellte die Ohren auf Durchzug. Sie hatte schon jetzt die Schnauze voll von der Reha und erst recht keine Lust, sich vor einem jungen Arzt zu entblößen und womöglich mit ihm über ihre Darmflora zu lamentieren. Nein danke, so weit käme es noch!

Nachdem die neue Patientin wutentbrannt abgerauscht war, ließ sich Dr. Paulsen wieder auf seinen Chefsessel sinken, nahm den Telefonhörer in die Hand, wählte eine Nummer und wartete einen Augenblick, bis am anderen Ende abgehoben wurde.

»Ich bin es. Ich habe gerade mit dieser Frau Bohneberger gesprochen, mit der werden wir noch einen Heidenspaß haben. Vom Typ her erinnert die mich an den Terrier meiner Nachbarin: klein, bissig und ein sehr starker Charakter. Sie hat sich strikt geweigert, unseren Verschwiegenheitsvertrag zu unterschreiben. Bleibt nur zu hoffen, dass sie keine bleibenden Schäden von ihrem Sturz über unseren Herrn Mohrbach davongetragen hat und wir die nächste Schmerzensgeldklage am Hals haben. So was wie letzte Nacht darf nie wieder passieren, hast du mich verstanden? Drei Tote innerhalb von nicht mal sechs Monaten, die alle vom Balkon gesprungen sind, das sind einfach drei zu viel. Wenn die Presse davon Wind bekommt, wird kein Patient mehr in die Küstenklinik kommen wollen, oder wir müssen an den Balkonen Absperrgitter zur Sicherheit anbringen. Also, hab bitte ein Auge auf diese nervige alte Oma, und wenn sie uns zu sehr ins Gehege kommt, müssen wir halt auf Plan B umsteigen. Wer nicht spurt, muss weg.« Der Chefarzt ließ seinem Monolog ein gehässiges Lachen folgen.

Plötzlich klopfte es an seine Tür und die Sekretärin steckte den Kopf herein. »Herr Dr. Paulsen, ein Journalist wäre jetzt für Sie da.«

Der Chefarzt legte die Hand über die Sprechmuschel und drehte den Hörer etwas weg. »Er soll fünf Minuten warten, dann können Sie ihn reinschicken.« Anschließend widmete er sich wieder seinem Telefongespräch. »Du hast es gehört, ich bin beschäftigt. Also, frohes Schaffen.« Für den letzten Nachsatz senkte er seine Stimme und fügte leise hinzu: »Du bist einfach die Beste, Gundula.«

Nachdem er aufgelegt hatte, seufzte er und massierte sich die Schläfen, um kurz nachzudenken. Dann wählte er erneut eine Nummer – diesmal allerdings mit seinem Handy.

»Hallo, hier spricht Dietmar. Ruf mich bitte schnell zurück, wenn du die Nachricht abhörst. Es geht um den Selbstmörder von heute Nacht. Ich bitte dich ausdrücklich, kein Wort darüber an die Presse zu verlieren, falls Anfragen kommen, was bei uns los ist. Du kennst unseren Deal, die Polizei ist nun mal dein Freund und Helfer in der Not. Also, ruf mich dringend zurück, wenn du das abgehört hast.«

Er tippte auf das Hörersymbol und legte das Handy weg. Jetzt war er bereit, die Fragen des wartenden Journalisten zu beantworten. Auf gar keinen Fall durfte seine Klinik durch negative Schlagzeilen auffallen. Eigentlich hatte er mit dem Chefredakteur des Sylter Tagblatts auch einen guten Deal vereinbart. Für seine positive Berichterstattung bekam er so viele Massagen, wie er wollte, doch dieser Journalist war nicht von der Zeitung, er kam vom Fernsehen und wollte für den NDR eine Reportage drehen.

Schweißperlen bildeten sich auf Dr. Paulsens Stirn, denn diesen Termin hatte er im wahrsten Sinne des Wortes verschwitzt. Er hoffte inständig, dass ihm keine Fragen zu dem dritten Suizid gestellt werden würden, da er so langsam keine Erklärung mehr dafür parat hatte, dass so viele Patienten in seiner Klinik den Freitod wählten. Mit dem Sterben musste endlich Schluss sein!

Kapitel 6

Natascha saß auf einer der weißen Parkbänke vor der Klinik mit Blick auf den überdachten Eingangsbereich und heulte wie ein Schlosshund. Die taffe Berlinerin Regina saß neben ihr und streichelte ihr tröstend über den Rücken. »Mensch, Schätzchen, die Sache mit dem Hans-Peter nimmt dich janz schön mit, wa?«

Mit rot verweinten Augen blickte sie auf. »Gestern Abend haben wir uns noch in der Weinstube getroffen und jetzt soll er tot sein? Selbstmord? Das kann und will ich einfach nicht glauben.«

Sie schnäuzte sich lautstark in ein durchfeuchtetes Taschentuch, während Regina sich eine Zigarette anzündete und mit geschlossenen Augen genüsslich daran zog.

»Vielleicht war dit ja ein Unfall, er hat sich zu weit über den Balkon gebeugt und schwupp ... Oder war er Schlafwandler?«

Natascha zuckte mit den Schultern. »Er hat tierisch geschnarcht, aber nicht geschlafwandelt.«

Regina schnippte etwas Asche auf die Erde und grinste ihre Mitpatientin an. »Aha! Ick hab's ja gleich gewusst, dass zwischen euch wat am Loofen ist. Für so wat hab ick ja 'ne Eingebung.«

»Ich weiß, er war verheiratet, also bitte verurteile mich nicht«, sagte Natascha und legte ihren Kopf an Reginas Schulter.

Die verschluckte sich fast am Rauch ihres Glimmstängels. »Mir ist das völlig schnurzpiepe, wer hier rumbumst, wir sind schließlich alle erwachsen. Allerdings hätte ick dir schon einen besseren Geschmack zugetraut. Den Hans-Peter hätteste mir nackt auf den Rollator binden können, den hätte ick mit Karacho in der Nordsee versenkt. Der war doch so'n Schwätzer, typischer Vertriebsmensch, ganz viel Blabla, nur heiße Luft, was bei dem rauskam.«

»Ich gerate immer an die falschen Männer«, sinnierte Natascha traurig und zwirbelte verträumt an einer ihrer blonden Strähnen herum. »Bisher haben sie mich nur geghostet und seit Neuestem springen sie auch noch vom Balkon. Was stimmt bloß nicht mit mir, dass keiner eine Beziehung mit mir will?«

»Männer muss man nicht verstehen«, bemerkte Regina und zog erneut genüsslich an ihrer Zigarette. Dann sagte sie: »Ach, Kindchen, mach es wie ich: keene Beziehung. Ick will nur noch Spaß haben, weil der ist nie mühsam. Beziehungen sind anstrengend und kompliziert, zumindest irgendwann.«

Natascha sah mit leerem Blick auf den gepflasterten Eingang zur Klinik. »Er hat mir gesagt, ich wäre seine Seelenverwandte und er wolle alles mit mir teilen.«

»Nachtigall, ick hör dir trapsen. Sei froh, dass er dich nicht zum gemeinsamen Balkonspringen überredet hat, wa?«

Empört richtete Natascha sich auf und schüttelte vehement den Kopf, um ausdrücklich zu betonen, dass sie das Leben und die Männer abgöttisch liebe. »Weißt du, Regina, ich will nämlich noch Mutter werden, das steht bei mir ganz oben auf der To-do-Liste. Aber dafür brauche ich halt einen Kerl.«

»Janz jenau, und zwar keinen, der sich einfach aus dem Staub macht und vom Balkon hüpft. So ein verdammter Idiot!«

»Mein Kinderwunsch hat mich ja schon in die Depressionen getrieben, mit dreiundvierzig läuft mir die Zeit davon. Ich sage nur: tick, tack, tick, tack.« Sie hielt kurz inne und in ihre Augen trat ein wütendes Funkeln. »Er hat mir gesagt, dass er sich eine Zukunft mit mir vorstellen kann, eine Familie gründen, mit allem, was dazugehört. Der hat mich voll verarscht. Ich hasse ihn.«

»Ach, Schätzchen«, Regina klopfte ihr grinsend auf den Oberschenkel, »was erzählen die Kerle nicht alles, um einen in die Kiste zu kriegen. Mir hat tatsächlich mal einer gesagt, er würde mir ein Schloss bauen, weil ick seine Prinzessin wär. Mit über vierzig hat der noch in 'ner Fünfer-WG gelebt und irgendeinen Scheiß studiert, womit er später Taxifahren kann.« Sie lachte auf. »Da darf man nicht naiv sein, der Hans-Peter war doch bestimmt schon Ende fünfzig. Gloob mir, da will keener mehr Windeln wechseln, sondern nur noch die Midlife-Crisis aufpolieren. Ick weeß, wovon ick spreche, solche Egoisten gibt es wie Sand am Meer, die sind mir jahrelang vor die Füße geschwemmt worden, wa.«

»Nein, der hat das wirklich todernst gemeint«, widersprach Natascha. »Hans-Peter wollte sogar seine Frau verlassen, zu mir nach Wiesbaden ziehen und ...« Sie beendete ihren Satz nicht, da sie erneut ein lauter Schluchzer überkam.

Regina gähnte demonstrativ. »Der Typ war dein Kurschatten - mehr nicht. Vielleicht hat sein schlechtes Gewissen ihn geplagt und deshalb hat er sich getötet. Das männliche Gehirn hat manchmal Aussetzer, wir Frauen können das überhaupt nicht nachvollziehen, wieso sich das andere Geschlecht plötzlich trennt, fremdgeht oder halt in den Tod hüpft. Die Psyche eines Mannes ist ein Buch mit sieben Siegeln.«

Natascha blickte sie misstrauisch an. »Du verarschst mich gerade, so was habe ich ja noch nie gehört.«

»Frag mal die Neue an unserem Tisch«, reagierte Regina achselzuckend. »Die alte Oma kann dir das garantiert bestätigen, die hat von uns allen die meiste Lebenserfahrung auf dem Buckel.«

»Diese ›Oma‹ heißt Käthe und ich finde sie ganz nett, sie gibt dir auch mal Widerworte.« Ein kaum bemerkbares Grinsen huschte ihr über das verheulte Gesicht.

»Kannst ihr ja gleich Löcher in ihren schrumpeligen Omabauch fragen, die rennt dahinten nämlich gerade wie vom Heiligen Geist verfolgt in die Lobby«, sagte Regina und streckte den Zeigefinger aus.

Laut schnaufend lief Käthe zum Empfang der Kurklinik, wo Margit Thomsen hinter einer Glasscheibe saß und vogelwild auf der Tastatur herumklimperte, um Arztbriefe abzutippen. Im Schreibsekretariat waren mehrere Kolleginnen krank, daher half sie etwas aus.

»Entschuldigung, wurde hier ein iPhone abgegeben?«, fragte Käthe ganz außer Atem. »Seit heute Nacht ist es spurlos verschwunden.«

Frau Thomsen hob den Kopf, ohne mit dem Tippen aufzuhören, und verneinte. »Möchten Sie ein Glas Wasser? Sie sind ja völlig aus der Puste. Kommen Sie vom Joggen?«

»Nein! Vom Suchen meines Handys. Ich bin noch mal den ganzen Weg abgelaufen, den ich gestern Nacht hier zur Klinik gegangen bin.«

»Sie hätten sich doch ein Taxi nehmen können.«

»Es gab keines mehr zu so später Stunde. Wissen Sie, mit der Bahn zu fahren ist eine Zumutung. Beim nächsten Mal fliege ich, da muss ich einfach an meine Knochen denken, statt an den Klimaschutz. Zum Glück hat mir eine junge Frau angeboten, dass ihr Vater mich im Auto mitnehmen könnte.«

»Oh ja, hier gibt es nur nette Leute auf Sylt«, sagte die Empfangsdame grinsend.

»Na ja, der Kerl hatte miese Laune, er hat mich vorne an der Straße rausgeworfen, sonst wäre mir die katastrophale

Nacht garantiert erspart geblieben. So ein blöder Idiot«, schimpfte Käthe.

Frau Thomsens Gesichtszüge verfinsterten sich. »Dieser Idiot ist mein Mann.«

Käthe quälte sich ein Lächeln ab. Jetzt erinnerte sie sich wieder daran, dass Maike ihr erzählt hatte, ihre Mutter arbeite in der Klinik. Dass sie ausgerechnet an der Rezeption beschäftigt war, hatte Käthe nicht ahnen können.

»Meine Tochter hat mir beim Frühstück davon berichtet, und ja, mein Mann ist manchmal etwas launisch, erst recht, wenn er sein Kind am Bahnhof abholen muss, weil sich der Zug um ein paar Stunden verspätet hat.«

Käthe wedelte abwehrend mit den Händen. »Entschuldigung, ich bin gerade etwas durcheinander wegen meinem verschwundenen Handy. Sie haben eine sehr reizende Tochter. Zum Glück hat sie wohl mehr von Ihren Genen mitbekommen«, versuchte sie ihren Fauxpas wieder auszubügeln.

»Na, dann erst mal herzlich willkommen in der Küstenklinik«, sagte Margit Thomsen und lächelte freundlich. »Hoffentlich hatten Sie eine angenehme erste Nacht, wenn schon die Anreise so anstrengend war.«

Käthe winkte ab und erklärte offenherzig, dass sie diejenige gewesen sei, die den Toten gefunden habe, schließlich hatte sie den Wisch von Dr. Paulsen nicht unterschrieben. Daher konnte und wollte sie über den Umstand offen kommunizieren.

»Oh, wie schrecklich für Sie. Das tut mir leid.« Die Empfangsdame machte ein betroffenes Gesicht und hielt sich die Hand vor den Mund.

»Ich lebe ja noch. Mir tut der Mann leid, der auf so tragische Weise gestorben ist.«

»Ja, natürlich. Aber wir sind nun mal eine Klinik, unsere

Patienten haben alle ihr Päckchen zu tragen, keiner ist ohne Grund hier.«

Käthe nickte stöhnend und schaute auf das Namensschildchen ihres Gegenübers. »Ach, Frau Thomsen, es kann ja nur besser werden, nicht wahr? Wissen Sie, seit meiner Ankunft bin ich über eine Leiche gestrauchelt, mit Oberschwester Gundula aneinandergeraten und gerade eben hat der Chefarzt versucht, mir ein unmoralisches Angebot zu machen, aber nein, danke. Nicht mit mir.« Sie tippte sich gegen die Stirn. »Dummerweise ist nun auch noch mein Handy wie vom Erdboden verschluckt, was zur Folge hat, dass meine Tochter Sie mit Anrufen bombardieren könnte, da warne ich schon mal vor.« Sie seufzte. »So habe ich mir meine allererste Kur überhaupt nicht vorgestellt.«

Margit Thomsen neigte interessiert den Kopf, dann beugte sie sich näher zum Fenster in der Glasscheibe nach vorn. »Darf ich fragen, was für ein unmoralisches Angebot Sie von unserem Dr. Paulsen bekommen haben?«, fragte sie flüsternd.

»Ich soll niemandem verraten, dass ich über einen Selbstmörder gefallen bin. Im Gegenzug hat er mir so ein Beautypaket auf Kosten des Hauses angeboten. Der spinnt doch, als ob ich mir einen Maulkorb für Schönheitsbehandlungen verpassen lasse«, empörte sich Käthe.

»Ach, das ist aber großzügig vom Herrn Dr. Paulsen und gar nicht unmoralisch. Wir wollen einfach keine negative Presse, weil wir einen guten Ruf zu verlieren haben, verstehen Sie?«

Käthe rollte mit den Augen und fragte, wie es für sie nun weitergehe, da sie sich komplett planlos in der Küstenklinik fühle.

Frau Thomsen nahm sich die Zeit und erklärte ihr ausführlich die nächsten Schritte, dabei beteuerte sie, dass die Gäste normalerweise tagsüber anreisten und sie sich alle die größte

Mühe geben würden, damit sich die Neuankömmlinge wohlfühlten. »Verraten Sie mir bitte noch Ihren Namen und die Zimmernummer, dann melde ich mich sofort, falls jemand Ihr Handy gefunden hat, und sollten Sie weitere Fragen haben, kommen Sie jederzeit gern auf mich zu. Da Sie ja schon meine Familie kennengelernt haben, gibt es eine Verbindung zwischen uns.« Sie zwinkerte ihr zu.

Käthe strahlte. Das war doch mal ein Lichtblick, die Rezeptionistin war ein echter Sonnenschein. »Käthe Bohneberger, Zimmer 612«, teilte sie mit. »Vielen Dank, Sie sind genauso freundlich und hilfsbereit wie Ihre Tochter. Grüßen Sie die Maike ganz lieb von mir.«

Damit verabschiedete sich Käthe und ging nach draußen, um endlich zum Strand zu gehen und mit ihren Füßen die Wassertemperatur zu checken.

Weit kam sie allerdings nicht.

»Huhu!«, schrie Regina. »Wir sitzen hier drüben.«

Käthe hatte überhaupt keine Lust auf die Berliner Schnauze, aber da sie es sich nach dem Chefarzt und der Oberschwester nicht auch noch mit der Tischnachbarin verscherzen wollte, ging sie zu den beiden und nahm auf der Parkbank Platz. Natascha sah aus, als hätte sie viel geweint, doch sie schien sich wieder beruhigt zu haben. Stattdessen erkundigte sie sich bei Käthe, ob alles in Ordnung sei, da sie so aufgewühlt wirke.

Käthe schüttete den beiden Frauen ihr Herz aus - wie sie den Toten gefunden hatte und der Chefarzt sie zum Schweigen bringen wollte.

»Aber er hat doch im Speisesaal ganz offen von dem tragischen Umstand erzählt, dass der Hans-Peter sich umgebracht hat. Stehe ich jetzt auf dem Schlauch?«, hinterfragte Natascha den Bericht.

»Ja, der Chefarzt hat halt Angst, dass ich die Klinik verklagen könnte, weil ich Schmerzensgeldansprüche geltend mache, da ich über die Leiche gefallen bin«, erklärte Käthe. »Hinzu kommt, dass es sich um den dritten Todessprung in diesem Jahr handelt. Das will man vor der Presse vertuschen.«

»Um dit noch mal zusammenzufassen, man hat dir ein Beautypaket angeboten, damit du so einen Halts-Maul-Wisch unterschreibst?« Die orangehaarige Berlinerin konnte es kaum glauben. »Mensch, warum habe ick immer so ein Pech im Leben. Ick wäre so gern mit meinem Wägelchen über den Hans-Peter gerumpelt, da hätt ick alles unterschrieben. Ick könnte mal wieder 'ne Ladung Botox in die Stirn vertragen. Könntest du auch mal ausprobieren, du hast ein paar Sorgenfältchen.«

»Nein, danke, Schlangengift kommt mir nicht ins Gesicht! Ich kann auch so giftig genug sein und zubeißen kann ich auch auf Wunsch«, widersprach Käthe. »Ich bin weder botoxbar noch erpressbar. Mir so auffällig den Mund zu verbieten, wo kommen wir denn da hin? Irgendwas ist da faul, ich weiß nur nicht, was.« Käthe runzelte die Stirn.

»Faul? Wieso?«, wollte Regina wissen. Man sah ihr an, dass sie sich noch immer schwarzärgerte, dass sie keine Gratisanwendungen angeboten bekommen hatte.

»Weibliche Intuition. Ich bin seit Jahrzehnten die Schwiegermutter eines Polizisten, da hat man so ein Bauchgefühl für faule Angelegenheiten, und seien wir mal ehrlich, es spricht nicht gerade für eine Kurklinik, wenn sich da ständig jemand umbringt.«

Bei diesen letzten Worten richtete sich Natascha auf und verkündete mit fester Stimme: »Das war kein Selbstmord. Niemals! Er wollte sich nie und nimmer umbringen, weil ...« Sie stockte und schaute nachdenklich auf den Boden.

»Was macht dich da so sicher?«, hakte Käthe sofort nach. Sie brauchte Beweise, die einen solchen Verdacht bestätigten.

»Der Kerl wollte ihr ein Kind schenken. Irre, wa?«, antwortete Regina an Nataschas Stelle und zündete sich die nächste Zigarette an.

»Wie bitte? Das glaube ich jetzt nicht!« Käthe fiel aus allen Wolken.

»Der Altersunterschied hat mich gar nicht gestört«, beeilte sich Natascha zu versichern. »Wir waren total verliebt, und erst gestern hat er mir noch gesagt, dass ich seine absolute Traumfrau bin und er Kinder mit mir haben möchte. Wer sagt denn so was und springt dann?«

Jetzt ratterte es in Käthes Hirnzellen. Auf einmal ergab alles Sinn: Nach dem Leichenfund hatte man sie ruhiggestellt, damit sie sich an nichts erinnern konnte, und zwar nicht, weil man vermeiden wollte, dass sie die Klinik wegen ihres Sturzes auf Schmerzensgeld verklagte, sondern um einen Mord zu vertuschen. Das würde auch das merkwürdige Verhalten von Dr. Paulsen und der Oberschwester erklären.

Wütend schlug sie die Hände zusammen. »Wir müssen zur Polizei! Sofort!«

»Warum? Überleg dir die Sache mit dem Beautypaket lieber noch mal, den Hans-Peter kannst du eh nicht mehr lebendig machen«, versuchte Regina sie zu bremsen, sie sah das alles sehr pragmatisch. »Du hast verdammt stumpfe Nägel, ein bisschen Lack würde deinen Fingerchen guttun.«

»Mein Schwiegersohn sagt immer, dass die Dunkelziffer bei Mordfällen enorm hoch ist, und dass das Schlimmste, was passieren kann, ist, dass Mitbürger sich nicht melden, obwohl sie einen Verdacht haben.«

»Mord?«, sagten Regina und Natascha gleichzeitig und starrten Käthe entgeistert an.

Die war jedoch längst aufgesprungen, um auf ein Taxi zuzumarschieren, das seit einiger Zeit vor der Klinik stand.

»Was ist los, Natascha?«, rief Käthe ihr zu. »Machst du jetzt einen Rückzieher? Du hast doch gerade selbst gesagt, dass du einen Freitod ausschließt.«

»Könnte es nicht auch ein tragischer Unfall gewesen sein?«, ruderte die Angesprochene zurück. »Man muss ja nicht gleich vom Allerschlimmsten ausgehen.«

Regina stimmte ihr zu. »Genau. Vielleicht hat er auf dem Balkongeländer Kunststücke eingeübt und ist dabei abgerutscht, so Unfälle passieren. Ein Mord ist für mich völlig ausgeschlossen. Wir sind schließlich auf Sylt und nicht in meinem Kreuzberg, da wirst du schon wegen läppischen zehn Euro um die Ecke gebracht.«

Käthe zeigte ihr einen Vogel und bat Natascha nun eindringlich, mit ihr zusammen zum Polizeirevier zu fahren, sie duldete keine Widerworte.

Natascha gab sich geschlagen. Mit wackeligen Knien stieg sie hinter Käthe in den Wagen ein.

Die war längst in ihrem Element, ihr kriminalistischer Spürsinn war geweckt. Würde sie aufgrund ihrer Kernkompetenz als Schwiegermutter eines Dorfpolizisten tatsächlich den Stein ins Rollen bringen können, um einen mysteriösen Todesfall in der Küstenklinik aufzudecken, bei dem sich der Chefarzt äußerst merkwürdig verhielt?

Kapitel 7

Das alte Backsteingebäude des Sylter Polizeireviers lag nur wenige Gehminuten von der Einkaufs- und Flaniermeile Westerlands entfernt. Dort befand sich auch die ortsansässige Kriminalpolizei, denn leider gehörten Kapitalverbrechen ebenso zum Alltag auf der Insel wie auf dem Festland, weshalb das Landeskriminalamt in Schleswig-Holstein diesen Außenposten nicht aufgeben wollte.

An diesem Vormittag saß Kriminalkommissar Nils Rasmussen mutterseelenallein im Dienstzimmer und rieb sich die Augen, gefolgt von einem lauten Gähnen. Der junge Polizist war total übernächtigt. Schuld daran waren seine sechs Monate alten Zwillingssöhne, die ihm kein bisschen Nachtruhe gönnten. Da es momentan nichts zu tun gab, legte er die Füße auf den Schreibtisch und nach ein paar Sekunden sackte sein Kopf Richtung Brust. Sein Schnarchen verriet, dass er ein Nickerchen machte, um seine Akkus wieder aufzuladen, denn es war gerade mal die Hälfte des Arbeitstages geschafft.

»Nils! Niiiiiils!«

Wie vom Blitz getroffen schreckte der Polizist auf und schaute in das wütende Gesicht seines Aufweckers.

»Sorry, ich war nur kurz in Gedanken versunken«, entschuldigte er sich. »So was kann ja mal passieren.«

»Moin.« Der ältere Herr mit grauem Bart und Bauchansatz grummelte etwas vor sich hin, dann sagte er laut: »Ich bin noch nie in meinem ganzen Leben im Dienst eingeschlafen. Ein guter Polizist ist immer wachsam.« Eingeschnappt knallte er Nils sein Matjesbrötchen vor den Computer und knurrte: »Mahlzeit!«

»Ja, ja, du bist der Superpolizist, der nie einen Fehler gemacht hat, aber vergiss nicht, dass Mama dir immer den Rücken freigehalten hat und du dich um nichts daheim kümmern musstest. Du bist garantiert niemals nachts aufgestanden, wenn ich als Baby gebrüllt habe.«

Hinnerk Rasmussen, Vater von Nils und früherer Leiter der Kripo Sylt, war zum Leidwesen seines Sohnes ständig in der Dienststelle präsent - nicht nur zur Mittagspause wie an diesem Tag. Der alte Herr konnte sich einfach nicht von seiner Arbeit trennen - erst recht nicht, seit er verwitwet war und ihm daheim sprichwörtlich die Decke auf den Kopf fiel.

»Willst du mir jetzt allen Ernstes ein schlechtes Gewissen einreden, weil ich angeblich ein mieser Vater und Ehemann gewesen bin?«, fragte Hinnerk. Er hatte sich inzwischen gesetzt und biss ein großes Stück von seinem Fischbrötchen ab.

»Nein, aber die Zeiten haben sich geändert und Diana und ich haben uns nun mal dafür entschieden, dass wir uns gleichberechtigt um die Zwillinge kümmern wollen«, verteidigte sich Nils. »Deshalb werde ich ja bald in Elternzeit gehen, ob dir das passt oder nicht.« Schlecht gelaunt wickelte er sein Fischbrötchen aus und biss in den frischen Matjes.

»Du kannst meinetwegen eine Vater-Kind-Kur machen, so lange du nicht im Revier während der Dienstzeit mit den Füßen auf dem Tisch schläfst. Schon mal daran gedacht, was für ein mieses Bild das abgibt, wenn ein Bürger dich so beim Schnarchen erwischt? Wir haben als Beamte im öffentlichen Dienst eine Vorbildfunktion und müssen uns entsprechend repräsentieren. Vergiss das bitte nicht.«

»Willst du mir damit sagen, dass ich ein schlechter Polizist bin?«, pampte Nils zurück. Er fühlte sich ohnehin als ständiger Versager, der es seinem Vater nie recht machen konnte, es gelang ihm einfach nicht, aus dessen Schatten herauszutreten.

»Mein lieber Nils, Du musst noch sehr viel lernen. Du

kannst von Glück sagen, dass ich dir über die Schulter blicke und dir mit Rat und Tat ...«

»Papa, du bist pensioniert«, unterbrach Nils ihn. »Du musst endlich kapieren, dass du hier nicht ständig auftauchen und mich maßregeln kannst. Ich kann nichts dafür, dass du dich daheim zu Tode langweilst. Segel mit deinem Boot raus oder verreise mal. Mach dir ein schönes Leben und genieße endlich deinen Ruhestand, das hast du dir verdient.«

Hinnerk Rasmussen schaute seinen Sohn mit glasigen Augen an. »Allein zu verreisen kommt für mich überhaupt nicht infrage, außerdem merke ich doch, dass du maßlos überfordert bist. Ich meine es ja nur gut.«

Nils stöhnte genervt. Er war es leid, immer wieder mit dem unterschwelligen Vorwurf konfrontiert zu werden, dass er seinen Job nicht gut machte. Er bereute es ohnehin, dass er sich nach dem Tod der Mutter nach Sylt hatte versetzen lassen, damit sein Vater nicht so einsam war. Seine Frau vermisste nämlich die Großstadt und fühlte sich an dem neuen Wohnort überhaupt nicht wohl, daher hatte Nils auch privat häufig mit Konflikten zu kämpfen, in die sich sein alter Herr zum Glück nicht einmischte. Bisher jedenfalls nicht, aber die Zwillinge waren noch Babys und er rechnete ständig damit, dass Opa Hinnerk ihn bald mit klugen Ratschlägen bedrängen würde.

Nils ließ sein Fischbrötchen sinken und sah seinen Vater streng an, um offen zu sagen, was ihm schon lange auf der Zunge lag: »Ich will, dass du nicht mehr täglich hier aufkreuzt, weil du andauernd an mir herumnörgelst.«

»Aha, und ich will, dass du nicht mehr am Schreibtisch pennst, weil mir das als dein Vater und Ex-Kriminalhauptkommissar oberpeinlich ist.«

In diesem Moment wurde die Tür aufgerissen und das Vater-Sohn-Gespann wurde in seinem gegenseitigen Vorwürfemachen unterbrochen.

»Guten Tag! Ein Kollege von Ihnen hat uns hierher geschickt, es geht um einen Leichenfund. Sind wir da bei Ihnen richtig?« Eine ältere, aufgebrachte Dame war zusammen mit einer bedeutend jüngeren und sehr viel zurückhaltenderen Blondine in ihr Büro geplatzt und sah ihn und Hinnerk auffordernd an. Ihre Begleiterin zappelte nervös von einem Bein aufs andere, als wäre sie am liebsten gar nicht hier.

Nils räusperte sich. »Moin. Ich bin Kriminalkommissar Nils Rasmussen, herzlich willkommen«, begrüßte er die beiden und warf seinem Vater einen bitterbösen Blick zu, damit er sich ja aus dem Gespräch heraushielte. Er wollte ihm beweisen, dass er als übermüdeter junger Vater sehr wohl ein guter Polizist sein konnte. »Was kann ich für Sie tun?«

»Mein Name ist Käthe Bohneberger und ich habe heute Nacht einen toten Mann namens Hans-Peter Mohrbach gefunden, hinter der Küstenklinik, in der ich selbst Patientin bin. Um genau zu sein, bin ich über ihn gestolpert. Tja, und jetzt wollte ich mich als Zeugin melden, weil die Polizei mich überhaupt nicht befragt hat. Es war angeblich Selbstmord, aber wer weiß das schon so genau, gell?«, ratterte Käthe aufgeregt herunter, dann fügte sie etwas ruhiger hinzu: »Wissen Sie, das ist kein Vorwurf an Sie, weil ich mich bei Ihrer Ankunft in der Nacht höchstwahrscheinlich schon im Dämmerschlaf befunden habe. Das Klinikpersonal hat mich nämlich quasi in einen tiefen Traum gespritzt, aber jetzt bin ich wieder hellwach und für jegliche Befragungen bereit.« Sie schickte ein unternehmungslustiges Strahlen hinterher, während ihre Begleiterin leise schniefte.

Hinnerk sog scharf die Luft ein und schaute blitzschnell

aus dem Fenster, offenbar wollte er sich tatsächlich zurückhalten.

Nils bestätigte den Damen, dass er in der Nacht zum Einsatz angefordert worden sei und dass es sich wirklich um Selbstmord handele. »Sturz aus einer höheren Etage.«

»Genau, Balkonsturz, zumindest heißt es offiziell so«, hakte Käthe gleich ein. »Aber der Tote könnte auch absichtlich geschubst worden sein oder er wurde anderweitig getötet, denn keiner hat den Mann fallen gesehen, oder?« Sie verschränkte die Arme und sah Nils kampflustig an. »Da sind Sie jetzt baff, gell? Mein Schwiegersohn ist nämlich im gleichen Verein wie Sie - da kenne ich mich halt ein bisschen aus.«

Im Augenwinkel nahm Nils wahr, wie sein Vater hektisch eine Zeitung aufschlug, um sich abzulenken.

»Es ist sehr freundlich von Ihnen, dass Sie sich solche Sorgen machen«, erwiderte Nils, »aber ich habe mir das Zimmer des Patienten angeschaut. Die Balkontür stand sperrangelweit offen und die Leiche lag quasi genau darunter, der Balkon muss daher als Absturzstelle angenommen werden. Aufgrund der Schwere seiner Verletzungen kann man zudem davon ausgehen, dass diese beim Aufprall entstanden sind, das hat der Bereitschaftsarzt bestätigt.«

Der Alt-Kommissar räusperte sich dreimal sehr auffällig, weshalb Sohnemann Nils ergänzte: »Selbstverständlich wird die Leiche noch von der Gerichtsmedizin untersucht, damit wir eindeutig feststellen können, dass es sich um Suizid handelt. Aber warum fragen Sie? Haben Sie einen begründeten Zweifel an dem Selbstmord?«

Käthe drehte sich um und zeigte auf ihre Begleiterin. »Das ist die Natascha. Ihr hat der Tote ein Kind versprochen, das sagt doch alles, oder?«

Nils Rasmussen sah sie irritiert an, für einen Augenblick war er sprachlos.

»Wir glauben, dass ein Mörder seine Finger im Spiel hatte und Hans-Peter Mohrbach absichtlich gestoßen hat«, erklärte Käthe laut in die Stille hinein.

Nils blickte ratsuchend zu seinem Vater, der sich den grauen Bart kraulte und die Lippen fest aufeinanderpresste. Er überlegte kurz und sagte schließlich: »Ähm, es gibt dazu im Moment keinen Anlass, denn ... Also nach Rücksprache mit dem behandelnden Arzt liegt eine Diagnose bei dem Verstorbenen vor, die die Absicht zur Selbsttötung durchaus bestätigt. Mehr kann ich dazu nicht sagen.«

»Mein Hans-Peter war nicht depressiv«, meldete sich Natascha energisch zu Wort. »Ich war sein Kurschatten. Schauen Sie mich an, welcher Mann springt freiwillig in den Tod, wenn er mit mir zusammensein kann? Das ist doch völlig absurd.« Sie wirkte auf einmal besonders selbstbewusst und fuhr sich bei ihren Worten mehrfach durch die blonden Haare.

»Haben Sie denn etwas Verdächtiges bemerkt?«, erkundigte sich Nils. »Hat Ihr Kurschatten zum Beispiel geäußert, dass er bedroht wird?«

Natascha verneinte und ergänzte: »Ich bin wohl die Vorletzte, die ihn lebend gesehen hat, er war an dem Abend wie immer. Hans-Peter war super drauf, es hat nichts darauf hingewiesen, dass sich danach solch eine Tragödie abspielen würde.« Sie gab einen langen Seufzer von sich.

Nils knetete nervös seine Hände. »Tut mir leid, das ist kein Indiz dafür, dass jemand seinem Leben nicht ein Ende setzen will. Ich weiß, es ist für Angehörige ... ähm, ... oder auch Kurschatten schwer zu begreifen, was geschehen ist. In der Küstenklinik gibt es sicherlich ausgezeichnete Psychologen, die Ihnen über den Verlust hinweghelfen können.«

»Moment!«, mischte sich nun Käthe wieder ein und hob mahnend den Zeigefinger. Dann berichtete sie von einer Art dubiosem Schweigevertrag, den sie habe unterschreiben sollen, und äußerte den Verdacht, dass Chefarzt Dr. Paulsen etwas vertuschen wolle. »Ein Vögelchen hat mir gezwitschert, dass Herr Mohrbach bereits der dritte Balkonspringer dieses Jahr war. Sehr merkwürdig, oder nicht?«

»Das ist doch absurd. Sie sollten sich etwas zurücknehmen mit diesen Anschuldigungen. Die Klinik hat einen ausgezeichneten Ruf«, widersprach Nils. Er konnte die Unterstellungen der beiden Damen nicht so recht nachvollziehen. »Bitte denken Sie daran, dass dort viele Patienten mit psychischen Erkrankungen behandelt werden. Da ist es nicht ganz abwegig, dass jemand auf eigenen Wunsch aus dem Leben scheiden will.«

»Aber nicht mein Hans-Peter!«, beharrte Natascha. »Sie müssen den wahren Mörder oder die Mörderin finden, diese Bestie hat den Vater meines noch nicht gezeugten Wunschkindes auf dem Gewissen. Vielleicht hat seine Frau ja einen Auftragskiller engagiert oder sie war selbst vor Ort, um ihren untreuen Gatten zu schubsen.«

Nun reichte es. Nils hob abwehrend die Hände. »Stopp, stopp, jetzt ist es mal genug mit Ihren wüsten Spekulationen. Melden Sie sich gern bei mir, wenn Ihnen einfällt, dass Sie an dem besagten Abend etwas Verdächtiges beobachtet haben.« Er überreichte den beiden jeweils eine Visitenkarte und stand von seinem quietschenden Drehstuhl auf. »Ich wünsche Ihnen noch einen schönen Tag, genießen Sie Sylt.«

»Das heißt, Sie tun jetzt gar nichts?«, fragte Käthe entsetzt.

»Um welche Uhrzeit haben Sie den Toten denn gefunden?«, meldete sich Hinnerk nun doch zu Wort und legte seine Zeitung zur Seite.

Sie zuckte mit den Schultern. »Kurz nach Mitternacht, weil ich sehr spät mit dem Zug angekommen bin.«

Hinnerk nickte, anschließend wandte er sich an Natascha und erkundigte sich, wann sie ihren Kurschatten zuletzt gesehen habe.

»Wir waren zusammen in der Weinstube der Küstenklinik und sind dann gemeinsam zu den Aufzügen gegangen. Ich glaube, so gegen 22 Uhr haben wir uns verabschiedet und jeder von uns ist in sein Zimmer gegangen. Er auf Zimmer 647 und ich in die 319, weil ich noch mit meiner besten Freundin zum Telefonieren verabredet war.«

»Okay, das bedeutet, der Tod ist zwischen 22 Uhr und Mitternacht eingetreten«, fasste der Pensionär zusammen. »Vielen Dank, dass Sie sich gemeldet haben, Frau ähm ...?«

»Bohneberger. Immer noch Bohneberger.« Sie lächelte ihn an. »Sie sind hier der Chef, der sich keine Namen merken kann oder was?«

»Nein!«, ging Nils dazwischen. »Ich bin der Boss!«

»Ich bin nur der Vater«, brummte Hinnerk, dann wandte er sich an seinen Sohn: »Nils, nimm doch mal die Personalien der Damen auf, damit wir uns bei Rückfragen melden können.«

»Ach, verstehe«, sagte Käthe schnippisch. »Das ist hier so 'ne kleine Polizei-Klitsche, wo die ganze Familie an den Fällen rumdoktert? Kommt mir irgendwie aus meiner Heimat bekannt vor, aber da ist selbst mein Schwiegersohn tausendmal besser.«

»Wie bitte?«, grollte Hinnerk. »Wollen Sie uns vorwerfen, dass wir unsere Arbeit nicht vernünftig machen? Wir sind die Kriminalpolizei!«

»Tja, dann halt Kripo-Klitsche«, konterte Käthe. »Also, wenn ich sehe, dass Sie am Schreibtisch Zeitung lesen, weiß ich

Bescheid, wie hier gearbeitet wird. Ein Mensch ist tot und die Polizei macht nichts. Das ist alles höchst unprofessionell, aber was will man von so einer Klitsche, Pardon, Insel-Dienststelle auch erwarten? Sie spielen mit dem Junior bestimmt den ganzen Tag Mau-Mau oder Schiffe versenken.«

»Das ist eine absolute Frechheit, zügeln Sie sofort Ihre spitze Zunge!«, raunzte Hinnerk sie an, während Nils sich die Personalien der Jüngeren notierte und nachfragte, wie der Name Gawinski genau geschrieben würde.

»Ach, sagen Sie, wenn ich schon mal hier bin, es wurde nicht zufällig ein Handy abgegeben? Meins ist seit dem Leichenfund nämlich spurlos verschwunden«, fragte Käthe.

»Wir sind die Kriminalpolizei, nicht das Fundbüro, für so was ist unsere Klitsche nicht zuständig«, zischte Hinnerk bissig.

Käthe wandte sich mit einem empörten Schnauben ab, buchstabierte Nils gegenüber ihren Nachnamen, dann packte sie ihre Begleiterin am Ärmel und zerrte sie aus dem Büro. Sie hatte es plötzlich sehr eilig.

Kaum war die Tür ins Schloss gefallen, knöpfte sich Hinnerk seinen Sohn vor. »Hast du die Kollegen von der Spurensicherung wirklich gar nicht erst eingeschaltet?«

»Mensch, Papa, der Arzt hat mir glaubhaft versichert, dass sein Patient Hans-Peter Mohrbach in seiner Gegenwart mehrfach von Suizid gesprochen hat. Da habe ich keinen Anlass gesehen, die Kollegen von der Spusi aus Flensburg anzufordern. Erst recht nicht mitten in der Nacht«, verteidigte sich Nils.

»Du hast gesagt, du warst in seinem Patientenzimmer. Welcher Stock war das?«

»Der sechste. Wieso?«

»Na, dann streng mal deine Gehirnzellen an. Welcher behandelnde Arzt lässt seinen Patienten im sechsten Stock wohnen, wenn dieser ihm gegenüber mehrfach von Selbstmord gesprochen hat? Das ist doch unverantwortlich.«

Nils stutzte. »Was willst du mir damit sagen?«

»Dass wir die Aussagen der alten Schachtel und ihrer Begleiterin ernst nehmen sollten. Außerdem brauchen wir Fakten und Beweise und keine Aussagen von Ärzten. Ich habe den Eindruck, dass du den Fall schnell zu den Akten legen willst, damit du mehr Zeit zum Schlafen und für deine Familie hast.« Hinnerk lehnte sich in seinem Stuhl zurück und verschränkte die Arme vor der Brust. »Aus diesem Grund würde ich dich sehr gern in dem Fall unterstützen, denn ich habe im Gegensatz zu dir jede Menge Zeit und meinen Job immer zu einhundert Prozent erfüllt - egal, was ich privat um die Ohren hatte. Die Gerichtsmedizin in Flensburg soll die genaue Todesursache und den Todeszeitpunkt feststellen, das kann ich alles für dich übernehmen. Na, was sagst du?«

Nils spürte, wie die Wut auf seinen Vater mit jedem seiner Worte mehr in ihm hochkochte. »Raus! Sofort raus!« Mit ausgestrecktem Arm zeigte er auf die Tür.

Hinnerk klemmte murrend seine Zeitung unter den Arm und verließ augenblicklich das Büro, um zu seinem Fahrrad zu gehen, das er draußen geparkt hatte. Verärgert über den Rauswurf trat er umso heftiger in die Pedale und schmiedete dabei einen Plan, wie er doch noch in eigener Regie an dem Fall arbeiten könnte. Wie wäre es, wenn er mit der alten Schachtel kooperierte, da sie schon vor Ort in der Klinik war? Den nötigen Biss und Haare auf den Zähnen hatte sie definitiv, das hatte er hautnah miterlebt. Eine Frau, die keine Angst hatte, sich mit Staatsdienern anzulegen, würde auch vor einem Chefarzt nicht kuschen. Besser ging es wohl nicht!

Kapitel 8

Käthe blinzelte gegen die Sonnenstrahlen an, die durch das große Fenster im Untersuchungsraum des jungen, attraktiven Assistenzarztes Julian Jäger fielen.

»Bitte verstehen Sie mich nicht falsch, ich flirte nicht mit Ihnen und ich habe auch keine Ticks. Ich werde einfach nur so stark geblendet.«

»Tut mir leid, Frau Bohneberger. Unsere Jalousien sind defekt, aber so können Sie wenigstens den wunderschönen Blick auf das Meer genießen«, erwiderte der Arzt mit dem strahlenden Zahnpastalächeln.

»Hm, ja, der Anblick ist wirklich atemberaubend.« Käthe grinste ihn breit an.

»Sie können sich gern wieder anziehen.«

»Ach, schon? Das ging ja flott«, sagte sie enttäuscht und stieg von der Pritsche herunter.

»Sie sind kerngesund und haben Topwerte. Sie könnten locker zehn Jahre jünger sein.«

»Aber Herr Doktor, jetzt werde ich ja rot.« Sie lächelte gekünstelt und knöpfte sich die Bluse zu.

»Ich weiß gar nicht, wieso Ihr Hausarzt Ihnen eine stationäre Reha empfohlen hat.«

»Gebrochenes Herz«, erwiderte sie hastig.

»Ihr EKG ist aber erstklassig und auch Ihr Blutdruck ist bombastisch.«

»Also mein Hausarzt hat das mehr im übertragenen Sinne gemeint. Man kann ja auch Liebeskummer haben und dadurch ein seelisches Wrack sein«, erklärte sie und kurz stieg Panik in ihr auf, dass sie auffliegen könnte, da sie wegen ihrer »Broken-Heart-Diagnose« gar nicht kurberechtigt war und wieder die Heimreise antreten müsste. »Ich hätte gern so Gruppentherapien, weil ich mich mit meinem Schwiegersohn im Dauerclinch befinde, und meine Tochter hat ihren Abnabelungsprozess von mir verpasst. Die ist so besorgt um mich, dass ich mich fast schon belästigt und gestalkt fühle.«

»Ich werde Ihnen ein tolles Therapiepaket zusammenstellen, damit Sie das Leben und die Liebe wieder in vollen Zügen genießen können«, versicherte Julian Jäger verschmitzt, dabei zeigten sich seine kleinen Grübchen.

Käthe war derart entzückt, dass sie ihm am liebsten in die Wange gekniffen hätte, weil er so hübsch und charmant war. »Gegen einen kleinen Flirt oder einen Kurschatten hätte ich nix einzuwenden. Mein gebrochenes Herz muss ja wiederbelebt werden, also wenn Sie mir einen Mann verschreiben könnten ...« Sie hüstelte verschämt und fügte schmunzelnd hinzu: »Scherz! Ich mache nur Spaß.«

Der Mediziner beugte sich nach vorn und fragte flüsternd: »Wir haben uns übrigens schon früher kennengelernt, können Sie sich gar nicht erinnern?«

Käthe klappte der Mund auf. »Wirklich? Da muss ich wohl komplett geblendet gewesen sein, vielleicht von Ihrer jugendlichen Schönheit.« Sie grinste schelmisch.

»Ich habe Sie letzte Nacht getroffen. Na, dämmert was?«

Wie in Zeitlupe schüttelte sie den Kopf. »Nee, da dämmert gar nichts, aber in der vergangenen Nacht war ich wohl auch nicht ganz zurechnungsfähig.«

Er zwinkerte ihr zu. »Auf jeden Fall waren Sie sehr anhänglich.«

»Was? Oh Gott, das ist mir jetzt aber peinlich.« Käthe war ehrlich erschrocken. »Ich hoffe, ich habe Sie nicht sexuell belästigt, und wenn doch, sehen Sie es mir bitte nach, ich bin eine alte Frau und habe vielleicht die falschen Medikamente bekommen.«

Der Arzt hielt wortlos seinen linken Arm hoch.

»Sind das Bissspuren?«, fragte Käthe vorsichtig.

»Sie können sich wirklich an überhaupt nichts erinnern? Das ist ja interessant«, erwiderte er anstelle einer Antwort.

Käthe schüttelte den Kopf, sie ahnte Grauenvolles.

»Sie haben heute Nacht einen Schock erlitten und ich habe Ihnen zur Beruhigung ein Mittel gespritzt, nachdem Sie sich mit Tritten und Bissen gegen meine Kollegin und mich gewehrt haben.«

Käthe war entsetzt. »Und das erzählen Sie mir erst jetzt, nachdem ich in Unterwäsche Kniebeugen gemacht habe? Ich bitte Sie vielmals um Verzeihung, ich muss wohl bei dem Sturz über die Leiche eine leichte Gehirnerschütterung erlitten haben, weil beißen tue ich eigentlich niemanden. Zumindest nicht bewusst«, stammelte sie.

Der Arzt begann zu lachen und erklärte, dass er im Nachtdienst eine Brille mit dicken Glasbausteinen trage, da er extrem kurzsichtig sei. »Mit meinen Kontaktlinsen bin ich ein ganz anderer Typ, finden Sie nicht? Sie haben mich ja nicht wiedererkannt.«

Käthe stimmte kopfnickend zu, dann wagte sie einen kleinen Vorstoß in Sachen Handy: »Ach, sagen Sie, Herr Dr. Jäger, Sie haben nicht zufällig bei dem nächtlichen Widerstandskampf mein Handy entdeckt und versehentlich eingesteckt?«

»Nein, tut mir leid, das habe ich nicht gesehen. Übrigens bin ich Arzt - ohne einen Doktortitel.«

»Gut, Herr Jäger ohne Doktortitel, haben Sie eigentlich mitbekommen, ob die Polizei sich ordnungsgemäß um den Tatort gekümmert hat? Sie haben mich ja ins Nirvana gespritzt und ich frage mich jetzt, ob die Spurensicherung so ein Flatterband zwischen den Bäumen gespannt hat. Na, Sie wissen schon, wie man das aus den Krimis im Fernsehen kennt.«

»Tatort?«, wiederholte er leicht spöttisch. »Da hat wohl jemand zu viele spannende Filme geschaut. Frau Bohneberger, ich wünsche Ihnen einen schönen Aufenthalt bei uns. Ihren Therapieplan finden Sie morgen im Laufe des Tages in Ihrem Postfach, gleich hinter der Rezeption.« Mit diesen Worten geleitete der hübsche Assistenzarzt sie unmissverständlich zur Tür.

Käthe fühlte sich regelrecht abgeschoben. Enttäuscht ging sie zur Rezeption, um sich noch einmal bei Frau Thomsen nach ihrem Handy zu erkundigen, doch leider war der Empfang verwaist. Ein Schild an der Glasscheibe wies darauf hin, dass man kurz warten solle. Also lehnte sich Käthe gegen den Tresen und blickte durch die riesigen Fensterscheiben nach draußen, wo Regina noch immer auf der Bank saß und wie ein Schlot rauchte.

Während Käthe mit leerem Blick an der Rezeption verharrte, kam plötzlich ein Mann mit Strohhut und einem Fotoapparat in der Hand in die Klinik gestürmt. Schwitzend und mit roten Flecken im Gesicht steuerte er direkt auf Käthe zu. »Entschuldigen Sie, aber ich suche Herrn Mohrbach. Hans-Peter Mohrbach. Könnten Sie ihn bitte ausrufen lassen? Auf seinem Handy geht er nicht mehr ran und ich bin ein paar Minuten zu spät«, stieß er hervor.

Käthe musterte den Mann von oben bis unten. »Wer will ihn denn so dringend sprechen?«

»Wir haben einen Termin. Wer ich bin, ist doch völlig egal«, reagierte der Mann ungehalten.

»Nein, ist es nicht. Es kann hier nicht jeder in unserer Klinik rein- und rausgehen, ohne sich auszuweisen.«

Der Mann stöhnte genervt auf, dann fummelte er aus seiner Hosentasche einen Ausweis, den er Käthe leicht gereizt unter die Nase hielt.

Sie musterte den Wisch mit gerunzelter Stirn. »Ein Presseausweis? Was wollte Herr Mohrbach denn mit Ihnen besprechen, Herr Friedrichsen?«

»Sie sind aber sehr neugierig. Würden Sie ihn bitte ausrufen? Danke.«

Käthe gab ihm ein Zeichen, ihr zu folgen, und steuerte eine Sitzecke an. Nachdem sie sich dort niedergelassen hatten, klärte sie den Reporter auf: »Herrn Mohrbach kann keiner mehr ausrufen. Er ist nämlich tot. Selbstmord. Also angeblich.«

Friedrichsen nahm automatisch seinen Strohhut ab, er war sprachlos.

»Was wollte er denn nun mit Ihnen besprechen?«, fragte Käthe. »Keine Sorge, ich bin keine Mitarbeiterin, sondern nur eine Mitpatientin, also falls er sich über das schlechte Essen beschweren wollte.« Sie grinste.

»Eine sehr neugierige Mitpatientin, wie ich feststellen muss«, gab der Medienvertreter zurück und fächelte sich mit dem Strohhut Luft zu.

»Ich habe Herrn Mohrbach tot aufgefunden«, erklärte Käthe, »und da frage ich mich natürlich, wieso er sich ein paar Stunden vor einem Pressetermin umbringt. Gibt es da vielleicht einen Zusammenhang?«

Friedrichsen tupfte sich nervös die schwitzige Stirn mit einem Taschentuch ab. »Ich lasse mir keine Schuldgefühle einreden, ich mache auch nur meinen Job und kann nicht hexen. Wir waren für heute und nicht für gestern verabredet. Er hatte sich bei mir in der Redaktion gemeldet, weil er mir ein Exklusivinterview geben wollte.«

»Ach, das ist ja interessant.« Neugierig rutschte Käthe näher an ihn heran. »Worum ging es denn da konkret?«

»Tja, das würde ich auch gern wissen. Er hat mir eine sehr kryptische E-Mail geschrieben, die wertvollen Informationen, die mit der Küstenklinik im Zusammenhang stünden, wollte er mir erst in einem persönlichen Vier-Augen-Gespräch mitteilen.«

Käthe schlug sich freudig auf den Oberschenkel. »Ich hab's mir gleich gedacht, irgendwas stimmt hier nicht. Der Mohrbach ist gestorben, weil er mit Ihnen sprechen wollte, man hat ihn mundtot gemacht.«

Der Journalist hob sofort die Handflächen. »Ich bin nicht schuld daran, ich lasse mir kein schlechtes Gewissen einreden, von niemandem.«

»Jetzt beruhigen Sie sich mal wieder. Sind Sie wirklich ein Journalist oder ein Jammerlappen?«

Der Medienvertreter sah sie angriffslustig an. »Und Sie sind Privatdetektivin? Oder mit wem habe ich das Vergnügen?«

Käthe lächelte milde. »Mein Name ist Käthe und ich ermittle quasi verdeckt.«

»Aha, Sie sind so eine Art Miss Marple oder wie?«

»Quatsch. Ich bin immer noch die rüstige Oma Käthe aus dem Saarland und keine alte Jungfer aus England. Wissen Sie, Herr Friedrichsen, wenn ich schon nachts über eine Leiche stolpere, dann will ich auch wissen, warum derjenige gestorben ist. Das ist doch nachvollziehbar, oder?«

»Sie betreiben also investigativen Journalismus«, erwiderte Friedrichsen. »Da könnten Sie auch als freie Mitarbeiterin beim Sylter Tagblatt anfangen, allerdings ist die Bezahlung bei uns hundsmiserabel.«

Käthe winkte lächelnd ab. »Tut mir leid. Ich bin ganz

schlecht im Schreiben. Postkarten, Einkaufszettel und Lottoscheine sind eher meine Liga.«

Friedrichsen lächelte gequält und erklärte, dass er jetzt dringend losmüsse, weil er nicht fürs Plaudern, sondern für spannende Geschichten bezahlt werde. Dann drückte er Käthe seine Visitenkarte in die Hand mit der Bitte, sich umgehend zu melden, sollte die saarländische Antwort auf Miss Marple eine atemberaubende Story für seine Leser haben, damit die Auflage des Sylter Tagblatts durch die Decke ginge.

»Ich gebe mir die allergrößte Mühe«, gab sie ironisch zurück. »Sagen Sie, Herr Friedrichsen, wissen Sie eigentlich auch etwas über die anderen beiden Selbstmorde, die es in diesem Jahr hier in der Klinik gegeben hat?«

»Nein! Mein Name ist Hase, ich weiß von nix«, wehrte der Lokalreporter ab und erklärte, dass man über Suizid grundsätzlich nicht berichte, es sei denn, es bestehe ein öffentliches Interesse daran, weil die Person prominent gewesen sei. Der Pressekodex verbiete das, weil man keine Nachahmer anregen wolle. Damit verabschiedete er sich von ihr.

Käthe seufzte. Sie konnte sich nicht erklären, warum Dr. Paulsen Angst vor der Presse hatte, wenn diese über Freitod sowieso nicht schreiben würde. Außerdem war es doch höchst merkwürdig, dass Hans-Peter Mohrbach nur wenige Stunden vor seinem Zeitungsinterview auf tragische Weise gestorben war. Ob jemand in sein Vorhaben, sich mit der Presse zu treffen, eingeweiht war? Als Erstes fiel ihr Natascha ein, die würde sie auf jeden Fall darauf ansprechen. Als Zweites kam ihr Andi in den Sinn, der laut Regina einen guten Draht zu dem Verstorbenen gehabt hatte. Gleich nach dem Abendessen würde sie sich den traurigen jungen Mann vorknöpfen. Nach dem katastrophalen Zusammentreffen mit der Sylter Klitschen-Kripo wollte sie ihre neuen Erkenntnisse keinesfalls an die Polizisten weitergeben. Das sonderbare Vater-Sohn-Duo musste nicht alles wissen, denn Käthe lebte nach dem Motto: Selbst ist die Frau, sie brauchte keine Männer. Zumindest keine zeittotschlagenden Beamten, die waren nämlich grundsätzlich zu nichts zu gebrauchen. Und zwar zu gar nichts!

Kapitel 9

Der 23-jährige Andi lag mit hinter dem Kopf verschränkten Armen auf seinem Bett und starrte die weiße Zimmerdecke an. Er hatte das Abendessen ausfallen lassen, weil er überhaupt keinen Appetit hatte, denn die Hiobsbotschaft, dass sein Freund tot war, hatte ihm regelrecht den Boden unter den Füßen weggezogen. Leider kannte er dieses Gefühl der Ohnmacht bereits sehr gut. Vor einem knappen Jahr war seine Mutter plötzlich und unerwartet verstorben, seitdem befand er sich in einer schwierigen Lebenssituation: Andi war mutterseelenallein auf der Welt. Zumindest fühlt es sich für ihn so an. Alle, die er liebte, hatten ihn verlassen. Erst der Vater, dann die Mutter und jetzt auch noch Hans-Peter. Obwohl die beiden sich erst vor ein paar Wochen in der Reha kennengelernt hatten, hatten sie sich auf Anhieb ausgezeichnet verstanden. Der Ältere war für ihn Papaersatz und Vorbild in einem gewesen.

Mit tränenglänzenden Augen blickte er das Bild auf seinem Nachttisch an, auf dem seine Mutter freundlich winkte. Er machte sich schreckliche Vorwürfe, dass er an dem Abend, an dem sie starb, nicht zuhause gewesen war. Erst viel später hatte er sie leblos in der Küche vorgefunden, weil er zuvor aus purer Langeweile stundenlang mit dem Auto durch die Gegend gefahren war. Immer wieder quälte ihn die Frage, was gewesen wäre, wenn er nach Feierabend gleich heimgekommen wäre. Hätte er sie dann retten können? Hätte sie das gerissene Aneurysma überlebt?

Die gleichen Fragen stellte er sich nun auch wegen Hans-Peter: Hätte er seinen Tod verhindern können, wenn er sich ihm gegenüber anders verhalten hätte?

Mit dem Handrücken wischte er sich die Tränen weg. Er musste den schmerzhaften Verlust unbedingt mit seinem Psychologen besprechen, denn er wollte keinesfalls wieder in so ein depressives Loch fallen wie damals bei seiner Mutter. Das war so schlimm gewesen, dass er gar nicht mehr aus dem Bett hatte aufstehen können, und jetzt, wo er gerade auf dem Weg der Besserung war, starb Hans-Peter. Da bestand auf jeden Fall die Gefahr, dass er rückfällig werden könnte, weil er sich wie bei seiner Mutter schreckliche Vorwürfe machte. Würde sein Freund noch leben, wenn er ihn finanziell mehr unterstützt hätte? Schließlich war Andi vermögend, er hatte von seiner Mutter einiges geerbt. Sein Psychologe allerdings war skeptisch gewesen, was seine Freundschaft zu Hans-Peter anbelangte. Er hatte die Befürchtung geäußert, dass er Andi nur ausnutzen würde.

Andi spürte, wie er plötzlich kurzatmig wurde. Seine Hände und seine Beine fingen an zu zittern und sein Herz raste. Er musste dringend seinem Therapeuten anvertrauen, was zwischen ihm und Hans-Peter vorgefallen war, damit er seinen Frieden mit dem Vorfall fand und sich von den Schuldgefühlen löste. Und er musste bei Dr. Paulsen nach einer höheren Dosis Antidepressiva verlangen, um das Geschehene zu verdrängen. Ob Hans-Peters Geldprobleme etwas mit seinem Sturz vom Balkon zu tun hatten?

Plötzlich klopfte es gegen die Tür und Andi wurde aus seinen Gedanken gerissen. Wer war das? Er erwartete keinen Besuch - erst recht nicht um 21 Uhr. Nervös hielt er die Luft an und blieb regungslos auf seinem Bett liegen. Stand etwa die Polizei auf dem Flur, um ihm unangenehme Fragen zur Tatzeit und zu ihrer ungewöhnlichen Männerfreundschaft zu stellen?

Verzweifelt versuchte er sich zu konzentrieren, um zu überlegen, was er als Nächstes tun sollte. Sein Psychologe hatte ihm immer wieder eingetrichtert, dass das Weglaufen vor Problemen genauso kontraproduktiv sei wie der Hang, den ganzen Tag im Bett liegen zu bleiben und sich die Decke über den Kopf zu ziehen.

Es klopfte erneut gegen die Zimmertür. Diesmal intensiver.

»Andi, bist du da? Ich will nur kurz mit dir sprechen. Ich bin die Neue vom Frühstück«, hörte er eine Stimme von draußen und nun zog er sich doch die Decke über den Kopf.

Käthe wollte gerade auf dem Absatz kehrtmachen, als der Schlüssel im Schloss von Andis Zimmertür herumgedreht wurde. Durch einen kleinen Spalt lugte der junge Mann mit schüchternem Blick hervor und fragte: »Was wollen Sie?«

Käthe lächelte ihn an. »Hallo, Andi. Du musst mich nicht siezen. Ich bin die Käthe. Lässt du mich bitte zu dir rein?«

»Warum?«

»Es geht um den Selbstmord von deinem Freund.«

Käthe registrierte sofort, wie die Atmung des Jungen hektischer wurde, nervös kratzte er sich am Kopf, gewährte Käthe dann aber doch Einlass in sein Reich und setzte sich keuchend auf sein Bett.

»Hast du Asthma?«, fragte sie besorgt.

Andi schüttelte den Kopf. »Was willst du?«, brachte er hervor und starrte auf den Boden.

»Wir haben dich beim Abendessen vermisst«, sagte Käthe und setzte sich neben ihn. »Die anderen haben mir erzählt, dass du kürzlich schon deine Mutter verloren hast und dass du dich mit dem Hans-Peter sehr gut verstanden hast. Deshalb wollte ich mal schauen, wie es dir so geht.« Fürsorglich streichelte sie ihm über den Rücken.

Andi atmete wieder langsamer und wurde ruhiger.

»Er war ein väterlicher Freund für dich, oder?«, versuchte

Käthe ganz behutsam, zu ihm vorzudringen, nachdem Natascha, Regina und Heidi beim Abendbrot sehr freimütig aus dem Nähkästchen geplaudert hatten.

»Er wollte mir helfen«, sagte Andi leise. Dicke Tränen kullerten ihm über die Wange.

»Wobei helfen?«

»Er wollte mir Tipps geben, wie man Frauen anspricht. Ich bin halt sehr schüchtern und ...« Er brach ab. »Ach, das ist alles scheiße. Mein ganzes Leben ist so verkorkst, Käthe. Oder darf ich Oma zu dir sagen?« Mit glänzenden Augen blickte er sie an.

Käthe war für einen Moment sprachlos, doch sie merkte schnell, was für ein zartbesaiteter junger Mann, dem es anscheinend an sozialen Bindungen fehlte, sich gerade in ihrem Arm ausheulte.

»Hm, okay, falls deine echte Oma dann nicht eifersüchtig ist«, sagte sie vorsichtig.

»Alle aus meiner Familie sind tot! Ich habe keine Großeltern und Eltern, ich bin ein Einzelkind. Nicht mal Cousins oder Cousinen gibt es und Freunde habe ich auch keine«, schluchzte er.

»Aber hier hast du Hans-Peter getroffen und er hat dir Halt gegeben?«, hakte Käthe nach.

Andi nickte. »Er hatte sich immer Kinder gewünscht und ich mir einen Vater. Meiner ist ja gestorben, als ich noch ein Baby war. Hans-Peter und ich haben uns perfekt ergänzt und uns von Anfang an blendend verstanden.«

Bei dem Stichwort Kinder musste Käthe sofort an Natascha denken, daher fragte sie, ob Andi von dem Verhältnis der beiden gewusst habe.

»Natürlich! Hans-Peter meinte, er könne jede Frau um den

Finger wickeln.« Jetzt hob er ein wenig den Kopf und ein Lächeln spielte um seine Lippen.

»Soso, ein bisschen größenwahnsinnig war er aber schon, dein Freund«, rutschte es Käthe heraus, dann fügte sie rasch hinzu: »Er wollte mit Natascha sogar eine Familie gründen, demnach hat er sich eigene, biologische Kinder gewünscht.«

Andi begann plötzlich laut zu lachen. »Mit Natascha? Nein, definitiv nicht. Die war ihm zu anhänglich und naiv. Hans-Peter wollte sie nur ins Bett kriegen. Er meinte, wenn man bei Frauen die ›Ich-wünsch-mir-Kinder‹-Karte ausspielen würde, käme man viel schneller ans Ziel, das Objekt der Begierde ins Schlafzimmer zu locken.«

Käthe war empört. »Dein Freund war ein großer Dummschwätzer! Bei mir würde man überhaupt nichts erreichen, wenn man mir von seiner Sehnsucht nach Kindern erzählt. Also bitte nicht alle Frauen über einen Kamm scheren, gell?«

»Du bist aber auch eine Oma und keine Natascha, bei der tickt die biologische Uhr«, hielt Andi dagegen.

»Dann hat er Natascha also nur als Kurschatten betrachtet und wollte sich gar nicht von seiner Frau scheiden lassen?«, wollte Käthe wissen.

Andi zuckte mit den Schultern. »Was in der Kur passiert, bleibt in der Kur. Das war sein Standardspruch, den er gebetsmühlenartig wiederholt hat.«

Käthe rollte mit den Augen. Sie war ein bisschen froh, dass sie den Hallodri nur tot kennengelernt hatte, denn lebendig wäre sie garantiert mit ihm aneinander gerasselt. Dummerweise hatte auch sie ein Händchen dafür, ihr Herz an die größten Machos zu verlieren, doch Andi sollte keinen schlechten Eindruck von seiner Ersatz-Oma bekommen, daher schwieg sie zu ihrem Liebesleben.

»Weißt du vielleicht, weshalb Hans-Peter sich mit einem

Zeitungsreporter treffen wollte?«, kam sie zum eigentlichen Grund ihres Besuches.

»Nein, keine Ahnung. Davon weiß ich nichts.«

Enttäuscht, in diesem Punkt nichts Neues erfahren zu haben, nutzte sie die Gunst der Stunde, um nach dem Klima unter den Tischnachbarn im Speisesaal zu fragen. »Ich habe da so Spannungen feststellen können, gerade was Regina und Heidi betrifft. Wie kam denn der Hans-Peter mit den Damen klar?«

Andi seufzte. »Also Heidi nervt alle, weil sie rund um die Uhr labert, daher bin ich auch immer so still am Tisch.«

»Ja, das hab ich schon gemerkt, so schüchtern wie beim Frühstück bist du gar nicht«, erwiderte Käthe.

»Beim Essen stelle ich meine Ohren auf Durchzug, weil die Weiber nur Blödsinn reden. Darüber haben Hans-Peter und ich uns jedes Mal lustig gemacht.« Er lächelte bei der schönen Erinnerung. »Das hat Regina übrigens total aufgeregt, dass Hans-Peter seine ironischen Kommentare über die gackernden Hühner machte, sie und Hans-Peter waren wie Feuer und Wasser.«

»Ja, die Regina hat schon ein vorlautes Mundwerk«, stimmte Käthe ihm zu.

Auf einmal hielt sich Andi grinsend die Hand vor den Mund, dann sah er sie verschwörerisch an. »Soll ich dir mal ein Geheimnis verraten, was der Hans-Peter herausgefunden hat?«

»Aber natürlich.«

»Regina war früher mal eine Pornodarstellerin«, flüsterte er und grinste dabei rotzfrech.

»Was?« Käthe fiel aus allen Wolken. »Wir reden schon von der gleichen Regina, die mit dem Rollator?«

»Klar! Er hat sie aus alten Schmuddelfilmchen wiedererkannt und sich köstlich darüber amüsiert, dass die geile Tussi aus dem Porno jetzt eine gehbehinderte Tante in der Reha ist.«

»Dieser Hans-Peter wird mir immer unsympathischer. Die Frau hatte einen Schlaganfall«, stellte Käthe säuerlich fest und wechselte schnell das Thema, da sie auf solche Alt-Herren-Frotzeleien gern verzichten konnte. »Hat dein Freund in deiner Gegenwart eigentlich mal erwähnt, dass er sich umbringen wolle? Denn was du so von ihm erzählst, klingt überhaupt nicht nach lebensmüde, sondern eher nach lebensfroh.«

»Nein! Niemals«, erwiderte Andi entschlossen. »Er wollte leben - niemals sterben. Entweder war das ein tragischer Unfall oder ...« Er hielt kurz inne, dann fügte er flüsternd hinzu: »Ich kann mir vorstellen, dass er vielleicht absichtlich getötet wurde.«

Käthe beugte sich etwas zu ihm und flüsterte zurück: »Hast du einen Verdacht, wer so eine schreckliche Tat begangen haben könnte?«

Statt eine Antwort zu geben, sprang Andi von seinem Bett auf. »Ich bin verdammt müde. Gute Nacht, Oma Käthe!« Mit diesen Worten drängte er sie zum Verlassen seines Zimmers.

Überrascht von dem plötzlichen Rauswurf erkundigte sie sich noch schnell, ob Hans-Peter ihm gegenüber erwähnt habe, dass er von jemandem bedroht werden würde.

»Bedroht? Nein, davon weiß ich nichts«, erwiderte Andi, die Tür hatte er bereits geöffnet und schob Käthe nun an der Schulter hinaus.

»Oder hat er mal was darüber gesagt, dass es in der Klinik nicht mit rechten Dingen zugeht?«, fragte Käthe im Flüsterton durch den Türspalt, als sie auf dem Flur stand. »Wurde er vielleicht erpresst?«

Andis überraschter Blick sprach Bände. »Oma Käthe, ich weiß wirklich nicht, wovon du sprichst, aber mein Psychologe ist spitze, den kann ich dir wärmstens empfehlen, falls du Redebedarf hast. Gute Nacht!« Dann schlug er ihr die Tür vor der Nase zu.

Nachdenklich ging die Hobbyermittlerin zurück auf ihr Zimmer. Dort angekommen, betrat sie ihren Balkon und lehnte sich über das Geländer. Da sich ihre vier Wände ebenfalls im sechsten Stock befanden, wollte sie ein Gefühl dafür bekommen, wie es war, dem Tod aus dieser Höhe ins Auge blicken zu müssen - freiwillig oder nicht.

»Was ist hier letzte Nacht passiert?«, murmelte sie, während der böige Wind ihr das Haar wild durcheinanderwirbelte und die salzige Seeluft ihre Nase kitzelte.

Am einfachsten wäre es gewesen, Schwiegersohn Jupp um Rat zu fragen, doch das verschwundene Handy, aber auch ihr Stolz ließen das nicht zu.

Grübelnd sah Käthe in die Dunkelheit. Wer könnte ein Interesse daran gehabt haben, den Kurgast aus dem Leben zu katapultieren? Die einzige Spur, die sie hatte, war der Termin Mohrbachs mit einem Zeitungsreporter. Der Grund für das Treffen war ihr jedoch völlig unbekannt, bis auf den Hinweis, dass der Kurgast etwas über die Klinik hatte ausplaudern wollen. Dazu passte das seltsame Verhalten des Chefarztes und der Oberschwester, sie wollten den Vorfall unter den Teppich kehren, aber hatten sie deshalb wirklich etwas mit dem Tod des Patienten zu tun? Dorfbulle Jupp hatte ihr unlängst berichtet, dass die meisten Morde Beziehungstaten waren, insofern würden sie als Verdächtige ausfallen.

Könnte tatsächlich Eifersucht ein Tatmotiv gewesen sein? Schließlich hatte sie von Andi erfahren, dass Hans-Peter es überhaupt nicht ernst mit Natascha gemeint hatte.

Ein eiskalter Schauer lief ihr über den Rücken, der nichts

mit den aktuellen Wetterbedingungen zu tun hatte. Könnte Natascha ihm bei einer Aussprache auf dem Balkon einen Schubser gegeben haben, da ihr Kurschatten das Interesse an ihr verloren hatte?

Sie musste unbedingt noch einmal mit ihr sprechen, und auch die Zimmernachbarn von Hans-Peter würde sie befragen, ob sie einen Streit in seinem Zimmer mitbekommen hatten. Irgendwo musste sie ja mal anfangen, denn wenn die Sylter Polizei derart stümperhaft vorging, würde sie diesen Fall halt selbst in die Hand nehmen. Auch ihre Tischnachbarn würde sie morgen genauer unter die Lupe nehmen, schließlich kannten sich Opfer und Täter meistens.

In diesem Moment war Käthe heilfroh, die Schwiegermutter eines Dorfbullen zu sein, dadurch war sie bei so mancher Aufklärung eines Mordes hautnah dabei gewesen. Da wäre es doch gelacht, wenn sie von dieser Erfahrung nicht profitieren könnte. Zwar zählten Mordermittlungen nicht gerade zu ihrer Kernkompetenz, aber anderen auf den Zahn zu fühlen, dafür war sie prädestiniert. Und dafür, unbequeme Fragen zu stellen, sowieso.

Kapitel 10

Am nächsten Tag war die Stimmung am Frühstückstisch der ungleichen Essensgruppe sehr durchwachsen. Der tragische Verlust von Hans-Peter hatte bei allen Spuren hinterlassen, sein freier Platz war mit einer schwarzen Rose verziert. Keiner wusste, von wem dieser stille Gruß auf die Tischdecke gelegt worden war, denn Natascha war es definitiv nicht gewesen, wie sie offen zugab. Gedankenverloren löffelte sie an ihrem weichgekochten Ei herum, während Regina auf feste Nahrung verzichtete und lediglich Kaffee im Akkord trank, da sie kaum Appetit habe, wie sie verkündete. Käthe nagte an ihrem Marmeladenbrötchen und wunderte sich, dass Andi auch zum Frühstück nicht erschienen war. Hoffentlich schlitterte der junge Mann nicht in eine Krise. Als sie am vergangenen Abend bei ihm gewesen war, hatte er einen labilen und kindlichen Eindruck auf sie gemacht. Dass er sie Oma nennen wollte, war der beste Beweis dafür. Käthe würde später nach ihm schauen, so wie es eine gute Großmutter tun würde.

Lediglich Bayern-Heidi war ganz die Alte und ging wie gewohnt allen mit ihren Geschichten und Fotos aus der Heimat auf den Keks. »Schaut mal, hier seht ihr das Richtfest von meinem Ältesten, der ist so ein guter Junge. Er hat ja direkt neben uns sein Traumhaus gebaut.« Sie hielt ihr Handy hoch, doch keiner sah hin. »Mein Mann hat da fast alles selber gemacht, mei, mein Franz ist halt so ein richtiger Handwerker. Er kann alles – ein Rundum-Genie, sag ich euch. Was ich kaputt mache, macht er wieder ganz, und auf dem Foto hier …«

»Heidi! Halt einfach mal den Rand«, schnauzte Regina sie unvermittelt an. »Das hält doch keen normaler Mensch aus, wenn du in aller Herrgottsfrüh wie ein Wasserfall am Quasseln bist.« Um ihre Worte zu unterstreichen, machte sie die eindeutige Scheibenwischerbewegung vor ihrem Gesicht, um anzuzeigen, wie plemplem Heidi in ihren Augen war.

»Päh! Da ist wohl jemand neidisch, weil er keine Familie hat!«, zickte Heidi zurück.

»Nö, ick hab bloß Kopfweh und das wird nicht besser, wenn ick mir dein überflüssiges Geschwafel anhören muss. Keene Sau will wissen, watt dein Franz kann oder macht oder watt auch immer, wa?« Angesäuert warf sie eine Schmerztablette in ihr Wasserglas.

»Tja, wenn man jeden Abend bis zum Zapfenstreich in der Weinstube rumhängt, darf man sich nicht wundern, dass man am nächsten Tag einen Brummschädel hat. Mein Vater hat immer gesagt, wer saufen kann, der kann auch arbeiten. Mein Franz kann sogar noch nach drei Weißbier auf dem Bau arbeiten, der ist nicht betrunken, der merkt da gar nix. Mei, mein Franz, er ist der Allerbeste!« Sie seufzte verträumt.

»Boah! Ick pack die Alte nicht! Schon mal daran gedacht, dass der Hans-Peter gesprungen ist, weil er dein Gelaber nicht mehr ausgehalten hat, hä?«

Klirrend fiel Natascha das Messer auf den Boden. »Er hat sich nicht umgebracht«, sagte sie fest und starrte Regina bitterböse an. »Sag so was niemals, das ist eine Lüge!«

»Solche Frechheiten muss ich mir nicht anhören. Mich für den Balkonsturz eines Mitpatienten verantwortlich zu machen, ist Rufmord. Ich kann dich verklagen«, krähte Heidi in Reginas Richtung und gestikulierte wild mit dem Brötchenmesser in der Luft. »Mein Ältester ist nämlich Anwalt, ätschibätsch!«

»Stopp! Jetzt beruhigen wir uns alle mal wieder«, ging Käthe dazwischen und schlug mit dem Messer gegen die Tasse, um für Ruhe zu sorgen. »Ist irgendwem von euch vielleicht aufgefallen, dass der Hans-Peter mit jemandem Streit hatte? Möglicherweise sogar am Tag seines Todes?«

»Nein! Hans-Peter war freundlich, sympathisch und humorvoll, mit ihm kam jeder gut klar«, antwortete Natascha wie aus der Pistole geschossen, dann spielte sie verträumt an ihrer blonden Haarsträhne herum. »Er war schon ein ganz Lieber, der Hans-Peter.«

Käthe biss sich auf die Zunge, um nicht auszuplaudern, was Andi ihr anvertraut hatte, und sah zu Regina, die bereits mit den Hufen scharrte, um etwas zu sagen.

»Die Heidi hat mittags an der Schwimmhalle mit ihm gestritten«, posaunte sie heraus. »Ick hab's genau gesehen, aber nicht gehört, worum es ging. Ick hoffe mal, es war nicht wieder wegen ihrem blöden Franz.«

»Das reicht!« Wütend sprang Heidi auf, sodass ihr Stuhl mit einem lauten Rums zu Boden krachte.

»Weglaufen, wenn es brenzlig wird, dit is ja so typisch«, trat Regina gleich nach. »Spuck's halt aus, worum es bei eurem Streit ging.«

Heidi funkelte ihre Kontrahentin böse an. »Das geht dich überhaupt nichts an, du Berliner Rotzgöre!«

»Päh! Geh doch zurück zu deinen verdammten Bergen, wenn du Sylt so kacke findest, aber nerv uns alle nicht mit deinem Gesülze.«

»Regina! Heidi!«, ging Käthe erneut dazwischen. »Können wir das nicht wie erwachsene Menschen klären?«

Sie bekam keine Antwort, denn Heidi rannte kochend vor Wut aus dem Speisesaal.

»Was war dit denn für ein Plemplem-Auftritt, wa? Die Alte hat echt nicht mehr alle Latten an ihrem Kuhweidenzaun«, stichelte sie weiter.

»Regina, bitte beruhige dich. Es bringt nichts, dass wir uns hier gegenseitig so fertigmachen«, schaltete sich Natascha wieder ein.

Käthe gab ihrer Sitznachbarin recht. Sie war selbst überrascht, wie schnell die Stimmung kippte, wenn es um den Tod von Hans-Peter ging. Das machte sie ziemlich stutzig. Sie wandte sich wieder an Regina. »Du hast also gesehen, wie Heidi mit Hans-Peter gestritten hat, aber nicht verstanden, was das Thema des Konflikts war.«

»Ick bin nicht von der Stasi, ick hab nur einen Frisörsalon, wa. Scheint auf jeden Fall ein heikles Thema gewesen zu sein, sonst würde die Alte ja nicht so austicken.«

Käthe trank einen Schluck von ihrem lauwarmen Kaffee und gab ihr recht. Das Verhalten von Heidi war merkwürdig, es war, als hätte sie etwas zu verheimlichen.

»Wo seid ihr zwei eigentlich vorgestern Abend so ab 22 Uhr gewesen?«, fragte sie beiläufig.

»Spielst du jetzt Polizei und willst uns verhören?« Regina lachte sie aus und massierte anschließend ihre Schläfen.

»Ich hab das ja gestern schon bei der Polizei erzählt«, meldete sich Natascha zu Wort. »Ich war in der Weinstube mit Hans-Peter, aber weil ich noch mit meiner Freundin telefonieren wollte, bin ich so gegen 22 Uhr gegangen. Er ist in sein Zimmer und ich in meins. Warum fragst du?«

»Oh, unser Liebespaar hat getrennt geschlafen. Vielleicht wär er ja noch am Leben, wenn ...«, begann die Berliner Schnauze, doch Käthe unterbrach sie.

»Regina! Es reicht! Wo warst du denn vorgestern Abend?«

»In der Weinstube, und zwar bis exakt um 22:30 Uhr, weil wir dann rausgeschmissen wurden. Eigentlich ist nämlich um 22 Uhr Nachtruhe, aber die Wirtin drückt da schon mal ein Auge zu.« Sie grinste und fügte hinzu, wie gut ihr Kontakt zur Gastronomie sei.

»Wo ist diese Weinstube überhaupt?«

Natascha erklärte, dass sich die gepachtete Wirtschaft im Gebäude der Klinik befinde.

»Das ist gleich neben der Kegelbahn«, präzisierte Regina. »Ick als Gehbehinderte werfe aber keene Kugel. Zu Fuß in eine Kneipe nach Westerland ist mir zu anstrengend und jedes Mal ein Taxi zu buchen, ist auf Dauer zu teuer. Ick bin ja nicht Krösus, wa? Mich trifft man deshalb jeden Abend in der Weinstube. Komm doch auch mal mit«, lud sie Käthe mit einem Grinsen ein.

Die bedankte sich für das Angebot und machte sich eine Gedankennotiz, dass es aus ermittlungstechnischen Gründen nur von Vorteil sein könne, der Weinstube mal einen Besuch abzustatten.

Natascha dagegen lehnte ab. »Hans-Peter und ich sind uns in der Weinstube nähergekommen, ich kann nicht mehr da rumsitzen, wo mich alles an ihn erinnert. Das packe ich nicht.« Sie schnäuzte in ihr Taschentuch.

»Der war ein Arschloch. Ick an deiner Stelle würde ihm keine Träne hinterherweinen«, bemerkte Regina trocken.

Das war zu viel Direktheit. Natascha schlug wütend mit der Faust auf den Tisch und verlangte, dass Regina nicht schlecht über einen Verstorbenen sprechen solle, mit dem sie sich darüber hinaus eine rosarote Zukunft ausgemalt habe.

»Schätzchen, ick kenne mich mit Kerlen aus. Sei froh, dass aus dir und deinem Kurschatten nix geworden ist, weil notorische Fremdgeher kann keener ändern. Glaub mir, ick weeß, wovon ick rede.«

Plötzlich ertönte der Gong im Speisesaal und beendete das Gespräch abrupt. Die freundliche Stimme der Rezeptionistin erklang mit der Bitte, dass sich Käthe umgehend am Empfang melden solle.

»Oh Gott, meine Tochter und mein Schwiegersohn sind hier. Ich bring die zwei um - nicht mal in der Kur habe ich meine Ruhe«, schimpfte Käthe und verließ unverzüglich den Tisch. Ein anderer Grund für den Aufruf fiel ihr nicht ein.

Als Käthe in der Lobby um die Ecke geschossen kam und am Empfangstresen niemanden sah, der mit ihr verwandt oder verschwägert war, purzelte Käthe ein dicker Stein vom Herzen. Erst beim zweiten Hinsehen entglitten ihr die Gesichtszüge. Hinnerk Rasmussen, der grauhaarige Kommissar, ging zielstrebig auf sie zu. »Moin, Frau Bohneberger, wie geht es Ihnen? Wir zwei hatten ja gestern einen eher unschönen Start auf dem Revier, da dachte ich, wir sollten einen zweiten Versuch starten.« Schwungvoll überreichte er ihr einen Strauß Blumen.

Käthe war baff. Mit seinem Besuch hatte sie nun gar nicht gerechnet und erst recht nicht damit, dass er mit einem Geschenk vor ihr stehen würde.

»Können wir uns kurz unterhalten?« Er zeigte auf eine der leeren Parkbänke, die vor der Klinik auf pausierende Gäste warteten.

Käthe verzog den Mund. »Meinetwegen. Wie kommt es überhaupt zu diesem Sinneswandel? Sagen Sie bloß, man hat mein Handy gefunden. Das wäre mir lieber als die Blümchen, ich habe nämlich ein Ladekabel, aber keine Vase«, konnte sie sich eine kleine Pfeilspitze nicht verkneifen, während sie durch die Tür ins Freie traten.

»Liebe Frau Bohneberger, ich habe die Leiche, über die Sie gefallen sind, in die Gerichtsmedizin nach Flensburg bringen lassen, denn sie befand sich noch im Bestattungsunternehmen und ...«

»Wow, toll!« Käthe applaudierte spöttisch. »Ich bin eigentlich davon ausgegangen, dass man das ohnehin in die Hand nehmen würde. Ich bin wirklich entsetzt, wie stümperhaft hier gearbeitet wird.«

»Pst! Nicht so laut.« Hinnerk Rasmussen wedelte mit den großen Händen, dann setzten sie sich. »Mein Sohn macht gerade eine schwere Zeit durch«, erklärte der Alt-Kommissar. »Er leidet unter permanenten Schlafstörungen wegen seinen Zwillingen. Die KTU ist nun mal auf dem Festland und irgendwohin mussten wir die Leiche ja schaffen, nachdem man sie gefunden hatte.«

Käthe ließ ihren Blick über die Fassade der Klinik wandern, ehe sie sich wieder dem Kommissar außer Dienst zuwandte. »Wissen Sie, Herr Rasmussen, ich arbeite gern mit Profis zusammen, und wenn ich den Verdacht habe, dass ein Mord als Suizid getarnt worden sein könnte, will ich ernstgenommen werden, erst recht, wenn ich mich damit an die örtliche Polizei wende. Was wollen Sie denn jetzt ganz konkret von mir?«

Der Bärtige schnaufte und strich sich über den Bauch, dann sagte er: »Lassen Sie uns zusammen in der Sache tätig werden, aber«, er hob mahnend den Zeigefinger, »kein Wort zu meinem Sohn. Wir zwei könnten gemeinsam in dem mysteriösen Todesfall ermitteln. Na, was halten Sie davon?«

»Davon halte ich überhaupt nichts«, lehnte Käthe ab. »Sie wollen mich nämlich gerade dazu überreden, nicht mit der Polizei zusammenzuarbeiten. Ist das hier eine Falle oder die versteckte Kamera?«

»Ich bin, oder besser gesagt, ich war Kriminalhauptkommissar, bis ich vor ein paar Jahren in den Ruhestand versetzt wurde. Also, Sie würden mir einen großen Gefallen tun, wenn Sie mir ein paar Informationen zukommen lassen könnten, denn Sie sitzen hier in der Klinik quasi an der Quelle - ich nicht.«

Langsam dämmerte es Käthe, weshalb der alte Rasmussen hier aufkreuzte. Er suchte nach einer neuen Beschäftigung, nachdem der Junior seinen Posten übernommen hatte.

»Überhaupt macht es mich stutzig«, fuhr er fort, »dass es in diesem Jahr schon drei Suizide in der Küstenklinik gab und die Leitung Ihnen einen Vertrag zur Schweigepflicht angeboten hat. Da wird man als erfahrener Kriminalhauptkommissar sofort hellhörig.«

»Mich macht es stutzig, dass ich aus einer sicheren Quelle weiß, dass Hans-Peter Mohrbach kein langfristiges Interesse an dem Kurschatten hatte, mit dem ich gestern bei Ihnen auf dem Revier war«, ergänzte Käthe. »Ich könnte mir daher auch eine Beziehungstat vorstellen. Wer weiß, ob der Hallodri nicht noch andere Affären hatte, von denen wir nix wissen.«

»Interessant, interessant«, brummte der Kommissar. »Frau Bohneberger, lassen Sie uns kooperieren und gemeinsam herausfinden, was auf dem Balkon vorgefallen ist. Na, sind Sie dabei?« Mit einem freundlichen Lächeln reichte er ihr seine Pranke, damit sie einschlug.

Doch Käthe verschränkte demonstrativ die Arme vor der Brust. »Ich soll ernsthaft als Maulwurf für Sie unterwegs sein?«

»Aber nein, ich würde Sie eher als Geheimagentin, Privatdetektivin oder Hobbyermittlerin bezeichnen.«

»Ich bin keine Miss Marple, das habe ich schon dem Presseheini gesagt«, murrte Käthe.

»Natürlich nicht. Sie sind Frau Bohneberger, eine Frau mit Biss und Sinn für Gerechtigkeit. Ich finde so was ausgesprochen lobenswert. Menschen wie Sie braucht es viel mehr in unserem Land.« Er lächelte ihr schmeichlerisch zu.

»Davon habe ich gestern auf dem Revier gar nichts mitbekommen.«

»Sind Sie nachtragend? So hätte ich Sie gar nicht eingeschätzt.«

Käthe seufzte. »Na gut, meinetwegen. Ich bin schließlich über den Mohrbach gestolpert, da will man ja wissen, warum er ausgerechnet dahin gefallen ist, gell.« Sie drückte die Hand des pensionierten Kommissars und willigte ein, mit ihm zusammen an dem Fall Mohrbach zu arbeiten.

Der laute Ton des Gongs unterbrach den mündlichen Vertrag und Käthe wurde erneut gebeten, sich umgehend am Empfang zu melden.

Hinnerk Rasmussen notierte seine Handynummer auf einem Zettel und drückte ihn Käthe breit grinsend in die Hand. »Melden Sie sich, sobald Sie neue Informationen haben, ob Herr Mohrbach weitere Affären hatte. Ich finde es nämlich einen sehr interessanten Ansatz, dass sein tragischer Tod mit Eifersucht zusammenhängen könnte.«

»Was machen Sie in der Zwischenzeit?«, fragte Käthe und stand auf.

»Ich kümmere mich um viele andere Details, auf die nur ich mithilfe meiner Kontakte Zugriff habe. Ich sage nur: Gerichtsmedizin, KTU, Befragung der Witwe Mohrbach und so weiter, und so weiter«, zählte er auf. »Die Arbeit bei der Kripo ist vielseitig. Langeweile gibt es da nie, außer man befindet sich offiziell im Ruhestand.«

Käthe nickte und verabschiedete sich dann von ihm, da sie schon wieder von Frau Thomsen ausgerufen wurde. Was war da nur los? Ihr Bauchgefühl sagte ihr, dass nun doch Jupp und Inge als Überraschungsgäste vor dem Tresen warten würden. Das wäre der absolute Super-GAU.

Käthe irrte sich. Margit Thomsen hatte richtig gute Neuigkeiten für sie, die nichts mit ihren Angehörigen zu tun hatten.

Strahlend überreichte sie Käthe ihr heißgeliebtes Handy, die das Gerät überglücklich entgegennahm und sofort wissen wollte, wer es gefunden und wo es die ganze Zeit gelegen hatte.

»Ihr Telefon lag in unserem Auto an der Seite neben dem Beifahrersitz. Sie müssen es dort verloren haben. Meine Tochter hat es heute Morgen gefunden und es für Sie aufgeladen«, berichtete die Empfangsdame.

»Ihre Maike ist ein Goldschatz, denn dass sie sich daran erinnern konnte, dass mein Akku leer war, ist wirklich sehr aufmerksam. Richten Sie ihr tausend Dank aus.«

Erleichtert tippte Käthe ihre PIN ein. Es funktionierte alles einwandfrei. Ein bisschen schämte sie sich, dass sie tatsächlich das Klinikpersonal verdächtigt hatte, ihr Mobiltelefon geklaut zu haben.

»Sie können dem alten Herrn Rasmussen Bescheid geben, dass er Ihr Gerät nicht weiter suchen muss«, sagte Margit Thomsen augenzwinkernd.

Käthe sah sie irritiert an und erkundigte sich, wie sie zu der Annahme komme. »Er ist doch nicht vom Fundbüro.«

»Ach, ich habe Sie beide draußen auf der Bank sitzen gesehen. Herr Rasmussen war immer so ein toller Kommissar - als waschechte Insulanerin kenne ich ihn schon mein ganzes Leben lang, der kümmert sich wirklich um alles hier. Ohne ihn wäre Sylt nicht so ein sicheres Pflaster, das können Sie mir glauben.« Sie kramte kurz in ihren Unterlagen und zog schließlich ein Blatt Papier daraus hervor. »Hier ist übrigens Ihr Therapieplan, der wurde mir gerade zum Einsortieren in die Postfächer überreicht. Sie haben gleich Fango. Wissen Sie, wo Sie da hinmüssen?«

Käthe schüttelte den Kopf und ließ sich den Weg erklären, zum Dank für Margit Thomsens Unterstützung schenkte sie ihr kurzerhand den Blumenstrauß, den sie in der Hand hatte.

Die Rezeptionistin zwinkerte ihr zu und erklärte: »Er ist eine gute Partie.«

Käthe winkte ab. »Nein, danke. Ein Mann mit Bart und Bauch, dazu noch ein Beamter, das ist überhaupt nicht mein Beuteschema.«

»Was wollte er denn dann von Ihnen, wenn er Blumen mitbringt?«, fragte sie neugierig.

»Ähm«, stammelte Käthe, »gute Frage, nächste Frage. Ich bin dann mal beim Fango. Heißer Schlamm auf dem Rücken kann ja nie schaden.« Damit eilte sie zu ihrer ersten Therapieanwendung.

Sie konnte der Empfangsdame unter keinen Umständen von der Übereinkunft mit dem Kommissar berichten, denn es wäre geradezu eine Vollkatastrophe, wenn sich Margit Thomsen bei Nils Rasmussen verplapperte, warum dessen Vater sich in den Todesfall in der Kurklinik einmischte. Sylt war schließlich auch nur ein großes Dorf - fast so wie das Saarland. Halt nur mit mehr Wasser rundherum.

Kapitel 11

Hinnerk Rasmussen lebte in Kampen in einem kleinen, gemütlichen Einfamilienhaus mit Reetdach am Ende einer Sackgasse, die zum Strand führte. Von seinem Garten aus konnte man das Meer und die Dünen sehen, die den Blick auf den Sandstrand verwehrten. Doch das störte ihn nicht, denn Strandkörbe hatte er auch auf seiner Terrasse stehen. In einem davon saß er jetzt mit einer qualmenden Pfeife im Mund und blinzelte der Sonne entgegen, die auf seiner Haut für so manche Furche verantwortlich war. Lediglich eine Kapitänsmütze sorgte für den nötigen Schutz auf seinem grauen Haar, die alte Polizeimütze war als Pensionär tabu. Zu seinen Füßen lag Oskar, sein treuer Golden Retriever.

Vor ein paar Minuten hatte er mit Käthe telefoniert, die ihn gleich nach ihrer Anwendung angerufen hatte, um ihm mitzuteilen, dass die Geheimagentin wieder komplett einsatzfähig sei - dank Fango und Handy sogar noch mehr als jemals zuvor. Das traf sich gut, denn Hinnerk hatte neue Informationen erhalten, die er ihr unbedingt persönlich mitteilen wollte, daher war sie jetzt auf dem Weg zu ihm.

Hinnerk zog erneut genüsslich an seiner Pfeife, als sein Hund plötzlich aufsprang und bellend um die Hausecke sauste.

Käthe hatte gerade den Taxifahrer bezahlt, als sie an der Einfahrt von einem Hund mit hellbraun-goldigem Fell freudig begrüßt wurde.

»Ja, wer bist du denn?«, sagte sie und kraulte dem Hund den Kopf, worauf dieser erfreut mit dem Schwanz wedelte. »Ist dein Herrchen auch da?«

Der Hund bellte zweimal und lief wieder zurück zur Terrasse, als ob er ihr den Weg zeigen wollte. Käthe folgte ihm und erblickte den Kommissar a. D. in einem Strandkorb sitzend.

»Hallo, Herr Rasmussen, da bin ich. Was gibt es denn so Dringendes?«

»Moin«, brummte dieser seelenruhig, »setzen Sie sich doch.« Er zeigte auf den freien, mit orangefarbenen Kissen ausgestatteten Strandkorb, der ihm gegenüber am Terrassentisch stand. »Wie war Ihr Fango?«

»Entschuldigen Sie, aber ich lasse in der Klinik nicht alles stehen und liegen, um mich mit Ihnen über Fango zu unterhalten. Was haben Sie so Wichtiges, dass man es nicht am Telefon besprechen könnte?«

»Früher habe ich mich auf dem Polizeirevier mit den Kollegen ausgetauscht, man braucht doch einen Rückzugsort, um gemeinsam an Fällen zu arbeiten, da gibt es häufig Dinge, die man lieber unter vier Augen bespricht.«

Käthe rutschte unruhig auf ihrem Sitz hin und her. »Könnten Sie bitte auf den Punkt kommen? Ich hätte nämlich später noch Wirbelsäulengymnastik und Aquatraining, das will ich auf gar keinen Fall verpassen. Ich bin ja so eine Wasserratte.«

Doch Rasmussen ging nicht auf ihren Einwand ein. Stattdessen erhob er sich, streichelte seinen Hund, der sich zu seinen Füßen hingelegt hatte, und fragte: »Wollen Sie einen Kaffee mit mir trinken?«

»Ja, meinetwegen. Die Brühe in der Klinik ist nämlich ungenießbar.« Sie ließ ihren Blick durch den Garten und Richtung Horizont streifen, während ihr Gastgeber nach drinnen ging. »Schön haben Sie es hier. Ich mag die frische Luft vom Meer und die himmlische Ruhe – mal abgesehen vom Möwengeschrei«, fügte sie etwas lauter in Richtung des gekippten Küchenfensters hinzu, wo sie ihn jetzt an der Kaffeemaschine hantieren sah.

»Wenn man hier geboren ist, stören einen die Möwen gar nicht mehr, an die hat man sich schnell gewöhnt«, erwiderte er ebenso laut.

Käthe nickte zustimmend. »Ich bin ja zum allerersten Mal auf Sylt, sonst bin ich immer mit einer Freundin in Ägypten zum Urlauben. Da sagen mir die Einheimischen über die Kamele das Gleiche, gell.«

»Wir sind nicht traurig, wenn Sie lieber auf Kamelen reiten wollen, es kommen mit jedem Jahr mehr Touristen auf die Insel, wir platzen bald aus allen Nähten. Am schönsten ist es hier in der Nebensaison, wenn es ruhiger ist. Der Sommer ist immer anstrengend für uns Insulaner wegen der Urlauber und Tagestouristen, tja und dann gibt es da noch die Kurgäste, die auch was erleben wollen.«

»Aha.« Käthe verstand seine Argumente, dennoch fühlte sie sich plötzlich gar nicht mehr so willkommen. »Kommen wir endlich zum Grund unseres Treffens«, schob sie daher nach.

Peng! Ein lautes Klirren war zu hören, gefolgt von einem herzhaften Fluchen. »So ein Mist! Mir ist die Milchflasche auf den Boden gefallen.«

Käthe fackelte nicht lange und ging in die Küche, schnappte sich einen Lappen aus der Spüle und wischte die ausgelaufene Milch auf, während Hinnerk Rasmussen sich um die Scherben kümmerte.

»Danke«, sagte er anschließend. »Ich hoffe, Sie trinken Ihren Kaffee auch schwarz, das war nämlich meine letzte Milch.«

»Na, Ihr Kaffee wird mich schon nicht umbringen«, erwiderte sie grinsend und wrang den Lappen in der Spüle aus, dann nahm sie ihre Kaffeetasse in Empfang. »Schön eingerichtet haben Sie es hier, Herr Rasmussen. Gemütlich.« Käthe schaute ins Wohnzimmer, wo weiße Holzmöbel mit hellblauen Akzenten dem Raum eine maritime Behaglichkeit verliehen.

»Danke, das ist der Geschmack meiner Frau.«

»Aha, und wo ist die Hausherrin?«

Er senkte den Blick und zeigte auf die Wand, wo einige Bilder von der Familie hingen. »Sie ist vor knapp zwei Jahren gestorben. Sie war für mich der Fels in der Brandung.«

»Oh, das tut mir leid.« Käthe machte ein betroffenes Gesicht und suchte schnell nach einem neuen Thema, um die kurze Stille zu überspielen. »Sie mögen segeln?«, fragte sie dann und wies auf ein Bild, welches das Ehepaar auf einem Segelboot zeigte.

Die Miene des früheren Kriminalkommissars hellte sich wieder auf. »Ja, ich habe sogar ein eigenes Segelboot. Ach, wir haben das immer geliebt, wir hatten so viele Pläne für die Zeit, wenn ich im Ruhestand bin.« Er schwieg kurz, ehe er traurig hinzufügte: »Tja, dann kam die Krankheit und hat uns einen Strich durch die Rechnung gemacht. Das Leben ist manchmal wirklich gemein.«

Käthe schlürfte ein Schlückchen von dem heißen Kaffee und schüttelte sich. »Der ist aber verdammt stark, Sie wollen mich hoffentlich nicht vergiften?« Sie wischte sich den Schweiß von der Stirn.

Er lachte nur, dann sah er wieder auf seine Bildergalerie an der Wand. »Ja, wenn man allein ist, kann es einem sehr schnell langweilig werden.«

»Ach, das Gefühl kenne ich gar nicht. Ich führe mit meinem Nachbarn noch ein Bed & Breakfast im Saarland. So was lenkt ab und man bleibt fit im Kopf«, plauderte Käthe, erleichtert, ein unverfänglicheres Thema gefunden zu haben. »Außerdem lebe ich mit meiner Tochter und deren Mann in einem Haus, und was soll ich sagen, da ist ständig Remmidemmi. Mein Schwiegersohn ist nämlich auch Polizist und will immer das letzte Wort haben, aber das lasse ich mir nicht bieten.«

»Na, das kann ich mir gut vorstellen«, gab Rasmussen schmunzelnd zurück. »So wie ich Sie gestern erlebt habe, haben sie ganz schön Haare auf den Zähnen. Mir war gleich klar, dass Sie genau die Richtige sind, um als Geheimagentin zu agieren. Sie und sonst keine!«

»Sie alter Charmeur.« Käthe lächelte und trank aus Höflichkeit noch einmal von dem Kaffee, verzog jedoch sogleich das Gesicht.

Der Kommissar a. D. schlug vor, dass sie sich wieder draußen in die Sonne setzen sollten, um endlich am Fall Mohrbach weiterzuarbeiten. Also ließen sie sich in den Strandkörben nieder und Käthe stellte ihre Kaffeetasse möglichst weit entfernt auf dem Terrassentisch ab.

»Nun erzählen Sie mal, was gibt es für Neuigkeiten?«, fragte sie.

Ihr Gastgeber zog genüsslich an seiner Pfeife. »Ich habe etwas Interessantes herausgefunden, denn während Sie den wohltuenden Schlamm auf dem Körper genossen haben, habe ich mir den Kopf zermartert, ob es Selbstmord war oder nicht.«

»Und?« Erwartungsvoll schaute Käthe ihn an.

»Es gab dieses Jahr in der Küstenklinik zwei Suizide, die von meinem Sohn und der Spurensicherung ordentlich untersucht wurden. Im Januar stürzte eine Vierunddreißigjährige in den Tod, sie hatte einen Abschiedsbrief hinterlassen. Im März war es eine Fünfzigjährige, die auf Facebook ihren Tod angekündigt hatte, ehe sie sich ebenfalls in die Tiefe stürzte. In beiden Fällen wurde Fremdverschulden ausgeschlossen. Ihren ursprünglichen Verdacht, dass die Klinik etwas damit zu tun hat, sehe ich daher erst einmal nicht.«

»Gibt es denn in unserem Fall einen Abschiedsbrief?«, hakte Käthe nach.

»Darüber ist nichts bekannt. Seine Witwe habe ich kontaktiert, und sie hat anders reagiert, als man es von einer Frau erwarten würde, deren Gatte verstorben ist.«

Käthe zog die Brauen hoch. »Ist sie ausgerastet? Hat sie einen Nervenzusammenbruch erlitten oder was ist passiert?«

»Alles falsch. Sie hat sich über die Todesnachricht gefreut, sogar Freudentränen am Telefon vergossen, denn nun würde sie alles erben und müsste sich nicht um den Unterhalt und das Haus mit ihm streiten.«

»Könnte sie demnach dahinterstecken?«, fragte Käthe, da ihr dies als die plausibelste Lösung erschien.

Doch der erfahrene Ermittler verneinte. »Sie hat ein Alibi. Sie war zum Todeszeitpunkt auf einem Klassentreffen und erst spät zu Hause.«

»Vielleicht hat sie einen Auftragskiller losgeschickt?«, schlug Käthe vor und griff ganz automatisch nach der Kaffeetasse, um sich einen kräftigen Schluck daraus zu gönnen. Da ihr Kopfkino gerade mit ihr durchging, vergaß sie, wie ungenießbar die Brühe war.

»Tja, die Theorie mit den Auftragskillern habe ich in meiner Berufslaufbahn sehr oft gehört, allerdings nehmen die wenigsten so eine Dienstleistung in Anspruch, sie morden immer noch selbst. Aber um auf Nummer sicher zu gehen, sollten wir uns die Aufzeichnungen der Überwachungskameras anschauen, um zu prüfen, ob sich Fremde in die Klinik geschlichen haben.«

Käthe nickte. »Ich habe einen guten Draht zur Rezeptionistin. Mir fällt schon ein Grund ein, warum sie mal ein Blick darauf werfen könnte, ob sich jemand illegal in die Klinik geschmuggelt hat. Was kann ich noch tun?« Sie war jetzt ganz in ihrem Element und rutschte nervös auf dem Polster herum.

Hinnerk Rasmussen lehnte sich in seinem Strandkorb zurück und erklärte, dass sie sich ansonsten so unauffällig wie möglich verhalten und ihre Mitpatienten genauer unter die Lupe nehmen solle.

»Ich werde mich den zwei Damen aus meiner Essensgruppe widmen, mir scheint ein Eifersuchtsdrama nämlich am naheliegendsten zu sein«, erwiderte sie und erzählte ihm, dass Hans-Peter die Affäre mit Natascha nicht ernst genommen und Regina einen Streit zwischen dem Opfer und Bayern-Heidi am Todestag beobachtet habe.

»Sehr gut, bohren Sie da weiter nach, wir müssen wissen, worum es bei dem Streit ging, vielleicht bringt uns das auf eine neue Spur. Wir müssen auf jeden Fall in alle Richtungen ermitteln.«

Käthe nickte eifrig. »Das stimmt, solche Aussagen kenne ich von meinem Schwiegersohn. Apropos alle Richtungen, ich sollte noch erwähnen, dass gestern ein Journalist in der Klinik aufgetaucht ist, der einen Termin mit Herrn Mohrbach hatte, weil der ihm eine spannende Exklusiv-Story versprochen habe. Worum es im Detail ging, wusste er leider nicht.«

»Vielleicht wollte er von dem ominösen Auftragskiller berichten, den seine Frau auf ihn gehetzt hat«, gab Rasmussen grinsend zurück.

»Sehr witzig!« Käthe rollte mit den Augen. »Möglicherweise hat Mohrbach ja wie ich eine Verschwiegenheitserklärung von Dr. Paulsen vorgelegt bekommen, über die er mit dem Journalisten sprechen wollte.«

Der Ex-Kommissar gab einen zweifelnden Laut von sich. »Wir sollten uns auf eine Beziehungstat konzentrieren. Vielleicht wollte er sich auch nur über die Klinik beschweren, weil das Essen so miserabel war oder die Hygiene mangelhaft. Sie glauben gar nicht, warum die Leute sich an die Presse wenden, wenn wir von der Polizei nicht weiterhelfen können.«

Käthe fächerte sich frische Luft zu, das Heißgetränk machte ihr doch sehr zu schaffen. Ein Blick auf die Armbanduhr verriet ihr, dass sie nun wirklich in die Küstenklinik aufbrechen musste, sie wollte ja noch im Wasser herumturnen. Außerdem lief ihr mittlerweile der Schweiß den Rücken herunter.

»Soll ich Sie mit meinem Fahrrad zurückfahren?«, schlug ihr Gastgeber vor.

»Sie wollen mich doch nicht ernsthaft auf den Gepäckträger packen?« Käthe hielt den Vorschlag für einen schlechten Witz.

»Klar, warum denn nicht? Oder leiden Sie etwa unter Hämorrhoiden Ich könnte Ihnen ein Schaumstoffkissen auf den Gepäckträger legen, dann tut es nicht so weh.«

»Das glaube ich ja wohl nicht«, empörte sich Käthe. »Sie können mich doch nicht allen Ernstes nach Hämorrhoiden fragen. Wir sind schließlich Kollegen.«

Rasmussen schaute irritiert. »Ich dachte immer, man darf eine Frau nicht nach dem Alter fragen, aber ... Ich meine, das ist doch jetzt nichts Schlimmes, falls Sie da beim Sitzen ein paar Problemchen haben, da kann ich nachvollziehen, dass Sie so allergisch auf mein Fahrrad reagieren. Wobei, was halten Sie davon, wenn Sie fahren und ich hinten sitze? Ich habe einen wirklich astreinen weichen Sattel.«

Käthe tippte sich gegen die Stirn und lehnte eine Rückfahrt mit dem Drahtesel erneut entschieden ab.

»Aber denken Sie doch mal an die Umwelt, man muss nicht alles mit dem Auto erledigen«, versuchte er sie ein letztes

Mal umzustimmen, nicht extra ein Taxi zu ordern. »Sie sparen Geld und unsere Insel wird nicht mit Abgasen verpestet.«

Doch Käthe blieb stur. Sie wollte nicht mit einem Zweirad zurückgefahren werden und gab an, an der Hauptstraße ein Taxi anhalten zu wollen. Zum Abschied streichelte sie den Hund und versicherte, dass man in Kontakt bleibe, falls Sie etwas über Kurschatten-Natascha und Bayern-Heidi herausfinden werde.

»Ja, und ich werde in der Gerichtsmedizin anrufen und fragen, ob es schon Ergebnisse gibt. Wir sind schließlich ein absolutes Spitzenteam«, erklärte er vergnügt.

Während die frisch ernannte Privatermittlerin von dannen zog, lehnte Hinnerk sich entspannt im Strandkorb zurück und genoss sein Pfeifchen. Dies war seine große Leidenschaft, genau wie das Segeln auf seinem eigenen Boot. Ob er die sympathische Käthe als Belohnung zu einem Segeltörn einladen sollte? Nein, das könnte sich als problematisch erweisen. Solange sie nicht bereit war, auf sein Fahrrad zu steigen, standen die Chancen für maritime Freuden schlecht. Verdammt schlecht. Spitzenteam hin oder her.

Kapitel 12

Ein paar Stunden später lag Käthe mit kalkweißem Gesicht im abgedunkelten Zimmer, sie fühlte sich hundeelend. Statt in ein Taxi einzusteigen, hatte sie den fatalen Fehler gemacht, bei einem polnischen Tanklastwagenfahrer mitzureisen, der sie nach dem Weg gefragt hatte, da sein Navi defekt war. Leider war er daraufhin mit Karacho über die Insel gebrettert und hatte sämtliche Tankstellen angefahren, sodass ihr von der Kutscherei kotzübel geworden war. Der starke Kaffee von Hinnerk Rasmussen hatte sein Übriges getan und irgendwann hatte sie nur noch schwarze Blitze vor den Augen gesehen. Nachdem der LKW-Fahrer sie schlussendlich an der Küstenklinik abgesetzt hatte, war Oberschwester Gundula zu ihr an die Rezeption gekommen, um sie abzuholen. Mit einem Rollstuhl wurde sie auf ihr Zimmer geschoben, denn Käthes Kreislauf war komplett im Keller: Koffein im Blut und der Geruch von Benzin in der Nase waren bei fast nüchternem Magen eine toxische Kombination. Der unmögliche Fahrstil des Tanklasterfahrers sei dann das i-Tüpfelchen gewesen, so lautete zumindest die Diagnose der Oberschwester, die wegen Übelkeit keinen Arzt anpiepsen wollte.

Jetzt döste Käthe vor sich hin, als sie plötzlich einen weißen Engel an ihrem Fußende wahrnahm.

Automatisch schreckte sie zusammen.

»Na, haben wir schlecht geträumt?«, erkundigte sich die weiße Gestalt mit der strengen Miene, ihr Tonfall klang, als hätte Käthe etwas aufgefressen.

»Wir?«, wiederholte sie entsetzt. »Ich wüsste nicht, dass wir in einem Bett schlafen.«

Allein von der Vorstellung bekam sie gleich wieder einen

Würgereiz und schnappte sich die Nierenschale vom Nachttisch, doch es war falscher Alarm.

»Wie geht es uns denn? Sie haben wohl ein paar Stunden geschlafen«, sagte der Engel, den Käthe mittlerweile als die unsympathische Oberschwester Gundula identifiziert hatte.

»Uns?« Käthe versuchte, sich im Bett aufzurichten, und stopfte sich das Kissen in den Rücken, um etwas mehr auf Augenhöhe mit der Schwester sprechen zu können. Wobei ihr eigentlich gar nicht nach Plaudern zumute war. »Es geht mir den Umständen entsprechend. An sich müsste man dem polnischen Rennfahrer den Lappen abnehmen. Immerhin kenne ich jetzt alle Tankstellen der Insel.« Trotz ihres Unwohlseins ließ sich Käthe ihren Galgenhumor nicht nehmen.

»Wie ich hörte, waren Sie bei Alt-Kommissar Rasmussen?«, bemerkte Gundula, dabei zog sie eine Augenbraue hoch und musterte die Patientin mit strengem Blick. »Was wollten Sie dort?«

»Wurde mir ein GPS-Tracker eingepflanzt, als man mich nach dem Sturz über den toten Mohrbach in den Dämmerschlaf gespritzt hat?«, konterte Käthe spitz.

»Frau Thomsen hat es mir erzählt. Sie können sich nicht einfach aus der Klinik entfernen und Ihre Therapien ausfallen lassen, Ihre Krankenkasse zahlt schließlich für Sie. Wir werden Ihr unentschuldigtes Fehlen als Verwarnung aufnehmen.«

»Sind Sie jetzt die Oberstudienrätin oder doch die Oberschwester? Unentschuldigtes Fehlen, pfff.«

»Nicht frech werden, Frau Bohneberger. Sie sind immer noch die Patientin – nicht ich! Also, was wollten Sie bei Herrn Rasmussen?«, blieb die Schwester hartnäckig.

»Ich muss Ihnen gegenüber garantiert nicht Rechenschaft darüber ablegen, was ich in meiner Freizeit mache«, entfuhr es Käthe.

»Waren Sie etwa dort, weil Sie unseren toten Patienten auf dem Rasen gefunden haben?«

»Ähm ...« Käthe überlegte kurz und änderte dann hastig ihren Kurs, um nicht unnötig den Verdacht auf den früheren Kripobeamten und mögliche Ermittlungen zu lenken. Blöd war die Krankenschwester ja nicht. »Ich habe Herrn Rasmussen über eine Kontaktanzeige kennengelernt«, erklärte sie daher. »Er ist verwitwet und ich bin es auch. Na ja, wir wollen halt beide den zweiten Frühling erleben. Neidisch?«

Der rechte Mundwinkel der Oberschwester hob sich so minimal, dass man mit ganz viel Fantasie ein kleines Lächeln feststellen konnte. »Aha! Sie suchen also nach einem Kurschatten?«

»Jawohl, Frau Lehrerin. Er hat mich heute gefragt, ob ich mit ihm gehen will. Ich habe ›vielleicht‹ angekreuzt.«

Schwester Gundula musterte sie mit gerunzelter Stirn. »Verarschen Sie mich gerade?«

»Niemals! Wobei, streng genommen hat er mich nicht nach gehen, sondern nach Fahrrad fahren gefragt. Er wollte mich auf seinem Fahrradgepäckträger heimfahren. So was hatte ich zuletzt mit fünfzehn. Süß, oder?« Sie lächelte breit.

»Wir haben ja wohl genug potenzielle Herren in unserem Haus, da müssen Sie sich nicht einem Einheimischen an den Hals werfen. Das hat doch gar keine Zukunft. Fernbeziehungen klappen nie!«

Käthe winkte ab. »Hier sind ja nur Alte und Kranke und ich hab selbst mit meinen Wehwehchen zu kämpfen, da binde ich mir doch nicht so einen rehabedürftigen Klotz ans Bein.«

Die Oberschwester schob die Unterlippe vor, dann sagte sie: »Soso. Übrigens, Ihre Tochter terrorisiert uns mal wieder. Ich habe ihr gesagt, dass Sie aufgrund von Übelkeit außer Gefecht gesetzt seien und sich melden würden, wenn Ihr Gesundheitszustand es zulässt.«

Käthe gab ein erschrockenes Geräusch von sich. »Ach ja, meine Tochter stirbt zu Hause tausend Tode, weil ich mich noch nicht gemeldet habe. Aber jetzt bin ich ja wieder mobil erreichbar.« Sie zeigte auf ihr iPhone. »Ich kümmere mich um das Telefonterror-Problem, versprochen.«

Oberschwester Gundula nickte zufrieden, kontrollierte noch einmal Käthes Blutdruck und schüttete ihr ein Pulver ins Wasserglas, um es ihr anschließend direkt an die Lippen zu halten. »Trinken Sie!«

»Sie wollen mich hoffentlich nicht vergiften?«, fragte Käthe skeptisch und schob das Trinkgefäß mit der Hand beiseite.

»Keine Sorge. Das sind Elektrolyte. Die brauchen Sie nach dem Erbrechen. Ich bin nicht erst seit heute Krankenschwester, vertrauen Sie mir.«

Mit einem komischen Bauchgefühl trank Käthe. Sie traute der Oberschwester trotz allem nicht über den Weg, irgendetwas stimmte an ihrem Verhalten nicht, und auf ihre weibliche Intuition konnte sich Käthe eigentlich immer verlassen. Selbst bei einem geschwächten Allgemeinzustand aufgrund von Kotzeritis!

Als die Oberschwester die Tür zum Zimmer der anstrengenden Patientin hinter sich zuzog, kam ihr Dr. Paulsen auf dem Flur entgegen.

»Gundula? Was treibst du denn hier. Hast du dich verlaufen?« Irritiert blickte er sich um, da die Krankenschwester sich im Gästetrakt befand, wo die Patienten keine Rund-um-die-Uhr-Pflege benötigten.

»Ach, Dietmar. Ich komme gerade von unserer Lieblingspatientin«, stöhnte sie. »Was machst du auf der sechsten Etage?«

»Ein Privatpatient hatte mal wieder einen Furz quer stecken«, antwortete er belustigt. »Du sprichst garantiert von Frau Bohneberger?«

Gundula nickte und gemeinsam gingen sie zum Aufzug.

»Jetzt sag bloß, die bohrt weiter wegen dem toten Mohrbach nach. Mein Gott, die soll dem Toten mal die ewige Ruhe gönnen.«

»Stell dir vor«, ergänzte die Oberschwester, »sie war heute bei Kommissar Rasmussen und jetzt leidet sie unter Übelkeit. Was machen wir denn nun?«

»Ein Zäpfchen geben.« Dr. Paulsen grinste. »Nein, Spaß beiseite, da brauchen wir uns keine Sorgen zu machen. Kommissar Rasmussen ist auf unserer Seite, von ihm weiß ich nämlich, dass die Bohneberger in seiner Dienststelle aufgetaucht ist mit ihren wirren Beschuldigungen, ich habe einen sehr guten Kontakt zu Nils. Glaub mir, der ist heilfroh, wenn er nichts zu tun hat. Immer wenn ich ihn treffe, sehen seine Augenringe noch tiefer aus. Nicht einmal die Spurensicherung hat er uns auf den Hals gehetzt, nachdem ja schon die anderen beiden Suizide zweifelsfrei als solche eingestuft wurden. So ein Polizist wie Nils Rasmussen ist für Sylt und unsere Klinik wie ein Sechser im Lotto, der lässt es ruhig angehen.«

»Tut mir leid, Dietmar, aber unsere Querulantin hat den alten Rasmussen getroffen beziehungsweise haben die zwei sich angeblich gedatet. Das glaube ich ihr nur nicht. Jeder Einheimische weiß doch, wie sehr Hinnerk Rasmussen unter dem Tod seiner Frau leidet, da will der garantiert niemanden kennenlernen. Sie muss also lügen.«

»Scheiße!«, rutschte es dem sonst eher vornehmen Arzt heraus. »Hinnerk ist doch ein alter Fuchs, der dreht uns den

Laden hier auf links, wir hatten ja schon zwei tödliche Balkonstürze dieses Jahr. Der wird uns unangenehme Fragen stellen, weil ständig Leute über die Brüstung hüpfen. Stell dir mal vor, vielleicht müssen wir zukünftig überall Absperrgitter anbringen. Und dann wird er die Patienten befragen und die Presse wird eben doch berichten, weil jetzt der dritte Patient bei uns in den Tod gesprungen ist. Ich sehe schon die Schlagzeile vor mir: ›Die Todessprungklinik auf Sylt‹.«

Gundula gab ein erschrockenes Geräusch von sich. »Oh Gott, wie schrecklich! Unsere Küstenklinik würde in den Schmutz gezogen werden, kein Patient wird dann noch Interesse daran haben, bei uns rehabilitiert zu werden.«

»Du sagst es, das darf ich auf keinen Fall zulassen. Der Alte darf sich nicht in unsere Klinik einmischen. Wir haben eh schon genug Probleme, weil wir immer noch keine schwarzen Zahlen schreiben. Der Umbau vor zwei Jahren war viel zu teuer, und wenn herauskommt, mit welchen Schwarzgeldern das alles bezahlt wurde, können wir den Laden dichtmachen. Die Polizei muss vor der Tür bleiben! Negative Presse ist unser Tod«, ereiferte sich der Chefarzt.

»Aber was sollen wir denn machen, wenn die Polizei herausfindet, dass der Mohrbach überhaupt keine psychischen Probleme hatte und nur so vor Lebensfreude gesprüht hat?« Nervös nestelte Gundula an einer schwarzen Haarsträhne herum, die sich aus ihrem Dutt gelöst hatte.

Dr. Paulsen sah sich kurz um, dann zog er sie vor dem Aufzug zur Seite und flüsterte: »Herr Mohrbach hatte einen Hirntumor! Wenn man da keine depressiven Verstimmungen hat, weiß ich es auch nicht.«

»Aber sein Tumor war doch gar nicht lebensbedrohlich, das hast du selbst bei der Visite gesagt. Es war ein gutartiger

Tumor und er hätte sehr gute Chancen auf ein langes Leben gehabt, hast du das schon vergessen?«

»Pst!« Der Chefarzt wedelte hektisch mit den Händen und wisperte: »Dann muss ich halt in seiner Patientenakte ein paar Eintragungen machen, dass er nach Antidepressiva verlangt hat, weil er die Prognose seiner Erkrankung doch nicht so rosig gesehen hat.« Er überlegte kurz, ehe er lauter und in geschäftlichem Ton fortfuhr: »Er hatte Konzentrationsstörungen, Gangunsicherheit und ständig quälende Kopfschmerzen, außerdem sprach er manchmal wirres Zeug. Sie können sich daran erinnern, Oberschwester Gundula!«

Diese nickte eingeschüchtert. »Selbstverständlich erinnere ich mich, Herr Dr. Paulsen«, log sie.

»Es könnte also auch ein tragischer Unfall gewesen sein, weil er auf das Balkongeländer stieg, um nach den Sternen zu greifen. Wer weiß, wer weiß. Es gibt ja keine Beweise dafür, was in der Nacht passiert ist.«

»Stimmt! Ein Unfall macht Sinn«, erwiderte Gundula erleichtert. Dann fiel sie ihm spontan um den Hals, weil der Chefarzt mal wieder alles in die richtigen Bahnen lenken würde. »Die Klinik ist mein Ein und Alles, so wie du.«

»Spinnst du?«, schnauzte er sie an und stieß sie von sich weg. »Keine Tatscherei in der Öffentlichkeit! Außerdem werde ich Rasmussen Junior darauf hinweisen, dass der alte Herr seine Rente genießen und sich gefälligst nicht in fremde Angelegenheiten einmischen soll.«

»Und was soll ich machen?«, fragte Gundula eingeschüchtert.

»Du kümmerst dich um Frau Bohneberger, sie ist jetzt deine VIP-Patientin, verstanden?«

Schicksalsergeben stimmte sie dem Vorschlag zu.

»Verhalte dich professionell. Wir dürfen keine Fehler machen, habe ich mich deutlich ausgedrückt?«, flüsterte er ihr mit ernster Miene zu. »Du weißt, was mit unliebsamen Gästen zu tun ist, erst recht, wenn sie in unseren Angelegenheiten rumschnüffeln, klar?«

»Natürlich, Dietmar. Ich weiß, was mit schwierigen Gästen zu tun ist, auch wenn mir die Spezialbehandlung diesmal besonders schwerfallen wird.«

Er grinste. »Oberschwester Gundula, du bist ein wahrer Engel. Ohne dich wäre die Küstenklinik komplett verloren«, lobte er sie.

Gundula schloss die Augen und formte einen Kussmund, doch im selben Moment erklang der Signalton des Aufzugs und bevor sich die Tür automatisch öffnete, sprangen die beiden wie zwei erwischte Teenager auseinander.

»Störe ich?«, fragte die Patientin, die ihnen aus dem Fahrstuhl entgegentrat.

»Ähm, nein, Frau Gawinski. Wo wollen Sie denn hin? Das ist doch gar nicht Ihre Etage«, wollte Dr. Paulsen wissen.

»Meine liebe Tischnachbarin Frau Bohneberger hat beim Abendessen gefehlt und ich wollte mich erkundigen, ob alles in Ordnung ist.«

Der Chefarzt zeigte ein aufgesetztes Grinsen und legte den Arm um Natascha Gawinski, während er sie zurück in den Fahrstuhl schob. »Sie brauchen sich wirklich keine Sorgen zu machen. Frau Bohneberger hat nur einen nervösen Magen, nichts weiter. Genießen Sie die Zeit bei uns?«

»Ja, wobei, ich wollte wegen meinem Kinderwunsch noch mal mit Ihnen sprechen, der potenzielle Erzeuger meiner Kinder hat mich ja im wahrsten Sinne des Wortes sitzengelassen.«

Oberschwester Gundula, die den beiden gefolgt war, knurrte eifersüchtig und fixierte die Patientin wie eine Wölfin, die ihr Opfer gleich auffressen würde. Dietmars Arm um fremde Schultern brachte ihr Blut in Wallung.

»Welchen Knopf darf ich für Sie drücken?«, fragte dieser jetzt, nachdem er für sich selbst auf das K für den Keller gedrückt hatte.

»Na, jeden, den Sie wollen«, kicherte die Patientin und spielte verträumt an ihrem Ohrring herum.

Alle lachten - nur Gundula nicht.

»Ach, ich glaube, ich will auf einen kleinen Absacker zur Weinstube, ich muss mich etwas ablenken. Das ist so schlimm, was mit Herrn Mohrbach passiert ist.« Traurig sah sie auf die Etagenknöpfe. »Wir mochten uns schon sehr, sehr gern.«

»Er war todkrank. Wenn er nicht gesprungen wäre, hätte ihn der Sensenmann in ein paar Wochen zu sich geholt«, bemerkte Gundula kühl. Damit schlug sie zwei Fliegen mit einer Klappe: Sie trug die Lüge ihres Chefs in die Welt und gab der anhänglichen Patientin einen kleinen Dämpfer.

Natascha Gawinski stieß einen spitzen Schrei aus und stürzte im Erdgeschoss aus dem Fahrstuhl, nur ein paar Sekunden später schlossen sich die Aufzugtüren und es ging abwärts.

Dr. Paulsen nutzte den ungestörten Moment, um die Oberschwester nach bester Manier zusammenzufalten. Ob sie nicht mehr ganz bei Verstand sei, polterte er. »Schon mal was von ärztlicher Schweigepflicht gehört? Du kannst doch nicht vor anderen Patienten Diagnosen ausplaudern.«

»Aber ich bin keine Ärztin, sondern nur eine brave Oberschwester, die das tut, was ihr Boss verlangt«, verteidigte sie sich. »Sehen wir uns heute Abend nach Schichtende?« Bei der Frage überschlug sich ihre Stimme ein wenig, da sie aufgrund ihres Patzers Angst vor einer Absage hatte.

Doch der Chefarzt blieb ihr eine Antwort schuldig. Der Fahrstuhl hielt, die Türen öffneten sich und Dr. Paulsen stürmte wutschnaubend in den kalten Keller. Er hatte Wichtigeres zu tun, als sich um eine Angestellte zu kümmern, die ihn ständig anhimmelte. Dabei wusste er, dass Gundula die Einzige in der Küstenklinik war, die alles für ihn tun würde. Auch töten. Davon war er absolut überzeugt.

Kapitel 13

Gegen 21 Uhr hatte Natascha schon so viel gebechert, dass die Hysterie verflogen war und sie nur noch in sich gekehrt auf der Eckbank hockte und auf den braunen Tisch aus Massivholz starrte. Verantwortlich für den Gefühlswandel war der Weißwein, den sie in der hauseigenen Weinstube der Küstenklinik wie eisgekühlte Limonade frustriert in sich hineinkippte.

»Keinen Pieps hat er mir gesagt, dass er einen Hirntumor hat und todkrank ist«, murmelte sie. »Trotzdem wollte der Arsch mit mir ein Kind, da wäre ich dann doch bald alleinerziehend gewesen. Warum lassen mich die Kerle ständig im Stich?« Sie gab der Wirtin ein Zeichen, dass sie immer noch einen Brand hatte, der dringend gelöscht werden musste.

Regina, die sich das Leid ihrer Mitpatientin schon etwas länger aufmerksam angehört hatte, tätschelte ihr die Hand. »Ick war ooch alleinerziehend, das funktioniert schon, allerdings hatte mein Ex keinen Hirntumor, dem hat man nur ordentlich ins Hirn geschissen, ging ständig fremd, überall und mit jeder, die sich nicht rechtzeitig vor diesem Schweinepriester retten konnte.«

Zur selben Zeit hatte Käthe sich von ihrem vorübergehenden Krankenlager erhoben und schlurfte jetzt in die Weinstube. Unter hängenden Augenlidern erblickte sie Natascha und Regina an einem Tisch, die sie gleich zu sich heranwinkten.

»Na, Liebchen? Biste wieder uffm Damm? Komm, trink einen mit, wir haben nämlich gerade 'ne richtig feucht-fröhliche Damenrunde, wobei fröhlich nur ick bin.« Regina kicherte.

Käthe lehnte dankend ab. »Ich bin auf der Suche nach Zwieback, mein Magen knurrt so laut, dass ich kein Auge zubekomme.«

Regina fackelte nicht lange und orderte für die Magen-Lädierte einen Kamillentee, dann schob sie ihr ein Glas Salzstangen vor die Nase, weil auch die Wirtin bei Zwieback nicht die richtige Anlaufstelle war.

»Wir lästern gerade über Männer«, gab Natascha kund, damit Käthe schnell ins Gesprächsthema kommen würde. »Alles Lügner!«

Die Berlinerin stimmte sofort mit ein. »Also früher waren die Kerle noch echte Gentlemen, heute kannste die allermeisten in der Pfeife roochen. Zumindest watt in Berlin so anzutreffen ist. Nur noch Schrott in meinem Kiez!« Mit einem kräftigen Schluck leerte sie ihr Weinglas, da bereits die nächste Runde serviert wurde und sie in Plauderlaune war.

Käthe knabberte an einer Salzstange und beschloss, ebenfalls etwas zu dem Tischgespräch beizutragen: »Stellt euch vor, ich wurde von einem alten Mann zuletzt nach Hämorrhoiden gefragt, weil ich es abgelehnt habe, auf seinem Fahrradgepäckträger mitgenommen zu werden. Da merkt man, dass man sich nicht mehr in den besten Jahren befindet.«

Betretenes Schweigen und Kopfschütteln.

»Mädels, macht es wie ick«, verkündete die Berlinerin, sie war nun ganz in ihrem Element und ihr Pegel angenehm hoch. »Ick bums nur noch mit Jüngeren. Die alten Säcke kriegen doch bloß mit der blauen Pille noch einen hoch. Leider stehst du mit einem Schlaganfall auf der Beliebtheitsskala ganz weit unten, deshalb hoffe ick, dass die Anstalt mich wieder so hinkriegt, dass ick mich danach wie billiges Frischfleisch auf den Singlemarkt schmeißen kann. Ansonsten mach ick euch den Hans-Peter, aber ick spring vom Fernsehturm am Alex. Ick will nur in meinem Berlin sterben, nicht in so einer Rehaeinrichtung uff Sylt, nee danke. Das wär ja der reinste Albtraum, hier über den Jordan zu gehen.« Sie lachte dreckig mit ihrer rauchigen Stimme.

»Darüber macht man keine Witze«, ermahnte Käthe sie, und Natascha begann laut zu schluchzen, während sie in ihr halbleeres Weinglas blickte.

»Er hatte Krebs - Gehirntumor! Der Arsch hat mir nicht gesagt, dass er bald sterben würde, und ich dachte, er würde mir vertrauen und wir könnten uns alles sagen«, brachte sie hervor und heulte sich dann an Käthes Schulter aus.

Aufmerksam versuchte diese, den Worten in dem Gewimmer zu folgen, und war sehr überrascht, dass plötzlich eine so schlimme Diagnose im Raum stand, die wiederum Hans-Peters Freitod nachvollziehbar machen könnte.

»Er hat dir nie von seinem Hirntumor erzählt?«, hakte sie nach. »Warum denn nicht?«

Natascha zuckte mit verweinten Augen die Schultern.

»Ihr zwei habt nur gebumst und nie geredet, wa?« Regina grinste und ihr Blick wurde verträumt. »Ick hatte auch mal so 'ne Beziehung mit einem jungen Marokkaner, der kein Wort Deutsch verstand. Mann, der Typ war echt 'ne Wucht.« Sie befeuchtete mit der Zunge ihre Lippen.

»Regina, könntest du dich mal zügeln?«, sagte Käthe streng. »Lass besser ab sofort die Finger vom Alkohol, du wirst immer vulgärer.«

»Hans-Peter hat mir gesagt, er wäre wegen seiner ständigen Migräne hier in der Behandlung. Er hat es auf seinen stressigen Job im Vertrieb geschoben«, erzählte Natascha, die sich etwas beruhigt hatte, und futterte nebenbei aus Frust Käthes Salzstangen weg.

»Woher wusstest du dann von dem Hirntumor?«, hakte Käthe nach.

»Die Oberschwester hat es mir gesagt. Ihr wisst schon, die mit dem Dutt, von der wir immer sagen, dass sie zum Lachen in den Keller geht.«

»Ach, das ist ja interessant«, bemerkte Käthe und drehte sich kurz weg, um ihr Handy zu zücken und Hinnerk Rasmussen eine WhatsApp-Nachricht zu schicken mit der Bitte, der Gerichtsmediziner solle sich doch bitte den Kopf des Verstorbenen genauer anschauen. Sie wollte Beweise, dass die Sache mit dem Tumor nicht gelogen war, nur um die Suizidtheorie von Seiten der Klinik weiterhin aufrechtzuerhalten.

»Wieso erzählt die olle Oberschwester dir so was überhaupt? Von Datenschutz hat man in dieser Anstalt wohl noch nix gehört«, warf Regina ein.

Darauf hatte Natascha keine Antwort. Stattdessen stierte sie auf ihr leeres Weinglas, das sie fest umklammert hielt, und fing an, mit den Zähnen zu knirschen.

»Natascha, ist alles in Ordnung bei dir?«, erkundigte sich Käthe. »Sollen wir dich ins Bett bringen?« Sie fand den etwas wirren Gesichtsausdruck der Jüngeren beängstigend.

Regina rutschte panisch mit ihrem Stuhl nach hinten. »Oh Gott, hat die Schaum vorm Mund? Ist das etwa ein epileptischer Anfall?«

»Ich hasse alle Männer«, flüsterte Natascha und starrte weiter mit leerem Blick ihr Weinglas an, die Finger noch immer fest darum geschlossen.

»Käthe, ick krieg Angst. Ick gloob, der Poltergeist sitzt an unserem Tisch, oder ick bin sternhagelvoll.«

Käthe rüttelte an Nataschas Arm, da diese wie weggetreten wirkte. »Hallo? Hallo, Natascha, kannst du mich hören?«

Die Angesprochene löste langsam ihren Blick vom Weinglas, während ein leises Knacken zu hören war, da sie das Glas mit bloßen Händen zerbrochen hatte.

»Es ist wohl alles etwas zu viel für mich heute, gute Nacht«, sagte sie plötzlich, sprang auf, knallte einen zerknitterten Zwanzigeuroschein auf den Tisch und verließ fluchtartig die Weinstube, ohne die anderen eines Blickes zu würdigen. Zurück blieb nur ein kleiner Scherbenhaufen auf der Tischdecke.

»Was war das denn bitteschön? Die ist ja voll psycho«, beschwerte sich Regina und orderte auf diesen Schreck einen doppelten Ramazotti. »Ick hatte richtig Angst, dass die tollwütig sein und mich beißen könnte«, fügte sie kopfschüttelnd hinzu.

»Na, sie wird nicht ohne Grund hier zur Kur sein«, gab Käthe zurück und schob vorsichtig die Scherben zusammen, damit sich keiner daran verletzte. »Wir haben doch alle unser Päckchen zu tragen, nicht wahr?«

»Vielleicht hatte die Natascha ja auch so einen Aussetzer wie eben, als sie den Hans-Peter getroffen hat«, mutmaßte Regina, »sie hat ihn vom Balkon geschubst und kann sich an nix mehr erinnern.«

»Interessant! Ich dachte, du hältst nichts von der Mordtheorie«, sagte Käthe leise, obwohl noch viele andere in der Gaststube saßen und der Lautstärkepegel enorm hoch war. Es war nicht lange her, da hatte die Berlinerin draußen auf der Bank vor der Klinik erklärt, dass sie sich statt Selbstmord einen tragischen Unfall vorstellen könne, aber keinesfalls eine Straftat.

»Nach der Nummer von eben bin ick mir nicht mehr so sicher. Die hat doch gekiekt, als ob sie in die Klapsmühle und nicht in die Küstenklinik gehört.«

»Übertreib mal nicht. Da war auch Alkohol im Spiel«, verteidigte Käthe die Blondine, die sie eigentlich am sympathischsten in ihrem Speisequintett fand. Mal abgesehen von Andi, der meistens mit Stillschweigen glänzte. Apropos Andi: Ob die Weinstube der passende Ort wäre, Regina mit der Frage zu konfrontieren, dass sie früher tatsächlich als Erotikdarstellerin gearbeitet habe? Andi hatte das zumindest behauptet und Käthe fand, dass die Berlinerin so eine Frage heute gut vertragen könnte, da sie eh schon so vulgär unterwegs war.

»Sag mal, Regina, wie hast du dich eigentlich mit dem Hans-Peter so verstanden?«, fragte sie daher beiläufig und pustete in ihre dampfende Teetasse, denn soeben war ihr der heiße Kamillentee zusammen mit dem Ramazotti gebracht worden.

»Den mochte ick nicht. Ein Aufschneider! Ein schmieriger Typ, um den ick immer einen großen Bogen machen würde. Dass die Natascha auf den reingefallen ist, tut mir eigentlich aus tiefstem Herzen leid.«

»Er wusste über deine Vergangenheit Bescheid, deshalb mochtest du ihn nicht, gell?«, wagte Käthe einen Vorstoß.

Regina rollte genervt die Augen. »Du meinst, dass ick ursprünglich aus Ostberlin komme und 'ne DDR-Vergangenheit habe?«

»Ähm, ich sag's mal so, du wolltest Schauspielerin werden, aber der Sprechanteil war im Verhältnis zu den Nahaufnahmen deines Körpers relativ klein«, antwortete Käthe diplomatisch.

Regina entglitten die Gesichtszüge, auf einmal war sie gar nicht mehr so gesprächig. »Sei sofort still!«, schnauzte sie Käthe an, dann drehte sie sich kommentarlos weg, löste die Bremse ihres Gehwagens und rollte davon, ohne Käthe eines Blickes zu würdigen.

Mit dem dampfenden Kamillentee und den restlichen Salzstangen als Gesellschaft blieb Käthe an dem massiven

Holztisch sitzen und fragte sich, ob der Verstorbene die Kodderschnauze wegen ihrer Vergangenheit aufgezogen haben könnte, weil es ihr heute peinlich war, in Sexfilmen eine Hauptrolle ergattert zu haben? Möglich war das, aber rechtfertigte das einen Mord?

Bei Natascha sah die Sache schon ein bisschen anders aus. Nach dem eigenartigen Blackout und ihrem Ausspruch, dass sie alle Männer hasse, war ihr so einiges zuzutrauen. Konnte es sein, dass Hans-Peter mit ihr hatte Schluss machen wollen und bei der Verliebten daraufhin die Sicherungen durchgebrannt waren?

Was war bloß in der Todesnacht im Zimmer von Hans-Peter Mohrbach geschehen? Fragen über Fragen, auf die Käthe keine Antworten hatte. Doch dann hatte sie einen genialen Einfall, sie winkte die Wirtin der Gaststube hektisch zu sich.

»Entschuldigen Sie, mir ist da was Saudummes passiert. Ich habe meinen Zimmerschlüssel verloren. Wie komme ich denn an einen Zweitschlüssel? Ich wollte heute Nacht nicht hier auf der Eckbank nächtigen«, sagte sie schmunzelnd.

Die Wirtin schaute auf die Uhr und erklärte bedauernd, dass die Rezeptionsmitarbeiter und der Hausmeister sich bereits im wohlverdienten Feierabend befänden, weshalb diese für die Aushändigung des Generalschlüssels ausfielen. »Probieren Sie es doch mal bei der Nachtschwester. Die müsste Ihnen auch weiterhelfen können. Es kommt ja öfters vor, dass Patienten nach einem Barbesuch spät nachts von Westerland heimkommen und irgendwo ihren Schlüssel verloren haben. Wir können ja nicht jedes Mal unseren Hausmeister anpiepsen, der jammert eh schon über zu viel Arbeit«, plauderte die Wirtin aus dem Nähkästchen.

Käthe bedankte sich für den Tipp und in ihrem Kopf entwickelte sich nun ein konkreter Plan, wie sie sich die paar

Quadratmeter des Todeszimmers näher anschauen könnte. Wenn schon die Spurensicherung schlampte beziehungsweise gar nicht informiert worden war, musste sie halt ihren Röntgenblick anwenden. Doch bevor sie sich zu ihrer geheimen Mission aufmachte, griff sie noch einmal beherzt in das Glas mit den Salzstangen. Schon jetzt spürte sie, wie das Adrenalin durch ihre Adern schoss, oder war das ein neuer Ansturm von Übelkeit? Vorsichtshalber trank sie ihren Kamillentee in einem Rutsch aus - die etwas andere Art, sich Mut anzutrinken, denn als Privatdetektivin, die auf Spurensuche war, musste sie einen klaren Kopf behalten. Einen fast nüchternen Magen hatte sie ja schon - bis auf das bisschen Knabberkram.

Kapitel 14

Leise vor sich hin summend verteilte die Nachtschwester gegen 22:45 Uhr routiniert Pillen und Tabletten in den bereitstehenden Medikamentenboxen für einige Patienten, um den Frühdienst zu unterstützen, da es in der Nacht tendenziell ruhiger war als tagsüber. Käthe sah ihr einen Moment durch die sperrangelweit offen stehende Tür zum Stationszimmer dabei zu, ehe sie anklopfte, worauf die Schwester schreckhaft zusammenzuckte.

»Guten Abend, ich hoffe, ich störe Sie nicht«, meldete sich Käthe freundlich an.

»Nein, nein, ich war nur in Gedanken versunken. Ich hatte nicht damit gerechnet, dass sich jemand von hinten an mich heranschleicht.« Sie ließ die Medikamente liegen und ging auf Käthe zu. »Wie geht es Ihnen denn mittlerweile?«

»Ach, hat es sich schon herumgesprochen, dass mein Magen heute Achterbahn gefahren ist?«

»Wie bitte?« Die Schwester schaute sie irritiert an. »Sie haben doch in der Nacht von Dienstag auf Mittwoch einen Schock erlitten, weil Sie unglücklicherweise über unseren verstorbenen Patienten gestürzt sind. Ich hatte in der besagten Nacht nämlich Dienst und habe zusammen mit dem Bereitschaftsarzt Herrn Jäger versucht, Sie zu beruhigen. Erinnern Sie sich gar nicht mehr an mich? Ich bin Schwester Dörte.« Sie lächelte freundlich und tippte demonstrativ auf ihr Namensschildchen.

Käthe runzelte die Stirn und bemühte sich, die junge Frau mit dem schwarzen Kurzhaarschnitt, die höchstens Mitte dreißig war, in ihrem Gedächtnis einzuordnen.

»Tut mir leid«, sagte sie schließlich, »ich habe für diese

Nacht tatsächlich sehr große Erinnerungslücken. Haben Sie vielleicht eine Brille getragen? An den Herrn Jäger konnte ich mich nämlich auch nicht erinnern, als er mir beim Aufnahmegespräch plötzlich mit Kontaktlinsen gegenübersaß.«

Schwester Dörte verneinte lachend. »Möglicherweise liegt es an meiner neuen Frisur. Der Pferdeschwanz kam heute Morgen ab, da fühlt man sich gleich wie ein neuer Mensch.« Sie rubbelte über ihren frischen Haarschnitt und erklärte, sie müsse sich auch an ihre neue Haarfarbe erst einmal gewöhnen, den schlammbraunen Ton habe sie komplett sattgehabt. »Haben Sie sich denn von dem Schockerlebnis einigermaßen erholt?«, wechselte sie erneut von ihrer Frisur zur Todesnacht.

Käthe nickte. »Das K.-o.-Mittelchen hat mir einen tiefen Schlaf beschert. Kannten Sie den Herrn Mohrbach eigentlich?«

Nachtschwester Dörte verneinte. »Er war ja kein Patient, der Pflege benötigte, daher haben wir mit den Kurgästen kaum etwas zu tun. Trotzdem bin ich wohl die Letzte, die ihn lebend gesehen hat«, seufzte sie.

Nun wurde Käthe hellhörig. »Ach, er hat noch gelebt, als ich über ihn gefallen bin? Jetzt sagen Sie mir bitte nicht, dass ich ihm mit meinem Stolperer quasi den Todestritt verpasst habe.«

Schwester Dörte winkte ab. »Nein, Herr Mohrbach hat am Dienstagabend, also kurz bevor Sie ihn leblos gefunden haben, bei mir auf der Station nach einer Tablette verlangt.«

Erleichtert atmete Käthe auf. »Um wie viel Uhr war das denn?«

»Hm, vielleicht so gegen 22:30 Uhr, ich hatte gerade meinen Dienst begonnen«, plauderte Dörte freimütig aus.

Käthe erinnerte sich, dass Natascha beim Besuch auf dem Polizeirevier angegeben hatte, dass sie und Hans-Peter die Weinstube gegen 22 Uhr zusammen verlassen hätten, worauf jeder separat auf sein Zimmer gegangen sei. »War Herr Mohrbach vielleicht betrunken, als er zu Ihnen gekommen ist?«, fragte Käthe weiter.

»Nein. Er wollte lediglich eine Tablette gegen Sodbrennen, sonst könne er nicht schlafen.«

»Also, er hat keinen depressiven Eindruck auf Sie gemacht?«

»Nein, definitiv nicht. Er hat noch Späße gemacht, dass der Wein zu sauer gewesen sei. Aber warum fragen Sie mich das alles?« Sie verschränkte die Arme vor der Brust und musterte Käthe skeptisch.

»Ach, ich bin einfach nur neugierig, wie es einem lebensmüden Menschen in seinen letzten Minuten wohl erging, bevor er über das Balkongeländer gestiegen ist. Da ich ihn gefunden habe, habe ich halt einen ganz besonderen Bezug zu der Angelegenheit, gell.«

Schwester Dörte gab ihr recht. »Stimmt, die Tablette gegen Sodbrennen hätte er sich sparen können, der Aufprall vom sechsten Stock auf den Rasen war garantiert schmerzvoller als ein Brennen, das bis hinters Brustbein und in den Rachen ausstrahlen kann.«

In diesem Augenblick ertönte die Notfallklingel im Stationszimmer.

»Da muss ich jetzt dringend nach dem Rechten sehen«, sagte Dörte. »Was wollten Sie eigentlich von mir?«

»Ach, ich bin so ein kleines Dummerchen, ich habe meinen Zimmerschlüssel verloren«, erklärte Käthe lächelnd. »Die Wirtin der Weinstube gab mir daher den Tipp, dass die Nachtschwester einen Generalschlüssel besitze und mir aufschließen könnte. Ich will ja nicht auf dem Flur schlafen müssen.« Sie kicherte albern.

Dörte bestätigte die Aussage der Wirtin, öffnete eine

Schublade und überreichte Käthe einen einzelnen Schlüssel, der an einem schweren Anhänger aus Stahl befestigt war. »Bitte legen Sie mir den Knochen anschließend einfach wieder auf den Schreibtisch, falls ich noch bei unserem anstrengendsten Patienten bin. Der braucht ausgerechnet während meines Dienstes immer mehrfach die Bettpfanne.« Sie schwenkte den unhandlichen Schlüsselanhänger, der auch als Totschläger durchgehen könnte.

»Dankeschön, ich sperre nur schnell meine Tür auf, lege einen Schuh in den Türspalt und bringe den Schlüssel zurück. Morgen kümmere ich mich dann an der Rezeption um einen Ersatzschlüssel. In fünf Minuten bin ich wieder da«, versicherte Käthe.

Sie war überrascht, wie einfach es war, sich einen Schlüssel zu beschaffen, der alle Türen öffnen würde, doch sie gab ihrem hohen Alter die Schuld, dass niemand argwöhnte, sie könnte etwas aus fremden Zimmern stehlen.

Schnellen Schrittes ging Käthe zu dem Zimmer von Hans-Peter Mohrbach, welches von ihrem eigenen nur ein paar Meter entfernt lag, denn Natascha hatte beim Besuch auf dem Revier nicht nur die Uhrzeit des letzten Kontaktes ausgeplaudert, sondern auch dessen Zimmernummer. Kurioserweise konnte sich Käthe an solche Details sehr gut erinnern, während sie sich an das Gesicht der Nachtschwester überhaupt nicht erinnern konnte. Sie gab Dörtes neuer Frisur die Schuld dafür und keinesfalls ihrem Kurzzeitgedächtnis.

Kurze Zeit später stand Käthe vor Zimmernummer 647, der Unterkunft von Hans-Peter Mohrbach. Verstohlen blickte sie nach links und rechts, bevor sie den Schlüssel ins Schloss steckte, um unbeobachtet hineinzuschlüpfen. Erst drinnen schaltete sie das Taschenlampenlicht an ihrem Handy an, dann schlich sie auf Zehenspitzen an der Wand entlang zum Bett und leuchtete instinktiv auf den Nachttisch, wo der ausgedruckte Therapieplan von Hans-Peter Mohrbach lag. Sie war also definitiv im richtigen Raum und er war auch noch nicht für einen anderen Kurgast geräumt worden. Erleichtert schwenkte sie ihre Taschenlampe von links nach rechts, um sich einen Überblick über die Gegebenheiten zu verschaffen. Die Bettdecke war aufgeschlagen und das Kopfkissen völlig zerknittert, das war auffällig. Sofort startete ein sonderbares Kopfkino bei Käthe. Konnte es sein, dass ihr vermeintliches Mordopfer ein Schlafwandler war? Oder vertrugen sich Wein und Tabletten gegen Sodbrennen nicht und Hans-Peter war, als er auf den Balkon trat, um frische Luft zu schnappen, hinuntergefallen? Ein tragischer Unfall? Zumindest deutete nichts in dem Raum darauf hin, dass hier ein Streit oder ein Kampf ums Überleben stattgefunden haben könnte. Keine Glasscherben auf dem Boden, keine umgekippten Möbelstücke. Käthe erfasste auf einmal die Panik, dass sie sich völlig umsonst in die Angelegenheit hineingesteigert haben könnte, dass sie in einem vermeintlichen Fall herumschnüffelte, wo es gar nichts zu schnüffeln gab.

Der schrille Klingelton ihres Handys schreckte Käthe aus ihren Gedanken, vor lauter Aufregung ließ sie das noch immer hell leuchtende Handy auf den Boden fallen.

»Mist!«, fluchte sie und bückte sich nach dem Mobilgerät, um die Anruferin - natürlich ihre Tochter Inge - schnell wegzudrücken, damit der Klingelton endlich verstummte. Dabei fiel ihr Blick auf einen roten Stofffetzen, der unter dem Bett lag. Sie leuchtete ihn an und stellte fest, dass es sich um einen roten BH mit weißen Punkten handelte, der dort einsam und verlassen lag. Auf allen vieren krabbelte Käthe über den Teppich und angelte nach dem Büstenhalter, den wohl Natascha im Eifer des Gefechts hier liegen gelassen hatte. Sie würde ihn ihr morgen zurückbringen.

Vorsichtig richtete sie sich wieder auf, dann betrat sie den Balkon, um dort nach Dingen oder Spuren zu suchen, die verdächtig sein könnten. Aber auch hier machte sie keine nennenswerte Entdeckung, also huschte sie schnell wieder ins Zimmer, da sie zu große Angst hatte, ein Nachbar könnte sie auf dem Balkon bemerken. Apropos Nachbarn: Sie nahm sich fest vor, endlich mit den Bewohnern der beiden benachbarten Zimmer zu sprechen, ob diese an besagtem Abend einen lautstarken Disput oder einen handfesten Streit mitbekommen hatten, auch wenn im Raum nichts auf ein solches Vorkommnis hinwies - zumindest nichts, was Käthe auf den ersten Blick im Taschenlampenlicht erkennen konnte. Vorsichtig schloss sie die Tür hinter sich zu und klemmte sich den BH unter die Achsel, um sofort den Generalschlüssel zurückzubringen.

Wieder überraschte sie Schwester Dörte dabei, wie sie eine Melodie summte, so glockenhell wie ein Engelchen.

»Da sind Sie ja! Ich dachte, Sie hätten mich vergessen und wären mit dem Schlüssel getürmt«, scherzte sie.

Käthe quälte sich ein Lächeln ab und rümpfte die Nase. Im Stationszimmer roch es extrem nach Desinfektionsmittel.

»Entschuldigen Sie, Schwester Dörte, meine Tochter hat angerufen, da musste ich sie erst mal beruhigen, sie leidet so sehr unter unserer räumlichen Trennung.« Käthe überreichte Dörte den wertvollen Türöffner und wünschte eine angenehme und stressfreie Nacht.

»Danke, ich hoffe, dass es ruhig bleibt. Herr Mohrbach ist schon der Dritte in diesem Jahr, der sich in den Tod gestürzt hat, alle Selbstmörder haben sich während meinem Nachtdienst umgebracht!«, sagte sie mit einem lauten Seufzer.

»Ja, ich weiß. Im Januar und im März«, bestätigte Käthe, was sie von Hinnerk Rasmussen erfahren hatte.

»Ach, Sie wissen davon?«, fragte Dörte überrascht und riss die Augen auf.

»Die Patienten tratschen halt«, versuchte sie ihren Ausrutscher herunterzuspielen.

»Aber wir haben jetzt Juni! Kein Patient ist so lange hier, dass er darüber Bescheid wüsste.«

»Ähm, dann war es vielleicht jemand von den Mitarbeitern. Schönen Abend noch!«, sagte Käthe hastig, sie wollte ganz schnell weg.

»Von den Mitarbeitern?«, wiederholte Dörte mit Unbehagen in der Stimme. »Wir haben alle strengste Anweisung, nicht über die Suizide zu sprechen, damit unsere Patienten nicht verunsichert sind.«

»Na, Sie haben mir doch auch gerade davon erzählt«, konterte Käthe.

»Ähm, ja, aber Sie wirken auf mich schon so robust, dass Sie solche Informationen gut wegstecken können«, rechtfertigte Dörte ihr Plauderverhalten.

»Warum machen Sie alle überhaupt so ein Geheimnis darum, wenn Menschen sich für ein freiwilliges Ende ihres Lebens entscheiden?«

Die Nachtschwester zuckte die Achseln und zählte dann die Gründe auf: schlechtes Image für die Klinik sowie die Angst, dass man der Klinikleitung vorwerfen könnte, dass suizidgefährdete Menschen im obersten Stock untergebracht seien, was die Leitung zu verantworten hätte. Anschließend fügte sie im Flüsterton hinzu: »Bitte behalten Sie diese Informationen für sich, ansonsten könnte unsere Oberschwester sehr ungemütlich werden, sie wird von uns allen die Oberfeldwebelin genannt.«

Käthe hob eine Augenbraue, diesen Hinweis fand sie höchst interessant. »Wie ist denn die Oberschwester Gundula so? Ich bin ja auch schon mit ihr aneinandergeraten«, sagte sie vertraulich.

Dörte lachte kurz auf. »Gundula liebt die Küstenklinik, sie ist ihr Leben. Auf der Station übt sie ein strenges Regiment aus, wenn Sie verstehen, was ich meine. Manchmal taucht sie in meinem Nachtdienst auf, um mich zu kontrollieren.«

»Wie bitte?«, fragte Käthe entsetzt. »Sie kommt nachts in die Klinik gefahren, um Sie zu überwachen? War sie auch in der Nacht hier, als Herr Mohrbach gestorben ist?«

Die Schwester grinste. »Oberschwester Gundula ist rund um die Uhr hier. Sie wohnt in der Klinik - in der alten Hausmeisterwohnung, die steht nämlich sonst leer.«

Das Klingeln eines Patienten beendete das Gespräch abrupt und Dörte vollzog ihren Dienst, während Käthe sich, über die neuen Erkenntnisse grübelnd, auf ihr Zimmer zurückzog.

Die Tatsache, dass Oberschwester Gundula in der Todesnacht im Haus gewesen war, erschien ihr jetzt wieder höchst verdächtig, und noch etwas anderes fiel ihr auf: Wieso nahm die Nachtschwester ausgerechnet nach dem Leichenfund in Sachen Frisur den kompletten Typwechsel vor? Hatte sie Hans-Peter wirklich nur eine Tablette gegen Sodbrennen verabreicht oder irgendeine Droge, die im Rausch dazu geführt hatte, dass er über den Balkon gestiegen war?

Einem inneren Impuls folgend, verbarrikadierte Käthe ihre Zimmertür, indem sie den Nachttisch davorschob. Die Horrorvorstellung, dass die Nachtschwester oder gar die Oberschwester unangemeldet bei ihr aufkreuzen könnte, machte ihr Angst. Mit klappernden Zähnen zog sie sich die Bettdecke bis unters Kinn. Die Klinik wurde ihr immer unheimlicher, oder war sie nur auf dem besten Weg, selbst plemplem zu werden?

Käthe versuchte, ruhig ein- und auszuatmen, und hoffte, dass der Kriminalkommissar a. D. neue Erkenntnisse aus der Gerichtsmedizin erhalten würde, die bestätigten, dass der Tote einen Tumor im Kopf hatte oder dass sich vielleicht irgendwelche chemischen Substanzen in seinem Körper befanden. Augenblicklich musste sie an einen Bericht über die Droge Crystal Meth denken, durch die Süchtige plötzlich halluziniert und Wahnvorstellungen gehabt hatten. Fast so, wie es bei Natascha in der Weinstube zu beobachten gewesen war. Die Klinik als heimlicher Drogenumschlagplatz war natürlich eine ganz neue Theorie, die sie bisher noch gar nicht in Erwägung gezogen hatte. Alles war gerade sehr merkwürdig!

Kapitel 15

Nachdem Natascha am nächsten Morgen nicht beim Frühstück erschienen war, entschied Käthe, ihr einen Besuch abzustatten. Den gefundenen BH hatte sie in der Tasche bei sich. Vorher ging sie jedoch noch an der Rezeption vorbei, um in ihrem Postfach nachzuschauen, ob es einen neuen Therapieplan für sie gäbe, weil ständig Anwendungen ausfielen oder verschoben wurden, da es an Personal mangelte.

»Guten Morgen, Frau Bohneberger. Geht es Ihnen wieder gut?«, erkundigte sich Margit Thomsen freundlich. »Ich hatte mich gestern so erschrocken, als der LKW-Fahrer Sie bei mir abgeliefert hat. Sie sahen aus wie der Tod auf zwei Beinen.«

»Ja, ich bin wieder topfit. Fürs Trampen bin ich wohl etwas zu alt. Man weiß nie, bei wem man da so einsteigt«, machte Käthe sich über sich selbst lustig. »Zum Glück hat mich die Oberschwester wieder aufgepäppelt.«

»Unsere Oberschwester Gundula hat wirklich magische Kräfte«, erwiderte die Rezeptionistin lachend.

»Ach, Dr. Paulsen nicht?«

»Na, der auch.« Sie zwinkerte Käthe zu. »Er ist einer der besten Ärzte.«

»Kann ich nicht beurteilen, er nimmt keine Kassenpatienten«, stänkerte Käthe, dann beugte sie sich etwas vor und sagte leise: »Finden Sie nicht auch, dass die zwei sich ein bisschen merkwürdig verhalten?«

Frau Thomsen räusperte sich. »Tut mir leid, ich bin loyal meinem Arbeitgeber gegenüber.«

»Loyalität ist gut und schön, aber über die Kollegen zu lästern, ist doch das Normalste der Welt«, entgegnete Käthe. »Wissen Sie, Frau Thomsen, ich habe das Gefühl, dass beim

Tod von Herrn Mohrbach irgendwas verschleiert werden soll. Ich frage mich nur, was das sein könnte.«

Die Empfangsdame sah sie einen Augenblick mit offenem Mund an, ehe sie sagte: »Ähm, also, ich weiß nur, dass der Paulsen und die Oberschwester seit einiger Zeit eine heimliche Affäre haben. Das soll natürlich keiner wissen, weil unser Chefarzt glücklich verheiratet ist - zumindest angeblich.«

Von dieser Nachricht war Käthe völlig überrumpelt. Sie hätte dem attraktiven Dr. Paulsen niemals zugetraut, dass er Gefallen an der biestigen Oberschwester haben könnte. Aber am Arbeitsplatz herrschten für die Liebe andere Gesetze, da konnte das fachliche Know-how für eine ganz besondere Attraktivität sorgen. »Tja, wo die Liebe hinfällt«, sagte sie daher.

»Bitte behalten Sie diese Info für sich, ich will keinen Ärger bekommen«, bat die Empfangsdame eilig, obwohl sie sich selbst kaum darum kümmerte, wie Käthe soeben hatte feststellen dürfen.

Dennoch versprach sie natürlich, so verschwiegen wie ein Pfarrer zu sein, und steuerte anschließend das Zimmer von Natascha im dritten Stock an.

Nach dem fünften Klopfen öffnete ihr ein Häufchen Elend. Sie trat ein und Natascha, im weißen Frotteebademantel und mit zerzausten Haaren, die ihr in alle Himmelsrichtungen standen, kuschelte sich sofort wieder unter ihre Decke.

»Alles in Ordnung mit dir?«, fragte Käthe besorgt und zog die Vorhänge auf, damit die Verschlafene mitbekäme, dass es schon taghell war.

»Ich bin offenbar komplett beziehungsgestört!«, entgegnete sie und pfefferte die Fernbedienung des TV-Geräts in die Ecke.

»Wir haben dich beim Frühstück vermisst und uns Sorgen

gemacht. Du hast gestern Abend einen schrägen Abgang hingelegt, der für Regina und mich wirklich angsteinflößend war«, erwiderte Käthe behutsam.

»Keine Ahnung, ich kann mich an nix erinnern«, reagierte Natascha abweisend. »Im Internet habe ich eben gelesen, dass viele Dauersingles beziehungsunfähig sind, weil sie immer nur an den Partnern Interesse haben, die sie an der langen Leine halten oder die unerreichbar sind. Wenn es dann mal einen gebe, der sich binden wolle, finde man diese Person komplett uninteressant.« Sie sah ihre Besucherin unter der derangierten Frisur hinweg verzweifelt an. »Käthe, das trifft genau auf mich zu. Ich will immer nur die Kerle, die mich nicht haben wollen. Das ist doch krank!« Sie nickte bekräftigend. »Ja, ich bin völlig krank.«

»Aber du hast mir erzählt, dass Hans-Peter und du eine Familie gründen wollten. Schon vergessen?« Die Info von Andi, dass dies nur gelogen war, behielt Käthe weiterhin vorsichtshalber für sich, da Natascha etwas gereizt wirkte.

Diese schnaufte und rollte mit den Augen. »Wer weiß, ob das überhaupt ernst gemeint war. Vielleicht wollte er auch nur mit mir ins Bett, weil er diesen Hirntumor hatte, da wollte er halt noch ein bisschen Spaß haben, bevor er den Löffel abgibt, und ich war so dumm und naiv, auf sein Gesülze reinzufallen. Männer sind solche Schweine! Ich bin echt froh, dass ich diesen Arsch nicht mehr sehen muss, ansonsten hätte ich ihm sicher die Augen ausgekratzt. So ein Lügner!«

Käthe war irritiert über diese Aussage und den plötzlichen Sinneswandel, Nataschas Gefühle für Hans-Peter schienen innerhalb kürzester Zeit von Liebe auf Hass umgeschlagen zu sein. Andererseits hatte es dafür bereits am vergangenen Abend erste Anzeichen in der Weinstube gegeben.

»Mein Psychologe hat mir auf den Kopf zugesagt, dass ich

die Königin der toxischen Beziehungen bin, und der Hans-Peter hat dem Ganzen noch die Krone aufgesetzt.«

»Komm, es war ja nicht alles schlecht«, versuchte Käthe sie zu besänftigen. »Du hast garantiert auch ein paar sehr schöne Stunden mit ihm verbracht.« Sie nahm diesen Satz zum Anlass, den Büstenhalter aus ihrer Stofftasche zu ziehen und ihn wie ein Pendel vor Nataschas Nase hin und her zu schwenken.

»Was soll das jetzt?«, fragte sie kaltschnäuzig. »Willst du mich hypnotisieren oder was?«

»Na, du scheinst im Eifer des Gefechts deinen BH bei Hans-Peter vergessen zu haben. Ich habe ihn unter seinem Bett gefunden, und bevor die Spurensicherung hier auftaucht und sich fragt, wessen Oberteil das wohl sein mag, wollte ich ihn dir vorbeibringen.«

Natascha schüttelte den Kopf. »Dieses hässliche Teil gehört mir nicht. Nur über meine Leiche würde ich mich in so was zwängen. Ich leide schließlich nicht an Geschmacksverirrung.«

Nun war Käthe baff und Natascha sprach aus, was sie in den letzten Stunden vielleicht schon geahnt hatte: »Dieser verdammte Hurensohn hat noch andere Weiber beglückt! Ich hasse ihn, ich hasse ihn!«

Sie entriss Käthe das Beweisstück und pfefferte es mit lautem Klatschen gegen den Wandschrank.

Käthe versuchte sie zu beruhigen und zugleich den BH zu retten, denn dieses spezielle Textil könnte bei der Aufklärung des mysteriösen Todesfalls noch eine große Rolle spielen. Wem gehörte der BH, mit wem hatte sich Mohrbach noch getroffen, neben seinem eigentlichen Kurschatten, der gerade komplett ausrastete?

Nach einigen weiteren Minuten voll Gebrüll und aggressivem Verhalten lag die Betrogene in Käthes Armen, völlig erschöpft von ihrem Wutanfall.

»Hast du einen Verdacht, wem der BH gehören könnte?«, fragte Käthe vorsichtig, um sie nicht gleich wieder zu reizen.

»Mir egal! Er hat mich belogen und betrogen!«, stieß sie hervor und ergänzte mit hasserfüllter Stimme: »Zum Glück ist er tot. Er wird keine Frau dieser Welt mehr unglücklich machen.«

Käthe registrierte, dass Natascha wieder einen so irren Gesichtsausdruck hatte wie in der Weinstube und es lief ihr sofort ein kalter Schauer über den Rücken. Diese Frau hier hatte auf einmal nichts mehr mit der sympathischen Sitznachbarin vom Frühstück gemeinsam. Käthe fürchtete sich nach dem Wutausbruch sogar etwas vor ihr, denn ihr Verhalten zeigte, dass sie zu Ausrastern neigte und dabei völlig außer Kontrolle geraten konnte.

»Du, Natascha, sag mal wo warst du eigentlich am Dienstagabend?«, wagte Käthe einen Vorstoß, da sie in ihrem aufgewühlten Zustand vielleicht ein Geständnis ablegen würde.

Natascha starrte mit leerem Blick auf den Boden. »Ich habe mit seinem Tod nichts, aber auch rein gar nichts zu tun«, antwortete sie ohne jegliche Emotion.

Genau in diesem Moment sah Käthe, dass Hinnerk Rasmussen sie anrief, und so löste sich Käthe von der Gewaltbereiten mit dem Hinweis, dass sie dringend gehen müsse.

Um den älteren Kommissar außer Dienst zurückzurufen, entschied sie sich für einen Strandspaziergang, damit sie ungestört telefonieren konnte.

»Moin! Ich wollte mich mal erkundigen, ob Sie gestern noch gut heimgekommen sind, nachdem Sie die Fahrt auf meinem

Gepäckträger kategorisch abgelehnt haben«, begann Hinnerk Rasmussen das Gespräch.

»Ach, einen besseren Chauffeur hätte ich mir nicht wünschen können. Er hat mir nicht nur jede Ecke der Insel gezeigt, sondern mich sogar bis vor die Tür gefahren, und das alles komplett gratis. Besser geht's wohl nicht«, log sie ihn frech an.

»Da sind Sie ein echtes Glückskind. Übrigens, ich habe Neuigkeiten, die den Fall in einem ganz anderen Licht erscheinen lassen.«

»Na dann sind wir schon zu zweit. Ich habe nämlich auch einige Informationen, Herr Rasmussen. Aber schießen Sie mal los, was Sie zu berichten haben«, blieb Käthe förmlich. Sie gab ihm eine Mitschuld an ihrem gestrigen Höllentrip, da er ihr viel zu starken Kaffee eingeschenkt hatte.

»Ich bin gerade bei meinem Sohn auf dem Revier und habe die Personalien Ihrer Mitpatientin, Frau Natascha Gawinski, überprüft, die uns gegenüber angegeben hat, dass sie der Kurschatten des Todesopfers sei. Oder sagt man mittlerweile Kurschättin?«

»Mir egal. Ich gendere nicht, das klingt mir oft zu dämlich«, gab Käthe knapp zurück. »Was haben Sie denn Spannendes über die Natascha herausgefunden?«

»Natascha Gawinski ist vorbestraft! Sie hat einem Mann die Nase gebrochen.«

Käthe unterbrach kurz ihren Marsch über den kilometerlangen Strand. »Oh Gott! Das wundert mich gerade überhaupt nicht. Wer ist der Mann?«

»Ihr Chef. Beziehungsweise ihr Ex-Chef, er hat ihr nach der Anzeige wegen Körperverletzung fristlos gekündigt.«

»Wollte sie eine Gehaltserhöhung und hat deshalb die Fäuste geballt?«, fragte Käthe, es war das Erste, was ihr einfiel.

Doch Hinnerk Rasmussen verneinte und erklärte seiner Geheimagentin, dass Natascha eine heimliche Affäre mit ihrem Chef gehabt habe und im Team-Meeting eines Tages komplett ausgeflippt sei, weil er seine Familie nicht für sie verlassen wollte.

»Ich vermute, dass Ihre Mitpatientin uns mit der großen Liebe zwischen ihr und dem Opfer einen Bären aufgebunden hat, damit wir sie nicht verdächtigen, denn in Wahrheit wollte der Mohrbach wohl nur ein bisschen Spaß, daraufhin könnte sie vollständig ausgerastet sein.«

»Ja, das würde irgendwie Sinn ergeben nach dem, was ich gerade erlebt habe«, gab Käthe ihm recht.

»Die Kollegen von der Spurensicherung werden heute Nachmittag das Zimmer von Herrn Mohrbach auf den Kopf stellen. Hoffen wir nur, dass die Putzfrau noch nicht alles blitzeblank gewienert hat und wir genug Spuren und DNA-Reste finden. Dann müssen wir das alles nur noch auswerten und zack haben wir ganz schnell den oder die Täterin überführt.« Es war nicht zu überhören, wie sehr er sich darüber freute.

Käthe blieb kurz das Herz stehen, als er von DNA und Spurensicherung redete, deshalb gestand sie ihm gleich, dass sie einen groben Fehler begangen habe, da sie ein Beweismittel entfernt hatte - den BH. »Und jetzt kommt der Hammer: Der Büstenhalter gehört nicht Natascha«, schloss sie ihren Bericht.

Der Ex-Ermittler fiel aus allen Wolken. »Sie können sich doch nicht ohne Handschuhe und Schutzanzug einfach einen Tatort anschauen und einen BH, der unter dem Bett liegt, mitgehen lassen«, reagierte er fassungslos. »Das ist unverantwortlich und grob fahrlässig. Sie haben da eventuell ein wichtiges Beweismittel entwendet.«

»Moment! Ich bin Laie, kein Profi, und ich habe auch keine Ausrüstung von der KTU im Reisekoffer, wenn ich zur Kur fahre«, verteidigte sie sich. »Außerdem wissen wir ja gar nicht, ob es sich um einen Tatort handelt. Schon mal daran gedacht, dass wir uns damit auf dem Holzweg befinden, Herr Rasmussen? Der Tote litt an einem Gehirntumor. Vielleicht hat er wirklich keinen Sinn mehr im Leben gesehen und wir irren uns mit der Mordtheorie gewaltig. Möglicherweise stand er unter Medikamenten oder Drogen, wer weiß das schon so genau?«

»Wem gehört der gefundene BH?«

»Ich bin doch keine Hellseherin!«, pampte sie ihn an. »Auf jeden Fall nicht Natascha, es muss noch eine zweite Frau geben, die mit ihm angebandelt hat.«

»Genau. Vielleicht ist sie unsere Täterin«, trumpfte Hinnerk Rasmussen auf.

»Ich könnte mal den Andi aus unserer Essenrunde fragen, der weiß als sein Freund sicherlich Bescheid, mit welchen Damen der Mohrbach so verkehrte.«

»Sehr gute Idee«, lobte der Alt-Kommissar. »Ich brauche alle Personalien der Teilnehmer dieser ominösen Essensgruppe.«

»Warum?«

»Weil der Täter meistens aus dem unmittelbaren Umfeld des Opfers stammt, das kann ich Ihnen aus jahrzehntelanger Erfahrung berichten. Tun Sie mir jetzt bitte nur einen Gefallen: Legen Sie den BH wieder dahin zurück, wo Sie ihn gefunden haben, und ziehen Sie sich diesmal Handschuhe dabei an, falls das noch etwas bringt. Nicht, dass die DNA auf dem BH Sie zur Hauptverdächtigen macht.«

»Das ist doch völlig absurd«, stellte Käthe klar. »Ich würde niemals so ein rotes Ding mit weißen Punkten tragen, weil das nicht mein Style ist. Außerdem darf ich Sie daran erinnern, dass ich den Mohrbach gefunden habe, nachdem ich gerade erst auf Sylt angekommen bin.« Wütend stieß sie mit dem Fuß eine Muschel beiseite, da sie sich über sich selbst ärgerte, dass ihr so ein Fehler unterlaufen war. »Was gibt es denn Neues aus der Gerichtsmedizin?«

»Nichts, die obduzieren noch«, reagierte Hinnerk Rasmussen auf einmal kurz angebunden. »So, ich muss hier weitermachen.«

Damit war das Telefonat beendet.

Käthe setzte sich noch für eine Weile in den Sand und genoss den Fernblick auf das Meer, das sich langsam zurückzog, da die Ebbe sich ankündigte. Angestrengt überlegte sie, was es mit diesem ominösen BH auf sich haben könnte. Log Natascha ihr eventuell frech ins Gesicht? Eine Person, die ihrem Ex-Lover die Nase brach, würde wahrscheinlich auch nicht davor zurückschrecken, eine verschmähte Liebe vom Balkon zu schmeißen und ihr vergessenes Kleidungsstück zu leugnen.

Gedankenverloren ließ sie ein wenig Sand durch die Hand rieseln, da fiel es ihr plötzlich wie Schuppen von den Augen: Das Kleidungsstück konnte nur von Regina, der Ex-Pornodarstellerin stammen. Vielleicht war sie von Hans-Peter erpresst worden, da er sie aus den einschlägigen Videofilmchen kannte und ein Schäferstündchen mit ihr gefordert hatte, damit er nichts über ihre Vergangenheit ausplauderte?

Doch bevor sie die forsche Berlinerin mit ihren Verdächtigungen konfrontierte, musste sie sich bei der nächsten Therapie blicken lassen, schließlich war sie nicht zum Ermitteln auf der Insel, sondern um gesund zu werden. Sie gab sich einen Ruck und stemmte sich aus dem Sand hoch, um mit gemischten Gefühlen zur Elektrotherapie zu gehen - was auch immer das für eine Behandlung werden würde. Sie hoffte nur inständig, dass keine Oberschwester ihre Fingerchen dabei im Spiel haben würde, denn sofort sprang ihr Kopfkino an: Sie selbst auf einem verkabelten Stuhl sitzend, während die Krankenschwester mit einem diabolischen Grinsen den Stromregler hochdrehte. Bei dem Gedanken daran lief es Käthe eiskalt den Buckel herunter. Sie und die Oberschwester würden in diesem Leben keine Freundinnen mehr werden. Niemals!

Kapitel 16

Gegen 11 Uhr frönte Regina mal wieder ihrer absoluten Lieblingsbeschäftigung: dem Rauchen! Doch diesmal genoss sie ihre Zigaretten nicht auf den weißen Parkbänken am Eingangsbereich, sondern auf der Rückseite der Klinik. Von der Außenterrasse hatte sie nämlich einen wunderschönen Meerblick und konnte dort in einem der Strandkörbe ihr Raucherpäuschen genießen. Mit dem Rollator war der Strand leider absolute Tabuzone, denn so einen Gehwagen durch den Sand zu manövrieren, war kein Vergnügen. Dabei war es Reginas zweitliebstes Hobby, faul am Meer herumzuliegen und sich von der Sonne brutzeln zu lassen, aber die Umstände ließen dies nicht mehr zu. Daher genoss sie hier auf festem Untergrund mit geschlossenen Augen die warmen Sonnenstrahlen auf der Haut und rauchte eine nach der anderen. Zwischendurch gähnte sie laut, denn so ein Sonnenbad im Strandkorb konnte entsetzlich einschläfernd sein.

»Oben links, da fehlt 'ne Plombe!«

Regina zuckte zusammen und riss die Augen auf. »Mensch, Käthe! Du kannst mich doch nicht so erschrecken. Einen Schlaganfall hatte ick schon, ick will nicht noch einen Herzinfarkt, wa!«, beschwerte sie sich.

»Tut mir leid, Regina, aber wir müssen reden. Dringend!«, erwiderte Käthe und setzte sich zu ihrer Tischnachbarin. Sie wollte die Gelegenheit nutzen, dass die Terrasse menschenleer war, da anscheinend die meisten Patienten bei ihren Anwendungen waren. »Hör zu, ich mache es kurz, weil du bist ja auch eher von der Sorte kurz und schmerzlos. Ich weiß aus einer sehr sicheren Quelle, dass du früher in Erotikfilmen mitgespielt hast. Also renn jetzt bitte nicht wieder davon so wie gestern Abend in der Weinstube.«

Reginas Kinnlade klappte nach unten. »Dieser kleene fette Milchbubi hat dir das wohl verklickert, wa? War ja klar, dass Hans-Peter seinem Lakaien alles brühwarm erzählt, dieser Blödmann.«

»Ich habe ein paar Fragen dazu, weil es gibt da eine Sache, die mich wirklich sehr interessiert«, fuhr Käthe unbeirrt fort.

»Vergiss es, Käthe!« Regina winkte ab. »Das ist ein Knochenjob, außerdem gloob ick, dass du dafür echt 'ne Nummer zu alt bist. Werde doch Influencerin für Klosterfrau Melissengeist oder Biberbettwäsche, wenn du dir was zur Rente dazuverdienen willst, aber lass die Finger von der Erotikbranche. Das ist wirklich kein Zuckerschlecken, auch wenn es für Außenstehende nach leicht verdientem Geld aussieht.«

»Ich frage doch nicht für mich«, reagierte Käthe entsetzt und zeigte ihr einen Vogel. »Ich will wissen, ob dich Hans-Peter erpresst hat.«

Gierig zog Regina an ihrer Zigarette, dann nickte sie zögerlich.

»Okay, das habe ich mir schon fast gedacht. Hattest du Sex mit ihm?«, bohrte Käthe weiter.

Regina schüttelte sich empört. »Igitt, ick bums doch nicht mit einem Typen, der weiße Socken in Sandalen trägt. So viel Weinflaschen hat die Weinstube gar nicht vorrätig, wie ick dafür trinken müsste. Nee, danke, den Hans-Peter könnte man mir nackt auf den Rollator binden, da würde ich meinen Rolls-Royce sofort die Klippen runterstoßen.«

Wortlos zog Käthe den gefundenen BH aus ihrer Tasche und fragte die Berlinerin konkret, ob sie schwören könne, dieses Kleidungsstück nicht zu kennen. »Die Spurensicherung wird den BH sowieso untersuchen, den habe ich nämlich unterm Bett von Hans-Peter gefunden, also lüg nicht!«

»Ick schwöre, so was Grottenhässliches kommt mir nicht auf meine Brüste, dann lieber FKK!«, schimpfte Regina.

»Na, nun übertreib mal nicht. Wem könnte dieses Oberteil sonst gehören? Wer außer Natascha hat noch in Hans-Peters Bett verkehrt? Ihr gehört der BH nämlich auch nicht.«

»Ick bin keene Hellseherin, sondern Friseurin. Wieso krabbelst du eigentlich unter dem Bett von Hans-Peter rum? Hast du jetzt einen Mini-Job als Zimmermädchen ergattert und putzt hier?«

»Ähm, das ist eine lange Geschichte«, wich Käthe aus. »Auf jeden Fall wird die Kripo sich den Fall genauer anschauen, weil die Spurensicherung heute anrücken wird, da werden hoffentlich genug Fingerabdrücke im Zimmer und auf dem BH zu finden sein. Übrigens, hast du gewusst, dass bei den meisten Morden Täter und Opfer in irgendeiner Beziehung zueinander standen?«

Erneut zog Regina fest an ihrer Zigarette und nestelte nervös an ihrem Dekolleté herum. »Also, ick muss dir was anvertrauen, Käthe«, brachte sie schließlich hervor. »Ick habe den Hans-Peter vor ner Woche oder so in seinem Zimmer besucht, weil er unbedingt was unter vier Augen mit mir besprechen wollte. Die Leute von der Kripo werden da also garantiert meine Finger- und Poabdrücke finden, weil ich dort auf einem Stuhl saß.« Verunsichert hielt sie sich die Hand vor den Mund. »Watt mach ick denn jetzt? Bin ick verdächtig oder wie?«

»Aha! Also doch.« Schnüfflerin Käthe hob die Augenbraue und wartete auf das Geständnis, bei dem sie der Berlinerin anscheinend noch etwas auf die Sprünge helfen musste. »Er hat dich garantiert erpresst, gell. Gab es da vielleicht einen Streit, bei dem du ihn über die Brüstung geschubst hast?«

»Nee! Ick hab mit dem Sturz nüscht am Hut. Das musst du mir glooben!« Hektisch zerrte sie eine neue Zigarette aus der Packung und zündete sie an.

»Was ist an dem Abend genau passiert und womit hat er dich erpresst?«

Regina schnaufte laut und beichtete dann, dass Hans-Peter sie in der Reha tatsächlich aus alten Pornofilmen erkannt habe, in denen sie vor über dreißig Jahren mitgespielt hatte. »Mensch, das war gleich nach der Wende. Ick war 'ne alleinerziehende Mutter und hatte nüscht, gar nüscht, verstehste? Keene Kohle, keenen Job und von Tuten und Bla... ähm, ick meine, ick war so naiv damals, da hab ick halt dieses blöde Angebot angenommen und bin in die Porno-Industrie, weil man mir ganz viel Kohle versprochen hat. War aber nüscht. Ick konnte ja nicht wissen, dass ick zig Jahre später in der Reha auf meinen allergrößten Fan treffe, zumindest behauptete er, das zu sein.«

»Wollte Hans-Peter ein Autogramm? Oder wirklich Sex?«, hakte Käthe nach.

»Er wollte Kohle mit mir machen! Stell dir das mal vor!«, erwiderte Regina erbost.

Käthe legte die Stirn in Falten, sie verstand gerade nur noch Bahnhof. Also erklärte Regina ihr, dass Hardcore-Fan Hans-Peter gern Nacktfotos von ihr habe machen wollen, was sie allerdings kategorisch abgelehnt habe. Schließlich hätte sie mit der Vergangenheit abgeschlossen und sei auch nicht stolz darauf, vor zig Jahren für einen kurzen Zeitraum in pornografischen Filmen mitgespielt zu haben. »Ick loofe seitdem doch nicht aus Jux und Dollerei mit orangefarbenen Haaren rum, ick will ja eben, dass mich keener in meinem Kiez oder uffm Kudamm erkennt und dann passiert so was ausgerechnet hier in der Kur. Dumm jelaufen, wa?«

»Ja, das tut mir leid. Womit hat er dich denn konkret erpresst, wenn er keine Fotos haben konnte? Oder habe ich an deiner Geschichte jetzt irgendwas versäumt?« Käthe verzog angewidert das Gesicht, da Regina den Zigarettenrauch in ihre Richtung blies.

»Na, er wollte jedem erzählen, dass ick 'ne Ex-Porno-Darstellerin bin, wenn ick mich weigere, Nacktfotos machen zu lassen.«

»Dann hast du dich daraufhin also doch fotografieren lassen?«

Sie schüttelte vehement den Kopf. »Nee! Niemals! Er wollte stattdessen Knete von mir haben, damit er die Schnauze hält. Ick will ja mit dieser ganzen Pornosache nix mehr zu tun haben. Ick war damals jung und brauchte die Kohle, da bleche ich doch nicht im Nachgang dafür, dass er die Gosche hält.« Sie sah Käthe mit glasigen Augen an. »Hasst du mich jetzt für meine Vergangenheit? Ick war nie ne Nutte, das musst du mir glooben.«

Tröstend legte Käthe den Arm um die traurige Ex-Erotikdarstellerin. »Ich würde dich auch als Ex-Prostituierte in den Arm nehmen, bei mir kommt es nur auf den Menschen an, ich habe grundsätzliche keine Vorurteile. Wie viel hat er denn von dir haben wollen, damit er dichthält?«

»2.000 Euro hat er von mir verlangt, damit er sein Geheimnis für sich behält, aber ick habe nüscht bezahlt. Weißt du, ick habe in Kreuzberg einen Friseursalon, der kurz vor der Pleite steht, weil ick wegen meinem Schlaganfall schon ewig arbeitsunfähig bin«, machte sie sich Luft und dann brach endlich alles aus ihr heraus: »Käthe, ick hab am Abend seines Todes, vielleicht so gegen 19 Uhr, noch mal an seine Zimmertür geklopft ... Manno, da wird man jetzt wohl meine Faustabdrücke finden. Ick wollte ihn nur mit ein paar Tagen Abstand noch mal bitten, wegen meener Vergangenheit die Schnauze zu halten, ick hab die Kohle schlichtweg nicht.«

»Und?«

»Ausgelacht hat er mich. Jetzt wäre es eh zu spät, hat er gesagt, denn er hätte längst die Presse informiert. Diese Aasgeier würden sich liebend gern auf die Story stürzen, dass ein Ex-Pornostar mittlerweile auf eine Gehhilfe angewiesen ist und finanziell am Abgrund steht. So hundsgemein war dieser Vollpfosten!«

»Ach, das war also der Grund, warum ich kürzlich einen Journalisten am Empfang getroffen habe, der war nämlich wegen einer exklusiven Story vom Hans-Peter alarmiert worden«, entfuhr es Käthe, leise fügte sie hinzu: »Und ich dachte, der wollte ein Geheimnis über die Klinik ausplaudern.«

»Nee, über mich wollte der Schuft auspacken«, widersprach Regina. »Der hat mir doch allen Ernstes erklärt, ick könne mich freuen, wenn ick ein paar Schlagzeilen bekomme, vielleicht bekäme ich dann 'ne Einladung fürs Dschungelcamp in Australien, um mir ein paar Kröten dazuzuverdienen.« Sie schnaubte wütend. »Da bist du doch erst mal fix und fertig, wenn dir jemand so kommt. Versteh mich nicht falsch, so einem Arsch weine ich keine Träne hinterher, aber mit seinem Tod habe ick nüscht, rein gar nüscht zu tun. Das schwöre ick dir auf meine tote Mutter.«

Käthe konnte nachvollziehen, dass die Berlinerin unter diesen Umständen überhaupt nicht gut auf Hans-Peter zu sprechen war. Dennoch wollte sie wissen, wie bekannt Regina wohl gewesen sei, wenn man heute von einem Ex-Pornostar spreche.

»Na, ick war nur in zehn oder maximal fünfzehn Filmchen zu sehen, aber für einen Fan wie Hans-Peter war ick wohl ein absoluter Star.«

Käthe hörte gespannt zu, sie fand es irgendwie aufregend, mit einem echten Promi zusammen in der Kur zu sein. »Unter welchem erotischen Namen warst du denn bekannt? Vielleicht kennt dich ja mein Schwiegersohn und ich kann ihm ein Autogramm ...« Sie brach abrupt ab, da sie einen bitterbösen Blick von Regina erntete.

»Hör zu, ick bin nicht stolz darauf, was ick damals getrieben habe.« Sie atmete tief ein und wieder aus, dann sagte sie: »Ick war bekannt als Gina Popobrigida.«

Für einen winzigen Moment glaubte Käthe, dass sie gerade gehörig auf den Arm genommen wurde. »Ich kenne nur Gina Lollobrigida und die war eine italienische Film-Diva. Wieso hast du dich denn ausgerechnet so ähnlich genannt?«, fragte sie dennoch.

»Mein Manager fand, dass er mit Regina Schalupke nicht so viel Kohle machen könnte, und ick war nicht gerade wegen meiner üppigen Oberweite bekannt, sondern ...« Sie hielt inne und zog an ihrer Zigarette.

»... für deinen Popo«, beendete Käthe den Satz.

Regina nickte zustimmend. »Weißt du, da, wo ick früher mal einen prallen, knackigen Pfirsichhintern hatte, findest du jetzt nur noch schlaffe, hängende Orangenhaut mit Dellen. Na ja, wenigstens passt meine Haarfarbe dazu.« Sie lachte ironisch über sich selbst.

»Kann es sein, dass Hans-Peter dann ausschließlich Fotos von hinten von dir machen wollte, wenn du kein Busen-, sondern Popostar gewesen bist?«

»Keene Ahnung! Juckt mich auch nicht. Die Natascha soll heilfroh sein, dass sie von dem Arsch kein Balg bekommen hat«, lästerte sie.

Käthe war ganz ihrer Meinung, konnte sich ein schelmisches Grinsen jedoch nicht verkneifen. Gina Popobrigida, was für ein Künstlername.

»Lass uns über was anderes reden«, bat Regina und versicherte noch einmal hoch und heilig, dass sie mit dem Tod ihres größten Fans nichts zu tun habe.

»Wenn du die Wahrheit sagst, hast du nichts zu befürchten«, erwiderte Käthe. »Wir müssen halt dringend herausfinden, wem dieser BH gehört, wenn du und Natascha ausscheiden.«

»Was ist mit der Heidi? Der würde ick glatt so 'ne Unterwäsche zutrauen.«

»Oh mein Gott. Du glaubst, ihr perfektes Familienleben mit ihrem Franz ist nur Fake?«, fragte Käthe bestürzt.

»Sie wäre nicht die Erste, die sich nach außen komplett anders präsentiert, als es in Wahrheit ist. Mehr Schein als Sein, das kann ick mir bei der Bayern-Heidi sehr gut vorstellen.«

Käthe spann den Faden weiter und überlegte laut, ob die Heidi vielleicht ebenfalls von Hans-Peter erpresst worden sei, weil er ihre perfekte Fassade zum Bröckeln habe bringen wollen, da er etwas aus ihrer Vergangenheit entdeckt habe.

»Also die Heidi war bestimmt niemals im Erotikbereich tätig«, widersprach Regina. »Kann sein, dass die 'ne Klosterschülerin war oder so was. Ick hab dir doch erzählt, dass ick sie und Hans-Peter beim Zoffen an der Schwimmhalle gesehen habe. Vielleicht wollte sie da ihren BH nach einer wilden Nacht zurück?«

Käthe massierte sich die Schläfen und dachte nach. Wie könnte sie die Verdächtige am besten mit diesen Vorwürfen konfrontieren? Dass Heidi ihr gegenüber die Karten offen auf den Tisch legen würde, so wie es Regina getan hatte, konnte sie sich nicht vorstellen. Voraussetzung war natürlich, dass ihr der

BH tatsächlich gehörte. Das rot-weiße Muster könnte immerhin nach Bayern passen, fand Käthe. Dennoch würde sie bei Heidi viel cleverer vorgehen müssen, bloß wie?

Unvermittelt drückte Regina ihre Zigarette aus und warf den Stummel weg. »So, ick hab einen Mordshunger. Kommst du mit zur großen Raubtierfütterung? Laut dem Speiseplan gibt es heute Lachs.«

Käthe lehnte ab und erklärte, sie wolle noch ein wenig die Sonne und den atemberaubenden Blick aufs Wasser genießen, doch kaum war Regina um die Ecke gerollt, hob sie den Zigarettenstummel auf und steckte ihn zum BH in die Tasche. Man wusste ja nie, wofür man das gebrauchen konnte, erst recht nicht, wenn Hinnerk Rasmussens frühere Kollegen von der KTU anrückten und Spuren vergleichen wollten. Da konnte es nur hilfreich sein, wenn sich die Fingerabdrücke vom Stummel vielleicht auch am Balkon wiederfanden, denn auf die Worte einer Frau, die als Gina Popobrigida Karriere gemacht hatte, konnte man nicht blind vertrauen. Käthe brauchte Beweise. Hand- und zigarettenfeste. Sie war schließlich eine clevere Privatermittlerin.

Kapitel 17

Assistenzarzt Julian Jäger lehnte sich relaxt gegen den Tresen der Rezeption und unterhielt sich angeregt mit Margit Thomsen, die ständig so laut lachte, dass es nicht nur aufgesetzt wirkte, sondern auch sehr dämlich. Flirteten die beiden etwa? Jedenfalls zwirbelte die Empfangsdame verlegen an einer blonden Strähne herum, während ihre Wangen sich immer stärker rot färbten.

Käthe, die sich hinter einer Grünpflanze versteckte und das Geschehen beobachtete, ertappte sich dabei, dass sie eifersüchtig auf Frau Thomsen war. Zu gern hätte sie selbst mit dem hübschen Arzt um die Wette gelacht, statt hinter der Palme zu warten, bis die Rezeptionistin allein war. Nach dem Handyfund durch ihre Tochter war zwischen ihnen eine herzliche Verbindung entstanden, und von so einem guten Kontakt wollte Käthe natürlich profitieren. Allerdings unter vier Augen - ohne Sonnyboy Julian Jäger.

»Oma Käthe! Was machst du denn hier?«

Erschrocken schob sie ein Palmenblatt zur Seite. »Andi! Ähm, ja, grüß dich.«

»Komm, ich helfe dir, wenn du die Palme verschieben willst. Die ist doch viel zu schwer für dich.« Unverzüglich hob der junge Mann die riesige Palme samt braunem Topf hoch und fragte, wohin er sie tragen solle.

»Pst! Nein. Lass runter! Ich ... ähm ...«, sie grübelte nach einer Ausrede. »Also, ich finde, die Palme steht hier nicht optimal. Zwei oder drei Meter weiter nach hinten geschoben käme sie viel besser zur Geltung. Weißt du, mich macht so was wahnsinnig, genau so, wie wenn ein Bild schief an der Wand hängt. Da bin ich einfach etwas perfektionistisch.«

Andi grinste. »Mensch, Oma, wir haben doch alle eine Schraube locker! Da sieht man nur wieder, dass wir eine Familie sind und die gleichen Gene haben. Mich stören schiefe Bilder genauso«, gluckste er fröhlich.

Käthe wusste nicht genau, ob sie lachen oder weinen sollte. Sie fand es schon sehr schräg, dass Andi sie nach dem abendlichen Besuch als wahrhaftiges Familienmitglied betrachtete, oder spielte er diese Rolle nur täuschend echt?

»Alles in Ordnung bei Ihnen?«, rief Frau Thomsen zu ihnen herüber. »Was tun Sie denn da?«

»Ja, alles bestens bei uns. Er macht nur ein bisschen Kraftsport«, rief Käthe zurück und wandte sich dann wieder an Andi, damit er endlich die Palme abstellte.

Irritiert tat er, wie von ihr verlangt. »Kann ich sonst noch was für meine liebe Oma tun?«

»Nein. Ach, wobei, du könntest mir verraten, wie du mit Nachnamen heißt«, erinnerte sie sich an den Auftrag von Hinnerk, ihm alle Personalien ihrer Speisesaalgruppe mitzuteilen.

»Lessing, wie der Dichter. Magst du mich mal besuchen kommen? Vom Saarland bis nach Freiburg ist es ja nicht so weit. Ich komme aber auch gerne zu dir, Oma. Ich habe ja ein schnelles Auto.«

»Schauen wir mal, jetzt machen wir erst mal unsere Kur«, erwiderte sie ausweichend und zwickte ihm in die Wange. Sie war zwar erfreut, dass der schüchterne Andi endlich kommunizierte, fand aber auch, dass er ein merkwürdiges Sozialverhalten an den Tag legte.

Nachdem sie ihn abgewimmelt hatte, ging sie auf das immer noch lachende Duo am Empfang zu, da sie überhaupt nicht einschätzen konnte, wie lange die zwei hier weiter am Kichern sein würden. Sie hatte nicht ewig Zeit, hinter einer dämlichen Palme zu warten, bis die Luft rein war für ihr Anliegen.

»Tut mir leid, ich störe wirklich ungern«, mischte sich Käthe ein.

»Endlich! Befreien Sie mich, Frau Bohneberger«, flehte Frau Thomsen mit feuerroten Wangen. »Herr Jäger ist unser absoluter Witzegott in der Klinik. Er bringt einen Kalauer nach dem anderen, allerdings sind die teilweise nicht ganz jugendfrei.«

»Toll! Ich liebe versaute Witze.« Käthe schaute den Arzt erwartungsvoll an.

»Okay, aber das ist dann wirklich der letzte, nicht dass ich Ärger mit Dr. Paulsen bekomme, wenn ich während der Arbeitszeit nicht untersuche, sondern nur unterhalte. Also, zu welchem Arzt geht Pinocchio?« Er sah die Damen ungeduldig an.

Keine Reaktion.

»Zum Holz-Nasen-Ohren-Arzt!«

Alle lachten. Bis auf Käthe, bei der nicht mal ein Mundwinkel zuckte. »Ich hatte mich auf einen versauten Witz gefreut«, meinte sie enttäuscht. »Bei den Landfrauen geht es strammer zur Sache.«

Der unwitzige Schönling verabschiedete sich und Käthe hatte endlich den Tresen für sich allein.

»Ich habe da zwei kleine Anliegen«, begann sie. »Könnten Sie mir bitte verraten, in welchem Zimmer meine Tischnachbarin Heidi wohnt? Ich habe eine kleine Überraschung für sie, wir sitzen im Speisesaal zusammen an Tisch vierzehn.«

Frau Thomsen tippte etwas in ihren Computer und teilte ihr dann die Zimmernummer mit.

»121?«, wiederholte Käthe. »Hm, und da sind Sie sich ganz sicher? Ich könnte wetten, dass sie ihr Zimmer im fünften Stock hat. Schauen Sie doch bitte noch mal nach, ob wir von der gleichen Heidi sprechen.«

Die Angestellte prüfte die Nummer ein weiteres Mal, kam allerdings zu demselben Ergebnis. »Frau Heidi Reitmeyer hat Zimmer Nr. 121 - ganz, ganz sicher.«

Käthe freute sich. So leicht war es also, den Nachnamen der Bayern-Heidi herauszufinden, doch die große Herkulesaufgabe stand noch bevor. Sie musste mal wieder den Generalschlüssel haben, aber im Stationszimmer danach zu fragen, war ihr zu heikel. Stattdessen wollte sie ihren guten Kontakt zur Empfangsdame nutzen.

»Ich danke Ihnen ganz herzlich für die Auskunft.« Käthe lächelte ihr zu, griff wie automatisch in ihre Hosentasche und machte ein entsetztes Gesicht. »Ach, ich Dussel, da habe ich doch heute bei der Elektrotherapie meinen Zimmerschlüssel verloren. Ich weiß gar nicht, was in letzter Zeit mit mir los ist. Erst mein Handy, jetzt der Schlüssel. Wären Sie so freundlich und würden mir den Ersatzschlüssel aushändigen? Ich muss ganz dringend auf mein Zimmer.« Nervös hüpfte sie von einem Bein auf das andere. »Bei mir pressiert es gerade so richtig«, fügte sie leise hinzu.

»Da piepse ich gleich mal den Hausmeister an, weil ich darf keinem Gast unseren Generalschlüssel geben. Er kann Ihnen dann aufschließen, und falls Sie tatsächlich einen neuen Zimmerschlüssel benötigen, weil der alte verschollen bleibt, müssen wir leider fünfzig Euro Gebühr fürs Nachmachen verlangen«, erklärte sie und fügte hinzu, dass sie auf Käthes Verständnis hoffe.

Die war enttäuscht. Sie wollte keinesfalls, dass der Hausmeister eingeschaltet wurde. »Ach, ich gehe einfach wieder zurück zur Elektrotherapie. Vielleicht wurde er ja schon gefunden.«

Ohne eine Reaktion ihres Gegenübers abzuwarten, verschwand sie um die Ecke. Ihr Ziel war das Stationszimmer.

Was gestern so wunderbar funktioniert hatte, müsste an diesem Tag erneut klappen, auch wenn Nachtschwester Dörte jetzt garantiert nicht mehr im Dienst war.

Als sie mit dem Aufzug den sechsten Stock erreichte, hätte sie am liebsten auf dem Absatz kehrtgemacht und die Operation »Generalschlüssel« begraben. Oberschwester Gundula kam ihr quasi in die Arme gelaufen, doch ihre strengen Gesichtszüge änderten sich wie auf Knopfdruck, als sie Käthe erblickte. Stattdessen strahlte sie wie ein Honigkuchenpferd vom linken bis zum rechten Ohr.

»Einen wunderschönen guten Tag, Frau Bohneberger. Geht es Ihnen wieder besser? Ich war heute Morgen schon zweimal bei Ihnen am Zimmer, um mich nach Ihrem Wohlbefinden zu erkundigen, aber leider habe ich Sie jedes Mal verpasst. Was macht denn Ihr Magen?«

Käthe war sprachlos. Die Person vor ihr war wie ausgewechselt. »Sind Sie die eineiige Zwillingsschwester von Oberschwester Gundula?«, fragte sie daher fassungslos.

Die Schwester reichte Käthe freundlich die Hand. »Wir beide hatten einen unschönen Beginn und vielleicht war ich etwas ruppig zu Ihnen, was ich sehr bedaure. Lassen Sie uns doch bitte einfach einen Neustart hinlegen, so wie bei einem Computer, bei dem die Festplatte formatiert wird. Sind Sie einverstanden?«

Obwohl Käthe sehr misstrauisch war, woher dieser Sinnes- und Wesenswandel urplötzlich kam, nahm sie das Friedensangebot an, denn die Schwester und Dr. Paulsen standen ja gar nicht mehr im Fokus ihrer Ermittlungen, da man sich auf das private Umfeld des Herrn Mohrbach festgelegt hatte.

»Ich habe auch ein spezielles Willkommensgeschenk der Küstenklinik für Sie. Sie bekommen von mir in unserem wunderschönen Wellnessbereich eine kostenfreie Ayurveda-Massage sowie Fangopackungen ohne Limit. Was halten Sie davon?«

»Warum werde ich auf einmal so verwöhnt?« Käthe war noch immer skeptisch.

»Wissen Sie, wer die letzten Tage so viel Leid erlebt hat wie Sie, der braucht etwas Balsam für die geschundene Seele«, begründete die Oberschwester.

»Eine Ölmassage wäre mir lieber«, scherzte Käthe, »und von einer Klangschalentherapie habe ich viel Gutes gehört, das würde ich gern mal ausprobieren.«

Prompt wurde ihr die Erfüllung ihrer Wünsche zugesichert und Käthe witterte ihre einmalige Chance. Sie jammerte, dass sie ihren Zimmerschlüssel verloren habe und Nachtschwester Dörte gestern so freundlich gewesen sei, ihr mit dem Generalschlüssel auszuhelfen. Ob sie sich ein letztes Mal den Schlüssel ausleihen dürfe? Sie werde dem Hausmeister später auch ein fettes Trinkgeld geben, wenn ihr nachgemachter Schlüssel endlich abholbereit wäre.

»Kein Problem! Kommen Sie einfach mit ins Stationszimmer.«

Keine fünf Minuten später stand Käthe im Zimmer von Heidi Reitmeyer, von der sie wusste, dass sie zur selben Zeit im Schwimmbad ein paar Bahnen schwamm. Sie zog sich die Latexhandschuhe über, die sie als weiteren Bonuswunsch von der Oberschwester erhalten hatte, und startete die Operation Kleiderschrank. Schweißgebadet vor Aufregung, nicht erwischt zu werden, öffnete sie die oberste Schublade des Wäscheschranks, in der sich nur T-Shirts befanden. Bei der zweiten Schublade begannen Käthes Augen zu leuchten. Hier lagen fein säuberlich gestapelt jede Menge weiße Unterhosen auf der linken Seite, während rechts die passenden Büstenhalter aufgereiht waren. Sorgfältig tastete sie alles ab, bis sie in der hintersten Ecke ein rotes Höschen mit weißen Punkten fand. Volltreffer! Das passende Gegenstück zum Oberteil. Mit ihrem Handy machte sie ein Foto von dem reizenden Unterhöschen, legte es wieder zurück und schob die Schublade zu.

Doch sie war noch nicht fertig. Im Badezimmer entdeckte sie Heidis Haarbürste, die vor dem Spiegel lag. Ohne groß nachzudenken, zupfte sie ein paar schwarze lange Haare heraus, warf diese in die Tasche zu dem BH und dem Zigarettenstummel und verließ eilig Zimmer 121. Mit rasendem Herzen flitzte sie die Treppe ins Erdgeschoss hinunter, um schnell nach draußen zu gelangen, denn sie musste erst einmal kräftig durchatmen. Dann rief sie Hinnerk Rasmussen an und sprach ihm auf die Mailbox: »Hallo, Herr Rasmussen, ich bin es, Ihre Geheimagentin! Ich weiß, wem der ominöse BH gehört. Außerdem habe ich alle Namen meiner Tischnachbarn abgefragt, so wie Sie es gewünscht haben. Ich hoffe, Sie haben auch etwas erreichen können und schon ein Feedback von der Gerichtsmedizin erhalten. Ach ja, fast hätte ich es vergessen: Kennen Sie zufälligerweise eine gewisse Gina Popobrigida? Ich frage nicht für mich, sondern für einen guten Freund.«

Dann legte sie auf und brachte den Schlüssel zurück zu ihrer neuen Lieblingsschwester Gundula, die wirklich urplötzlich ein ganz anderer Mensch war. Hatte sie vielleicht eine Gehirnwäsche bekommen? Käthe traute der ominösen Klinik selbst das zu, denn hier war irgendwie alles seltsam. Höchst seltsam!

Kapitel 18

Dr. Dietmar Paulsen stand vor seinem großen Aquarium und beobachtete angestrengt die kleinen Zierfische, die darin wild hin und her sausten. Stundenlang hätte er sich diesem beruhigenden Hobby widmen können, und nicht zum ersten Mal wünschte er sich, er könnte den Kopf einfach anstatt in den Sand ins Wasser stecken und sich davontreiben lassen. Weit weg von all den Sorgen, Problemen und Ängsten, die ihn seit dem Umbau und der gleichzeitigen Sanierung des Wellnessbereiches schwer belasteten. Die Gelder dafür hatte er von einem mexikanischen Investor erhalten, der für dubiose Waffengeschäfte bekannt war, da keine deutsche Bank der inhabergeführten Küstenklinik, deren Chefarzt und Direktor er in einer Person war, einen Kredit geben wollte. Genau dieser Waffennarr wollte nun endlich schwarze Zahlen und Gewinne sehen, was Dr. Paulsen viele schlaflose Nächte bescherte.

Seine Ehefrau hatte für sein Lebenswerk kaum Verständnis, daher hatte er in Oberschwester Gundula, der Pflegedienstleiterin, eine enge Vertraute gefunden, die über die illegale Schwarzgeldbeschaffung Bescheid wusste, zugleich jedoch die Klinik so sehr liebte wie er. Die beiden waren quasi Seelenverwandte, die sich heimlich liebten und beruflich auf einer Wellenlänge lagen. Allerdings hatte er überhaupt kein Interesse daran, seine Gattin zu verlassen. Eine Scheidung wäre ihm viel zu kostspielig, und solange Gundula das Spielchen auch so mitmachte, gab es keinen Grund, an dem Beziehungsstatus etwas zu ändern. Am meisten mochte er an ihr, dass sie im Beruflichen die dominante, ruppige und eiskalte Schwester war, im Privaten allerdings ihre unterwürfige Seite zeigte.

Gedankenverloren griff er nach der Futterdose für seine

Fischlein und streute ihnen ein leckeres Mahl ins Aquarium, als seine Affäre in die ruhige Stimmung platzte. Das mochte er eigentlich gar nicht.

»Dietmar, sie hat angebissen«, verkündete sie überschwänglich.

Er wusste sofort, was gemeint war. »Dann hoffen wir mal, dass die Querulantin endlich Ruhe gibt, ich will hier keine Polizei oder Presse im Haus haben.«

»Na, bist du stolz auf mich?«, fragte sie mit bebender Stimme und schlich sich von hinten an ihn heran.

Er antwortete nicht, stattdessen verfolgte er seine Guppys, die sich aufgeregt über das Fischfutter hermachten.

»Dietmar! Bitte sag doch was! Ich habe Frau Bohneberger gerade höchstpersönlich in unseren Beautybereich gebracht. Sie liegt da jetzt mit einer Gurkenmaske, und ich hoffe mal, wenn sie merkt, wie schön es bei uns ist, wird sie aufhören, herumzuschnüffeln, was die genauen Todesumstände von Herrn Mohrbach sind.«

»Bravo!« Er drehte sich zu ihr um und applaudierte. »So liebe ich dich, Gundula. Du weißt, wie man kritische Patienten ruhigstellt. Wäre ja gelacht, wenn wir uns von so einer alten Oma auf der Nase herumtanzen lassen, nur weil sie denkt, sie müsste Privatdetektivin spielen und herausfinden, warum sich ein Patient von uns in den Tod gestürzt hat.«

»Der dritte sogar innerhalb kürzester Zeit«, bestätigte Gundula kleinlaut. »Aber was machen wir, wenn sie weiter rumstochert, trotz unserer ganzen Gratisleistungen?«

»Dann müssen wir dafür sorgen, dass sie keine Probleme mehr macht«, erwiderte er todernst.

»Du meinst, wir müssen sie endgültig loswerden?«, fragte Gundula kurzatmig.

»Der gute Ruf der Klinik darf nicht gefährdet werden, das

hat absolute Priorität. Du weißt, was hier auf dem Spiel steht. Wenn der Laden bankrott ist, wird mein Mexikaner kommen und mir eine Kugel in den Kopf ballern, weil ich meine Schulden nicht begleichen kann. Willst du das, Gundula?«

»Nein, Dietmar! Sag so was nicht, niemals, das wird nie passieren.« Sie schüttelte aufgeregt den Kopf. »Wenn du Geld brauchst, sag bitte Bescheid, ich habe doch geerbt, ich kann dir jederzeit aushelfen, denn ...«

»Vergiss es! Ich brauche dein Geld nicht«, lehnte er in schroffem Ton ab. »Wir schaffen das schon, aber ab sofort darf niemand mehr sterben - also nicht freiwillig. Hast du mich verstanden?«

»Selbstverständlich.« Sie nickte eingeschüchtert. »Wir werden alle Patienten überwachen, dass sie keine Dummheiten machen.«

Plötzlich wurde die Tür ein zweites Mal aufgerissen und Margit Thomsen platzte mit hektischen Flecken an Gesicht und Hals herein. »Herr Dr. Paulsen! Herr Dr. Paulsen! Sie müssen sofort kommen. Da sind Männer in weißen Astronautenanzügen und Kommissar Rasmussen ist auch dabei.«

Gundulas Hände begannen zu zittern. »Oh nein, was machen wir denn jetzt?« Ratlos schaute sie ihren Geliebten an. »Dietmar, ich dachte, du wolltest mit der Polizei alles klären.«

»Verdammt! Da hat der Alte seine Finger im Spiel, weil sein Sohn krank ist.« Wütend schlug er mit der Faust auf den Schreibtisch. »Und für Sie immer noch Herr Dr. Paulsen!«, maßregelte er die Oberschwester, denn vor Frau Thomsen wollte er den Schein wahren und geheim halten, dass sie sich nahestanden.

»Was machen wir nur, wenn unsere Patienten Panik bekommen, weil auf einmal die Kripo im Haus ist und Befragungen durchführt? Werden die Absperrband auf der Terrasse spannen, so wie in den Krimis im Fernsehen? Das ist ja eine Vollkatastrophe, so etwas wollten wir doch tunlichst vermeiden, oh Gott, oh Gott!« Die sonst so unempfindliche Gundula war plötzlich das reinste Nervenbündel.

»Könnten Sie bitte aufhören, mich wahnsinnig zu machen, und stattdessen Lösungsvorschläge einbringen?«, schnauzte Dr. Paulsen sie an. Dabei lief er nun selbst völlig aufgelöst vor dem Aquarium auf und ab, um über die nächsten Schritte nachzudenken.

»Sollen wir dem Kommissar und den Astronauten auch Wellnessgutscheine anbieten? Fango, Ayurveda, Pediküre, Maniküre«, zählte sie auf, doch der Chefarzt schüttelte wutschnaubend den Kopf.

»Oberschwester Gundula! Sie halten jetzt auf der Stelle Ihren Mund!« Dann wandte er sich an Frau Thomsen. »Haben die eigentlich einen Durchsuchungsbeschluss? Heute ist Freitag und Herr Mohrbach ist in der Nacht von Dienstag auf Mittwoch verstorben. Darf die Polizei mit so vielen Tagen Verspätung überhaupt noch hier aufschlagen und Spuren sichern?«

»Wollen wir unseren Anwalt kontaktieren?«, meldete Gundula aus dem Hintergrund. »Vielleicht hat die Deutsche Bahn mal wieder gestreikt und die Spurensicherer sind vom Festland nicht schneller rübergekommen, so wie damals bei dem Orkan, wo die Schienen ein paar Tage gesperrt waren.«

»Schwester Gundula!«, schrie der Arzt sie nun an. »Seien Sie endlich still! Wir brauchen Lösungen!«

»Wo ist eigentlich das Problem?«, fragte die Rezeptionistin, nun plötzlich viel ruhiger. »Lassen Sie die Beamten einfach ihren Job machen. Je kooperativer Sie sich verhalten, desto besser ist das für unsere Klinik. Selbstmorde kommen häufiger vor, als man denkt. Es reicht doch, dass viele unserer Patienten psychische Leiden haben, außerdem war Herr Mohrbach nicht ganz kerngesund, oder?«

»Dietmar, ich glaube, Margit hat recht, denn ...«

»Darf ich als Chefarzt auch mal zwei Minuten überlegen, ohne dass Sie mir ständig reinquatschen?«, schnauzte er sie an.

»Entschuldigung, kommt nicht wieder vor, Herr Dr. Paulsen.« Gundula fing laut zu schluchzen an.

Margit Thomsen erkannte die angespannte Lage sofort, sie nahm die Oberschwester in den Arm und führte sie aus dem Chefarztzimmer.

»Gundula, lass dir bitte nicht immer alles gefallen, sonst bist du doch auch nicht so unterwürfig«, sagte sie draußen. »So was nennt man eindeutig Mobbing durch den Arbeitgeber!«

Die Oberschwester schnäuzte sich in ein Taschentuch. »Nein, so was nennt man bedingungslose Liebe seinem Chef gegenüber. Für ihn würde ich alles machen, er ist die Liebe meines Lebens.«

»Aber er nutzt dich nur aus, er wird sich niemals trennen, und dann behandelt er dich so von oben herab. Ich an deiner Stelle würde ihm mal ordentlich die Meinung geigen.«

»Ach, andere können immer gute Ratschläge geben, aber das ist alles nicht so einfach«, seufzte die Krankenschwester, dann straffte sie die Schultern. »Ich möchte mich übrigens beruflich verändern und davon will ich dir gerne erzählen.«

Margit Thomsen nickte und schlug vor, zusammen zum Strand zu gehen.

Gundula brauchte nicht nur einen kühlen Kopf, sie hatte auch immensen Redebedarf, denn sie musste mit Freundin und Kollegin Margit unbedingt unter vier Augen sprechen, welcher Jobveränderungen genau bei ihr anstünden, ansonsten würde sie elendig zugrunde gehen. Ihr Entschluss tat ihr zwar unendlich leid, aber er stand schon länger fest und sie sollte als Erste darüber informiert werden.

Kriminalhauptkommissar a. D. Hinnerk Rasmussen tat es ebenfalls leid, dass sein Sohn Nils seit diesem Morgen wegen akuter Erschöpfung krankgeschrieben war, doch zugleich witterte er seine große Chance, den Fall Mohrbach unter seine Fittiche zu nehmen. Mit Geheimagentin Käthe, die als Spitzel in der Außenstelle der Küstenklinik stationiert war, sah er die besten Voraussetzungen, herauszubekommen, wer für den dubiosen Todesfall verantwortlich war.

Zielstrebig ging er daher auf das Arbeitszimmer von Dr. Paulsen zu, nachdem man ihn eine halbe Ewigkeit an der Rezeption hatte warten lassen, da Frau Thomsen nicht wieder aufgetaucht war.

»Herr Kommissar Rasmussen, was für eine Freude, Sie in unserem Haus begrüßen zu dürfen.« Dr. Paulsen kam bestens gelaunt um seinen Schreibtisch herum und schüttelte ihm die Hand, als hätte er nur darauf gewartet, dass der Ermittler ihn endlich besuchen würde.

»Moin! Lassen wir diese Förmlichkeiten. Ich brauche nur die Namen der Zimmernachbarn von Herrn Mohrbach, um sie zu befragen, ob sie in der Todesnacht irgendetwas Verdächtiges mitbekommen haben«, brummte er in gewohnt nüchterner Art.

»Mitbekommen? Was soll man denn da bitteschön mitbekommen haben?«, gab sich der Chefarzt völlig ahnungslos.

»Einen Streit zum Beispiel. Wir müssen prüfen, ob es sich tatsächlich um einen Suizid gehandelt hat.«

»Natürlich war es Selbstmord. Aufgrund meiner ärztlichen Schweigepflicht darf ich Ihnen nichts zum Krankenbild von

Herrn Mohrbach sagen, aber es gab sehr viele Hinweise, dass er lebensmüde war«, erklärte Dr. Paulsen.

Hinnerk kraulte sich den grauen Bart und sah ihn skeptisch an. »Interessant, Herr Doktor. Ich habe Hinweise, dass Hans-Peter Mohrbach das blühende Leben war, das wurde mir sogar von mehreren Menschen bestätigt. Seine Witwe hat erzählt, dass sich ihr Mann in einer Midlife-Crisis befunden habe, weshalb sie sich getrennt hätten. Er traf sich neuerdings mit deutlich jüngeren Frauen, kaufte sich eine Harley-Davidson und wollte in Tansania den Kilimandscharo besteigen. Sogar einer Vaterschaft gegenüber war er nicht abgeneigt. Das sind in meinen Augen alles keine Indizien, die dafürsprechen, dass er seinem irdischen Dasein ein Ende setzen wollte, oder wie sehen Sie das als kompetente Fachkraft?«

»Vielleicht war es ein Unfall?«, erwiderte der Arzt kleinlaut.

Hinnerk zuckte mit den Schultern. »Ja, oder eben Mord, wer weiß das so genau. Deshalb sind die Kollegen von der KTU ja schon bei der Arbeit und stellen das Zimmer des Toten auf den Kopf. Manchmal hilft uns eine winzig kleine DNA-Spur, um den Täter zu überführen. Die Technik von heute ist wirklich genial.«

»Mord? In meiner Küstenklinik? Nein, das glaube ich jetzt nicht.« Die Gesichtsfarbe von Dr. Paulsen wechselte abrupt, er war plötzlich kreidebleich.

»Brauchen Sie Traubenzucker? Sie sehen aus, als wären Sie unterzuckert«, bemerkte Hinnerk.

Der Arzt atmete durch und wischte sich über die Stirn. »Nein, nein, es geht schon wieder. Einen Mord hatten wir hier halt noch nie und ich stelle mir gerade die Schlagzeilen vor. Tut mir leid, bei dem Gedanken daran wird mir einfach ein bisschen schlecht.«

»Tja, irgendwann ist immer das erste Mal, Herr Doktor. Sagen Sie mir jetzt bitte, wer die Nachbarn von Herrn Mohrbach sind, damit ich meine Befragung durchführen kann?«

Doch der Arzt drückte sein Bedauern aus, dass darüber nur die Rezeption Bescheid wisse, was die Bettenplanung anbelange, sei er nicht involviert. Daher bat er ihn, sich noch ein wenig zu gedulden, und brachte erneut Argumente vor, welche die Suizidtheorie untermauerten. »Ich tue jetzt etwas, was ich gar nicht machen darf«, sagte er abschließend, räusperte sich und schaute kurz zu seinen Fischen, als ob sie ihm eine Genehmigung dafür erteilen würden. »Herr Mohrbach hatte einen inoperablen Gehirntumor und hat sich bei unserem Aufnahmegespräch über Sterbehilfe erkundigt, was ich natürlich ablehne, das ist in Deutschland ja nicht erlaubt. Das Gespräch habe ich sogar dokumentiert.«

Hinnerk hob skeptisch die Augenbraue. »Könnte ich in der Angelegenheit bitte Akteneinsicht bekommen? Laut der Witwe hatte er einen gutartigen Tumor im Kopf, für den er eine sehr gute Prognose hatte. 95 Prozent der Betroffenen würden damit die ersten zehn Jahren überleben können, sagte sie, und ihr Mann habe die Diagnose erst vor ein paar Monaten erhalten, was übrigens wohl seinen Lebenswandel begründete.«

Nervös spielte Dr. Paulsen mit einem Kugelschreiber herum. »Ich möchte jetzt gern von meiner ärztlichen Schweigepflicht Gebrauch machen. Das Ehepaar Mohrbach hatte offenbar ein Kommunikationsproblem, was vermutlich daran liegt, dass sie sich in der Trennung befanden, wie Sie gerade erwähnten, nicht wahr?«

»Soso, ein Kommunikationsproblem«, brummte Hinnerk.

»Wieso ermitteln Sie eigentlich, wenn ich doch Ihrem Sohn schon alle Fragen zu dem Fall Mohrbach beantwortet habe? Reden Sie etwa auch nicht miteinander, so wie die Mohrbachs?«

»Mein Sohn ist heute krank und leicht überfordert wegen seiner Zwillinge«, antwortete er ehrlich. »Da springt man gerne mal ein. Außerdem kenne ich die Jungs aus der Polizeidirektion in Flensburg, ich bin da bekannt wie ein bunter Hund.«

Dr. Paulsen sah ihn erstaunt an und fragte, ob es da nicht ratsamer gewesen wäre, als Großvater einzuspringen statt als Kommissar, und ob es überhaupt rechtens sei, dass er als pensionierter Kripobeamter plötzlich hier auftauchte, während sein Sohn dienstunfähig sei. Dann grinste er verschmitzt und erkundigte sich nach Hinnerks Dienstausweis.

»Wie geht es eigentlich Frau Bohneberger?«, wechselte Hinnerk daher schnell das Thema, denn er wusste, dass er sich mit seiner Aktion auf dünnem Eis befand.

»Ausgezeichnet, nehme ich an«, antwortete Dr. Paulsen prompt. »Eine enge Vertraute teilte mir soeben mit, dass sie mit ein paar Gurken und Quark im Gesicht die absolute Entspannung genießt. Für Sie, mein lieber Herr Rasmussen, wäre so eine Gesichtsmaske auch sehr hilfreich, denn ich sehe jede Menge Sorgenfalten auf Ihrer Stirn. Nach der Behandlung sehen Sie zehn Jahre jünger aus, mindestens. Wollen Sie sich nicht lieber darum kümmern, statt im Leben von Herrn Mohrbach herumzustochern? Botox wäre ansonsten auch eine Option.«

»Finger weg!« Hinnerk schlug auf die Hand des Arztes, die auf dem Weg war, seine Stirn zu berühren.

Wütend verließ er das Chefarztzimmer, um den Kollegen von der KTU Gesellschaft zu leisten.

Auf dem Weg dahin rief er Käthe an, um zu fragen, ob sie sich treffen könnten, wenn er schon vor Ort sei, doch ihr Mobiltelefon war ausgeschaltet und sofort hatte er ein ungutes Gefühl. Befand sich seine Geheimagentin in Wahrheit in den Fängen des Arztes, anstatt eine Gurkenbehandlung zu genießen? Er traute Dr. Paulsen nicht über den Weg und eine Sache machte ihn ebenfalls stutzig: Welcher Arzt würde seinen suizidgefährdeten Patienten im sechsten Stock wohnen lassen, wenn dieser sogar schon bei der Aufnahme nach akuter Sterbehilfe verlangt hatte? Er hielt das zwar für eine Lüge, doch für Hinnerk Rasmussen war glasklar: Dr. Dietmar Paulsen hatte Dreck am Stecken und das Angebot von Gurkenmasken oder Botoxspritzen konnte nichts an seinem Verdacht ändern. Niemals!

Kapitel 19

Im weiß gefliesten, komplett sanierten Wellnessbereich der Küstenklinik roch es nach Chlor, aber noch viel mehr nach Räucherstäbchen. Entspannungsmusik, Meeresrauschen untermalt von den gefühlvollen Klängen einer Panflöte, war überall im abgetrennten Massagebereich zu hören und lieferte die besten Voraussetzungen zum Relaxen, Meditieren und Schlafen.

Käthe lag bäuchlings auf einer Liege, nur um die Hüfte mit einem Handtuch bedeckt, und döste vor sich hin. Dabei spürte sie förmlich, wie sie all den Stress der vergangenen Tage in dieser Oase der Erholung hinter sich lassen konnte. Sie wunderte sich zwar, dass sie urplötzlich mit so vielen Gratisanwendungen, die nicht zu den Leistungen der Krankenkasse gehörten, überschüttet wurde, entschied sich aber, im Hier und Jetzt zu leben und ihren Aufenthalt endlich zu genießen. Da sich die Ermittlungen mittlerweile hauptsächlich im privaten Umfeld rund um den rot-weißen BH bewegten, unterstellte sie der Oberschwester auch keine bösen Absichten mehr, die hinter deren freundlichem Auftreten stecken könnten. Sie glaubte tatsächlich an ihre Gutherzigkeit, die man von ihr als Krankenschwester erwarten durfte, und da Käthes Anreise inklusive Stolperer über eine Leiche ziemlich vermurkst gewesen war, sah sie die Gutscheine als Wiedergutmachung.

Ohne Vorwarnung wurde Käthe plötzlich aus ihrer heilen Panflötenwelt gerissen, als eine zierliche junge Asiatin mit einem eingemeißelten Dauergrinsen Massageöl auf ihren Rücken träufelte. Dann begann sie ihre Füße zu massieren.

»Hm, tut das gut«, nuschelte Käthe. »Das ist hier wie im Paradies.«

»Wie war die Gurkenmaske?«, fragte die Masseurin in perfektem Deutsch, während sie weiter auf ihren Fußsohlen herumdrückte.

»Herrlich. Ich fühle mich pudelwohl«, seufzte Käthe entspannt und drehte ihren Kopf auf die andere Seite. »Bitte passen Sie auf, Ihre Kollegin hat mir nämlich eben noch die Nägel pedikürt, ich hoffe, der Lack ist schon trocken. Und wären Sie bitte so freundlich, mir meinen Smoothie zu reichen? Der schmeckt ausgezeichnet. Vom langen Rumliegen auf der Pritsche krieg ich so einen trockenen Mund.« Sie zeigte auf ein weißes Schränkchen, wo ihr Glas neben Orchideenblüten und Teelichtern stand.

Sofort wurde ihr auch dieser Wunsch erfüllt und Käthe nuckelte verträumt an dem extra gesunden grünen Getränk, bestehend aus Obst, Gemüse und Salatblättern, um sich dann wieder ganz der traditionellen Thai-Massage zu widmen, dabei schloss sie die Augen.

Ein paar Minuten später vernahm sie aus der Nachbarkabine, die nur mit einem weißen Vorhang abgetrennt war, eine ihr vertraute Stimme. Genervt rollte sie Augen. Es war die Bayern-Heidi, die von ihrem Franz berichtete. Mit seinen riesigen Handwerkerpranken würde der nämlich nicht nur Häuser bauen, sondern sich auch um ihre Schulter-Nacken-Verspannungen kümmern. Als sie dann einen Vortrag begann, wie sehr sie und ihr Gatte das Wandern liebten, weshalb sie jede freie Minute auf irgendeinen Berg kraxelten, riss bei Käthe der Geduldsfaden. Wütend sprang sie auf, fegte den Vorhang zur Seite, stemmte die Arme in die Hüfte und schimpfte: »Sorry, ich will meine entspannende Massage genießen und mir keine endlosen Monologe anhören.«

»Käthe!« Erschrocken presste Heidi ihre Hände vor die Brust, obwohl dort ohnehin ein verknotetes Handtuch den

Blick auf ihre Oberweite verwehrte. »Schon mal was von Privatsphäre gehört?«

»Schon mal was von Lärmbelästigung während der Thai-Massage gehört?«, konterte Käthe. »Aber sehr gut, dass ich dich hier treffe, ich habe eh noch ein Hühnchen mit dir zu rupfen.«

»Mit mir?«, fragte Heidi pikiert. »Also bei mir wird gleich der Kopf massiert und nix gerupft.«

Doch Massagenachbarin Käthe sah das ganz anders und schickte die beiden Masseure in eine Art Zwangspause mit dem Hinweis, dass sie und Heidi ein ernstes Gespräch unter vier Augen führen müssten.

»Sorry, only English«, antwortete der kleine Asiate mit der süßen Zahnlücke, der an Heidis Schultern weiterknetete, als ob nichts passiert wäre.

Heidi blickte schon wieder entsetzt aus der Wäsche. »Ach, schön, dass ich auch mal erfahre, dass Sie meiner Sprache gar nicht mächtig sind, und damit meine ich nicht Bayrisch.«

»Da war dein ganzes Geschwätz also komplett für die Katz«, lachte Käthe schadenfroh. »Ich hoffe, du ersparst uns allen die gleichen Storys in einer Fremdsprache.«

Heidi gab ihrem Masseur ein Handzeichen, dass er aufhören solle, begleitet von den Worten: »Stop it! Stop it. Sie müssen leider wissen, my Englisch is not the yellow from the egg.«

Käthe konnte sich ein Lachen kaum verkneifen, da der Masseur jetzt nur noch Bahnhof verstand. Sie hätte versuchen können, Heidi aufzuklären, dass sich manche Redensarten nicht wortwörtlich ins Englische übersetzen ließen, tat es aber nicht. Sie hatte Wichtiges zu besprechen.

Käthes Masseurin rettete Heidi vor weiteren Peinlichkeiten und zerrte ihren Kollegen von der Pritsche weg, damit die Damen ungestört sein konnten.

»Was um alles in der Welt veranlasst dich, mein Wohlfühlprogramm zu sprengen?«, regte Heidi sich auf.

»Ich muss mit dir sprechen. Dringend.«

»Kein Bedarf«, erwiderte sie zickig und verließ beleidigt die Kabine, um schnurstracks die finnische Trockensauna anzusteuern, die nur wenige Schritte entfernt auf Besucher warte. Käthe, die jetzt auch ihr Handtuch auf Brusthöhe verknotet hatte, folgte ihr umgehend in die leere Schwitzstube und setzte sich auf die oberste Bank, dann beobachte sie Heidi dabei, wie sie mit einer Holzkelle Aufgusswasser auf die heißen Ofensteine verteilte.

»Warum verfolgst du mich?«, fragte sie nach getaner Arbeit und nahm in einer anderen Ecke der Sauna Platz, um genug Abstand zu Käthe zu haben.

»Ich habe deinen BH gefunden, und zwar den roten mit den weißen Punkten. Das passende Höschen dazu hast du auch, wie ich rein zufällig erfahren habe. Also lass uns ganz offen miteinander reden.«

Heidi entglitten die Gesichtszüge und sie checkte schnell, ob ihr Handtuch noch festsaß. »Tut mir leid, Käthe, ich bin nicht lesbisch! Ich bin sehr glücklich mit meinem Franz, mit Frauen hab ich nix am Hut – außer im Tegernseer-Trachtenverein, aber das ist ja jetzt wurscht.«

»Ich bin auch heterosexuell«, stellte Käthe sofort klar, um Missverständnisse auszuräumen. Die Sache mit der Unterwäsche hatte ja sozusagen einen geschäftlichen Hintergrund. »Trotzdem möchte ich wissen, wie dein BH unter das Bett von Hans-Peter kommt. Was hat er da zu suchen?«

Heidi war sprachlos. Sie fächerte sich mit der Hand Luft zu, während der Schweiß ihr aus allen Poren tropfte und sich dicke Perlen auf ihrer Stirn bildeten.

»Du hattest eine Affäre mit Hans-Peter und jetzt ist er tot!

Ich will wissen, was da zwischen euch gelaufen ist«, konfrontierte Käthe sie mit ihrer heißen Spur.

»Ich muss dir gar nichts sagen. Du bist nicht meine Mutter«, gab Heidi knapp zurück und guckte demonstrativ in eine andere Ecke, um jeglichen Blickkontakt zu vermeiden.

»Dann erkläre es der Polizei. Hans-Peter wurde nämlich vom Balkon gestoßen. Er wurde ermordet«, behauptete Käthe, um die schwitzende Heidi aus der Reserve zu locken. Einen Beweis hatte sie dafür ja noch gar nicht, aber mit einem Pokerface hatte man oftmals die besseren Karten, die Wahrheit zu erfahren.

Heidi begann auf einmal zu schluchzen. »Ich wollte das doch alles nicht! Das musst du mir glauben, das war ein Unfall, ein einmaliger Ausrutscher«, gestand sie mit tränenerstickter Stimme.

Sofort wurde Käthe hellhörig und rutschte auf der Holzbank in ihre Nähe. »Du gibst also zu, dass du Hans-Peter über die Brüstung seines Balkons geschubst hast?«

»Nein! Natürlich nicht«, reagierte sie fassungslos. »Ich meine, dass unser kleines Schäferstündchen ein einmaliger Ausrutscher war. So etwas hätte mir niemals passieren dürfen. Es war halt jede Menge Alkohol im Spiel.« Dann weinte sie wieder bitterlich und beteuerte, das alles mit Hans-Peter so furchtbar zu bereuen. »Käthe? Bin ich jetzt in deinen Augen eine Schlampe?«, fragte sie schniefend.

»Nein, nur eine Seitenspringerin«, erwiderte sie aufmunternd und fügte hinzu: »Keine Sorge, ich verurteile niemanden. Keine Fremdgeher, keine Flittchen und auch keine Pornodarstellerinnen. Für mich sind alle Menschen gleich, außer bei Mord und Totschlag, da verstehe ich keinen Spaß.«

»Amen!« Heidi bekreuzigte sich, dann seufzte sie und räusperte sich. »Ich muss dir übrigens noch was beichten.«

»Okay, wir sind zwar in einer Trockensauna und nicht im Beichtstuhl, aber wir sind ja allein. Was gibt es denn?«

Heidi holte tief Luft. »Ich bin überhaupt nicht verheiratet.«

Käthe war fassungslos. »Du bist eine Lügnerin. Es gibt also gar keinen Franz, oder wie?«

»Ich bin verwitwet, und glaub mir, es fällt mir verdammt schwer, offen auszusprechen, dass ich eine Witwe bin, denn ...« Sie hielt inne und auf einmal brachen alle Dämme bei ihr. Völlig aufgelöst erzählte sie Käthe, dass sie den plötzlichen Herztod ihres Mannes vor zwei Jahren immer noch nicht überwunden habe, deshalb lebe sie weiterhin so, als könne er jeden Moment anrufen oder zur Tür hereinkommen. »Ich habe sogar täglich für ihn gekocht und seine Hemden gewaschen und gebügelt. Ich will es einfach nicht wahrhaben, dass er weg ist, verschwunden aus meinem Leben, und ich ihn nie wiedersehen werde.« Sie rang um diese Worte, während sie immer wieder laut schluchzte. »Ich war seit der Beerdigung kein einziges Mal an seinem Grab, weil ich es nicht schaffe, ich will es einfach nicht akzeptieren.«

»Ist das der Grund, warum du hier zur Kur bist?«, fragte Käthe sanft und streichelte ihr über den halbnackten Rücken.

»Ja, meine Söhne haben sich darum gekümmert, dass ich professionelle Hilfe bekomme, um den Verlust vom Franz endlich zu überwinden, und lerne, darüber zu sprechen. So wie jetzt mit dir gerade. Daheim erinnert mich ja alles an ihn.« Heidi schmiegte sich an Käthe und seufzte laut.

»Tut mir leid. Das wusste ich nicht«, reagierte Käthe mitfühlend.

»Die Fachleute sagen, ich hätte eine anhaltende Trauerstörung, aber ich glaube, hier wird mir wirklich gut geholfen, denn so manche Tipps und Ratschläge habe ich schon umgesetzt.«

»Aber wie kam es dazu, dass dein BH unter dem Bett von Hans-Peter gefunden wurde?«, wollte Käthe nun doch endlich wissen.

Heidi schniefte erneut und erklärte, dass sie Hans-Peter nur ausgenutzt habe, da ihr Therapeut ihr riet, sich ein leichtes Opfer zu suchen, damit sie ihren Mann vergessen könne. Zumindest mal für ein paar Stunden. Daher habe sie versucht, Sex mit Hans-Peter zu haben, was natürlich nicht klappte, obwohl sie sich vorher ordentlich Mut angetrunken hatte. »Als wir im Bett lagen, habe ich mich so hundeelend und schlecht gefühlt«, klagte sie. »So als ob ich meinen Franz betrügen würde, und auf einmal wollte ich nur noch weg von ihm, weil mir speiübel war. Im Eifer des Gefechts habe ich dann wohl meinen BH dort liegen gelassen, weil ich halt bloß raus wollte. Ich habe meine Klamotten auf dem Boden eingesammelt und bin gerannt. Ich habe die halbe Nacht gekotzt, wobei ich immer noch nicht weiß, ob das am Alkohol oder meinem Seitensprung lag, obwohl er ja eigentlich keiner war.« Kopfschüttelnd lehnte sie sich gegen die Wand. »Übrigens, das war am Montagabend, also einen Tag, bevor er gestorben ist.« Sie sah Käthe verunsichert an. »Hoffentlich hat er sich nicht meinetwegen umgebracht. Vielleicht hatte er Minderwertigkeitskomplexe, weil ich vor ihm geflohen bin.«

Käthe reagierte auf diese Anspielung nicht, denn sie musste das alles erst einmal verdauen. Mit dieser Wendung hatte sie nun gar nicht gerechnet.

»Sag mal, die Regina, also die hat beim Frühstück letztens behauptet, dass sie dich und Hans-Peter am Nachmittag seines Todestages an der Schwimmhalle streiten gesehen hat. Worum ging es da?«

Heidi wischte sich die Tränen weg. »Er fragte, ob wir einen zweiten Versuch starten wollen, und versicherte mir, dass zwischen ihm und Natascha nichts Ernstes sei, weil sie ihm zu jung und doof wäre. Er meinte, er brauche eine reifere Frau, so wie mich. Tja, aber ich habe sein Angebot natürlich abgelehnt und mich fürchterlich über ihn geärgert.«

»Dieses verdammte Arschloch!«, entfuhr es Käthe. »Wo bist du eigentlich am Dienstagabend gewesen, als er gestorben ist?«

»Da habe ich mit meinem Jüngsten geskypt, der lebt in New York und arbeitet dort als Investmentbanker. Er rief mich um 22:30 Uhr an und gegen Mitternacht habe ich Schluss gemacht. Ich bin von den Therapien schon abends platt, aber wegen der Zeitverschiebung sind Telefonate immer etwas schwierig. Mei, mein Konstantin ist ein ganz toller Bursche. Sein Vater wäre so stolz auf ihn.«

Käthe tätschelte ihr den Arm. Ihre weibliche Intuition gebot ihr, der todtraurigen Witwe zu glauben, denn laut Nachtschwester Dörte, die Hans-Peter um die gleiche Uhrzeit eine Tablette gegen Sodbrennen verabreicht hatte, lieferte Heidis Sohnemann in den Vereinigten Staaten ihr ein wasserdichtes Alibi.

»Woher wusstest du eigentlich, dass es sich um meinen BH handelt und welche Unterhose ich trage?«

Käthe grinste. »Ich habe geraten«, log sie. »Für mein Pokerface war ich immer schon bekannt und gleichzeitig gefürchtet. Zu Spieleabenden werde ich deshalb gar nicht mehr eingeladen – und ich meine jetzt nicht Strip-Poker, gell.«

Nun ließ Heidi die letzten Hüllen fallen: Sie tupfte sich mit ihrem Handtuch die Tränen und Schweißperlen weg und verkündete, dass sie dringend den Schwitzkasten verlassen müsse, bevor sie noch ohnmächtig werden würde. Daher gingen sie gleich zusammen zur Dusche, um sich abzukühlen, denn nicht nur die Sauna machte ihnen zu schaffen, auch das heiße Geständnis über das Schäferstündchen schlug auf das Gemüt. Oder eher das lauwarme, da Heidi fluchtartig das Bett verlassen hatte, bevor es richtig zur Sache gegangen war. Dass damit zugleich das Lügenkonstrukt wegen ihrem Franz wie ein Kartenhaus in sich zusammengebrochen war, machte den besonderen Seelenstriptease der Lügenbaronin vom Tegernsee komplett.

Kapitel 20

Als Käthe gegen 19 Uhr das Haus von Hinnerk Rasmussen mit einem Taxi erreichte, kam sein Hund ihr bereits schwanzwedelnd entgegengelaufen.

»Na, wo steckt denn dein altes Herrchen?«, fragte sie und streichelte den Golden Retriever zur Begrüßung. Dieser ließ das gern geschehen, dann lief er Käthe voraus Richtung Terrasse und bog um die Ecke des Reetdachhauses.

»Moin! Er mag Sie, Frau Bohneberger«, stellte der Besitzer fest, der mit der Pfeife im Mund auf seiner Terrasse hockte und den beiden entgegenschaute.

»Ich liebe Hunde. Ich hatte sogar schon mal einen kleinen Mops in Obhut, als dessen Frauchen in U-Haft war. Kennen Sie zufällig Hilde Kaiser, die ehemalige Schlagersängerin?«

»Nein, aber ich kenne allerdings auch keine Gina Popobrigida«, antwortete er, in Anspielung auf Käthes Mailboxnachricht. »Handelt es sich dabei ebenfalls um eine Sängerin?«

Käthe verneinte schmunzelnd und Hinnerk lud sie ein, ihm ins Wohnzimmer zu folgen, da es drinnen doch bequemer sei als in den Strandkörben.

In der gemütlichen maritimen Wohnstube klärte Käthe ihn darüber auf, wer sich hinter dem Pseudonym versteckte, und kippte ihm Reginas Zigarettenstummel aus ihrer Tasche auf den Tisch. »Ein paar Haare von Heidi Reitmeyer hätte ich auch noch im Angebot, aber das hat sich wohl erledigt, nachdem wir in der Sauna waren. Sie hat ja ein wasserdichtes Alibi dank des Sohnes, wie ich Ihnen eben am Telefon erzählt habe. Für mich bleibt deshalb der Ex-Pornostar Regina die Hauptverdächtige, sie hätte ein Motiv, weil sie von Hans-Peter Mohrbach erpresst wurde. Gefolgt von Natascha, die von ihrem Kurschatten betrogen wurde.«

»Und was soll der Dreck auf meinem Esstisch?« Er rümpfte die Nase und sah angewidert auf den Stummel.

»Das ist zum Abgleich der DNA-Spuren. Falls meine Mitpatientin Regina Schalupke den Mohrbach auf dem Gewissen hat, wird ihr die ewige Nikotinsucht nämlich zum Verhängnis. Clever, oder?«

»Soso«, brummte er. »Setzen Sie sich bitte. Ich habe neue Erkenntnisse aus der Gerichtsmedizin, die eine Wendung in dem Fall bedeuten.«

»Jetzt sagen Sie mir aber nicht, dass es doch kein Mord war und ich die ganze Zeit für die Katz rumgeschnüffelt habe.«

»Mögen Sie vielleicht etwas trinken?«, fragte er höflich.

»Bloß keinen Kaffee!«, schoss es unbedacht aus Käthe heraus. »Bitte spannen Sie mich nicht länger auf die Folter, ich bin später noch verabredet und momentan gar nicht durstig.«

Der Kriminalbeamte a. D. setzte sich zu ihr an den Tisch und breitete seine Unterlagen aus, dann begann er: »Hans-Peter Mohrbach stand unter dem Einfluss eines Betäubungsmittels, als er gesprungen ist beziehungsweise vom Balkon gestoßen wurde und deshalb ...«

»Ach, das ist ja interessant«, unterbrach Käthe ihn sofort. »Ich weiß von Nachtschwester Dörte, dass er nach einer Tablette wegen Sodbrennen verlangte, da kann aber wohl nicht von einer Betäubung die Rede sein, oder?«

»Tja, außer man vertilgt die ganze Packung.« Hinnerk grinste.

»Mir fällt gerade noch was anderes ein, die Nachtschwester hat sich nach eigener Aussage den Pferdeschwanz abgeschnitten und die Haarfarbe gewechselt. Mörder verändern doch öfter ihr Äußeres, um unerkannt zu bleiben, nicht wahr?« Fragend schaute sie den Profi an.

»Ein nicht mehr vorhandener Pferdeschwanz wird keinen Staatsanwalt dazu bringen, jemanden vor Gericht zu zerren«, erklärte er Käthe mit mildem Lächeln. »Unser Opfer hatte einen sehr hohen Anteil an Doxylamin im Blut. Es handelt sich dabei um ein Schlafmittel, das man zum Beispiel auch in Form von Brausetabletten zu sich nehmen kann. Entweder hat er vor dem Schlafengehen eine Überdosis davon eingenommen oder jemand hat ihn damit absichtlich außer Gefecht gesetzt.«

»Moment! Er trug hässliche Sandalen und weiße Socken, als ich über ihn gestürzt bin«, erinnerte sich Käthe, »so geht doch kein Mensch ins Bett. Nicht einmal der deutsche Klischeeurlauber.«

Hinnerk stimmte ihr nickend zu. »Das würde also bedeuten, dass Mohrbach von dem Täter über die Balkonbrüstung gehievt und dann wie ein Stein fallen gelassen wurde, nachdem man ihn mit Schlafmittel ruhiggestellt hat.«

Käthe schlug sich vor Schreck die Hand vor den Mund. »Wer macht denn so etwas Schreckliches?«

»Es ist unsere Aufgabe, das herauszufinden, dann wird uns Rentnern wenigstens nicht langweilig.« Er zwinkerte ihr zu.

»Vielleicht war er doch lebensmüde wegen seinem Tumor im Kopf und hat sich selbst k. o. gesetzt, damit er keine Angst vor dem Springen haben würde.

»Frau Bohneberger, jetzt stellen Sie nicht gleich alles wieder infrage. Der Gerichtsmediziner hat mir bestätigt, dass der Hirntumor zwar aufgrund seiner Lage nicht operativ entfernt werden konnte, aber keine Lebensgefahr für ihn bestand. Außerdem hat mir die Witwe Mohrbach doch erzählt, dass ihr Mann gerade komplett aufblühte und die Scheidung wollte.

Nein, Mohrbach ist niemals freiwillig gesprungen«, beharrte er.

»Aber wer soll ihn dann ins Jenseits befördert haben?«, grübelte Käthe.

»Ich habe mit den Zimmernachbarn auf seinem Flur im sechsten Stock gesprochen. Sie alle sagen aus, nie einen Streit oder eine hitzige Diskussion mitbekommen zu haben, und die Wände sind ja wirklich dünn, davon habe ich mich bei meinem heutigen Klinikbesuch selbst überzeugen können.«

Käthe tippte sich gegen das Kinn und kombinierte: »Das heißt, Täter und Opfer kannten sich und Mohrbach wurde im Laufe des Gesprächs mit Schlafmittel so stark betäubt, dass er sich nicht mehr wehren konnte, als er den Todesstoß bekam.«

»Laut dem Gerichtsmediziner ist Mohrbachs Tod zwischen 23 Uhr und Mitternacht eingetreten, was sich ja in etwa mit dem Zeitrahmen deckt, in dem Sie ihn gefunden haben, korrekt?«

»Ja, das passt. Laut der Nachtschwester ist er wegen seiner Tablette um 22:30 Uhr bei ihr gewesen«, bestätigte Käthe.

Hinnerk kraulte sich den Bart und dachte nach. »Hm, dann hat der Täter oder die Täterin also in dem Zeitfenster von circa eineinhalb Stunden zugeschlagen. Da keine Spuren gewaltsamen Eindringens an der Tür zu finden waren, kann man davon ausgehen, dass das Opfer seinem Mörder freiwillig Einlass gewährt hat. Übrigens, die Spurensicherung hat keinen BH unterm Bett gefunden. Hatte ich Sie nicht gebeten, ihn dort wieder abzulegen?«

Er sah seine Agentin streng an, worauf diese erklärte, dass sie es sich anders überlegt habe, da ihr die Gefahr zu groß gewesen sei, für die Täterin gehalten zu werden, wenn überall ihre Fingerabdrücke auf dem Stoff zu finden seien. »Außerdem hat sich das doch eh erledigt, weil ich Heidi Reitmeyer zwar als stolze Unterwäschebesitzerin entlarvt habe, allerdings ermitteln konnte, dass sie unschuldig ist. Es gibt also keinen Grund, sauer zu sein, wenn ich nicht allen Anweisungen folge. Fürs Protokoll bitte ich zudem festzuhalten, dass ich immer noch eine Hobbyermittlerin bin.«

»Ja, das merkt man auf allen Ebenen«, erwiderte er spöttisch. »Sie können doch Ihre Heidi nicht als Tatverdächtige ausschließen, nur weil Sie zusammen in der Sauna schwitzen.«

Käthe winkte ab. »Das ist nicht *meine* Heidi. Sie war mit ihrem Sohn zur Todeszeit am Skypen. Das lässt sich ja wohl sehr leicht überprüfen.«

»Die KTU-Kollegen haben alle Spuren gesichert und konnten interessanterweise keine Fingerabdrücke von Mohrbach an der Balkonbrüstung entdecken«, fuhr der Kriminaler ungerührt fort. »Er hat sich also nirgendwo festgehalten. Das bestärkt meinen Verdacht, dass Mohrbach auf den Balkon geschleift und von dort heruntergeworfen wurde. Da er unter dem Einfluss von Schlafmittel stand, hat er nichts von dem freien Fall oder dem Aufprall mitbekommen. Jetzt frage ich mich: Wer war es? Natascha Gawinski oder Regina Schalupke? Oder beide zusammen? Oder zu dritt mit Heidi Reitmeyer?«

Käthe wedelte abwehrend mit den Händen. »Nein, Herr Rasmussen, nach dem, was ich gerade gehört habe, ist für diese Tat keine der Damen aus meiner Essensgruppe verantwortlich. Zum Alibi von Frau Reitmeyer muss ich wohl nichts mehr sagen, außerdem wäre ihr Motiv geradezu lächerlich. Sie tötet doch niemanden, nur weil er ein zweites Date will. Darüber hinaus muss sie momentan den Tod ihres Mannes akzeptieren lernen und befindet sich in einer ganz besonderen Art der Trauerbewältigung.«

»Soso, und was veranlasst die Hobbyermittlerin zu der Annahme, dass die anderen beiden Frauen ebenfalls unschuldig sind?«

»Ganz einfach. Frau Schalupke ist gehbehindert und braucht einen Rollator. Sie könnte doch niemals aus eigener Kraft einen Mann von so stattlicher Figur hochheben und auf den Balkon tragen. Das ist absolut ausgeschlossen.«

»Bleibt nur Natascha Gawinski«, schlussfolgerte der Alt-Kommissar. »Sie wurde in der Vergangenheit schon einmal gewalttätig. Vielleicht hat sie ja etwas von dem Techtelmechtel zwischen ihrem Kurschatten und Frau Reitmeyer mitbekommen und wollte sich rächen.«

Käthe stöhnte. »Das kann ich mir eigentlich nicht vorstellen. Sie ist so eine kleine, zierliche Person, die würde den Mohrbach niemals auf den Balkon geschleppt bekommen, geschweige denn ihn auf die Brüstung hieven können, um ihn runterplumpsen zu lassen. Sie hat zwar aggressive Ausfälle, aber dadurch bekommt man nicht automatisch Zauberkräfte und dicke Oberarme. Außerdem hat sie ausgesagt, dass sie an dem Abend mit ihrer besten Freundin telefoniert hat. Das müsste halt mal geprüft werden, Herr Kriminalkommissar außer Dienst, gell.« Diesen kleinen Seitenhieb konnte sie sich nicht verkneifen.

»Ich bitte Sie, Frau Bohneberger, die eine Verdächtige trauert, die andere ist gehbehindert und die dritte ist angeblich zu schmächtig. So kommen wir nicht weiter, und selbstverständlich wird Frau Gawinskis Telefon-Alibi geprüft. Was ist eigentlich mit diesem Freund von Mohrbach, den Sie mal erwähnt haben?«

»Andi?«, reagierte Käthe verwundert. »Was für ein Motiv soll Andreas Lessing bitteschön haben, seinen Kumpel umzubringen?«

»Einen Streit? Vielleicht haben sie um die gleiche Frau gebuhlt. Glauben Sie mir, so was kommt in Männerfreundschaften öfter vor, als man denkt.«

Käthe überlegte. »Hm, Andi ist sehr groß und sehr stämmig. Also von der Statur her könnte er den Mohrbach wohl mit einer Hand hochheben, aber er macht auf mich einen zu kindlichen Eindruck, als dass ich ihm so eine Tat zutrauen würde. Außerdem hat ihn der Tod des Freundes richtig mitgenommen, deshalb kann ich mir das überhaupt nicht vorstellen. Was ist mit dem Personal der Klinik?«, schlug Käthe vor. Sie wollte rasch von ihrer Speisegruppe ablenken, da sie unter den vier Personen keinen dringenden Verdächtigen mehr sah, nachdem sie erfahren hatte, dass man Mohrbach vor seinem Tod betäubt hatte. »Es liegt doch auf der Hand, dass die Mitarbeiter leichten Zugriff auf Medikamente haben und genau wissen, wie man jemanden mit Tabletten in einen tiefen Dornröschenschlaf schickt.«

In diesem Punkt musste der Ermittler ihr natürlich recht geben. »Obendrein ist der Chefarzt ein ganz komischer Vogel, dem traue ich nicht über den Weg«, ergänzte er.

»Genau wie die Oberschwester, die auf einmal superfreundlich zu mir ist. Vielleicht stecken die zwei unter einer Decke, aber was könnte wohl deren Motiv sein?«, grübelte Käthe.

»Sie hatten bei Ihrem letzten Besuch erwähnt, dass Hans-Peter Mohrbach eine Verabredung mit einem Reporter gehabt habe. Möglicherweise hat er ein Geheimnis über die Küstenklinik erfahren und wollte darüber sprechen.«

»Das haben Sie doch gar nicht ernst genommen, als ich es erzählt habe!«, entrüstete sich Käthe. »Aber ich kenne mittlerweile den Grund dafür. Er hat nämlich versucht, eine Story über Ex-Erotikstar Gina Popobrigida an die Presse weiterzugeben, weil die sich weigerte, sich von ihm fotografieren zu lassen, und ihm auch nicht die Summe von 2.000 Euro zahlen konnte, damit er die Schnauze hält. Die Presse war also nicht wegen der Klinik da, sondern wegen Gina, einer Frau, die horizontal gutes Geld verdiente und nun am Gehwagen läuft.«

»Tja, so ist das mit der Polizeiarbeit. Man muss jeden Stein umdrehen. Behalten Sie dennoch die Oberschwester und die Nachtschwester im Auge, die an dem Abend Dienst hatte. Ich werde mich solange um Dr. Paulsen kümmern.«

Plötzlich wurde die Terrassentür aufgerissen und Nils Rasmussen schoss wie von der Tarantel gestochen ins Wohnzimmer. »Was fällt dir ein, hinter meinem Rücken die KTU zu kontaktieren und in der Küstenklinik aufzutauchen. Bist du jetzt völlig übergeschnappt?«

»Moin! Na, Nils, geht es dir gesundheitlich wieder besser?«, fragte der Beschimpfte seelenruhig.

»Hör auf mit dieser Ironie, du weißt, wie ich das hasse. Ich will wissen, was das soll!« Er schnaubte wütend. »Na, du hast dich ja schon immer hinterlistig verhalten. Schäm dich, Papa! Ich bin total enttäuscht.«

Käthe schob ihren Stuhl nach hinten und erklärte, dass es für sie nun an der Zeit sei, zu gehen. Sie wollte bei diesem Konflikt keinesfalls dabei sein.

Hinnerk erhob sich ebenfalls. »Meinen Sohn kennen Sie ja, Frau Bohneberger. Er hat sich heute krankgemeldet, aber die aktuelle Medizin bewirkt manchmal echte Wunder, nicht wahr?«

»Lass deine Finger aus meiner Arbeit. Das geht dich einen feuchten Dreck an, hast du mich verstanden?« Drohend hob er den Zeigefinger. »Du bist kein aktiver Polizist mehr, kapier das endlich, und finde dich damit ab, dass du im Ruhestand bist. Ich konnte Dr. Paulsen gerade noch davon abhalten, eine Beschwerde beim LKA einzureichen, weil du mit deinen Freunden von der Spusi bei ihm aufgekreuzt bist. Zahlreiche Patienten hätten laut seiner Aussage Panik wegen den Männern in den weißen Anzügen bekommen, sie hatten alle Hände voll zu tun, die aufgeregten Leute zu beruhigen.«

»Dein lieber Chefarzt lügt, dass sich die Balken biegen, der hat garantiert Dreck am Stecken. Was hat er dir bezahlt, dass du in dem Mordfall Mohrbach so schlampig ermittelst?«, grölte der Vater.

»Es war Selbstmord. Wie oft soll ich das noch sagen? Dr. Paulsen hat mir das mehrfach bestätigt, weil sein Patient sterbenskrank und dadurch hochgradig depressiv war.«

Hinnerk zeigte seinem Sohn einen Vogel. »Wie viele Beautybehandlungen hat er dir versprochen, damit du deine dunklen Augenringe in den Griff bekommst, oder darfst du auch Botox haben? So was nennt man Korruption, Nils. Mensch, sei doch nicht so naiv.« Er brüllte nun so laut, dass Käthe überrascht war, wie der sonst so in sich ruhende Alt-Kommissar derart wütend werden konnte.

»Entschuldigung«, meldete sich Käthe per Handzeichen. »Also, ich möchte an der Stelle gern erwähnen, dass ich mir die Finger- und Fußnägel umsonst habe lackieren lassen und ich bin definitiv nicht korrupt.« Sie reckte ihre Hände in die Höhe und bewegte die Finger.

»Sie sind keine Polizistin, sondern Patientin, das ist ein gravierender Unterschied«, stellte Hinnerk klar.

»So, nun muss ich aber wirklich gehen. Ich bin schließlich noch verabredet, und Sie zwei hören auf, sich zu streiten, das bringt doch nix, das macht Hans-Peter Mohrbach auch nicht mehr lebendig.« Mit diesen Worten huschte Käthe nach draußen, streichelte kurz Hund Oskar zum Abschied und bekam dabei mit, wie drinnen bei Vater und Sohn weiter die Fetzen flogen.

Die Szene erinnerte sie sofort an ihre eigene Familie, und ihr fiel ein, dass sie sich unbedingt bei Inge melden sollte, damit die daheim nicht vor Sorge auf dem Zahnfleisch ging. Da sie jedoch keine Lust auf ein Telefonat hatte, in dem es garantiert heftige Vorwürfe wegen ihres Nichtmeldens hageln würde, tippte sie nur eine knappe Textnachricht: *Macht euch bitte keine Sorgen. Sylt ist super. Wetter ist toll. Essen geht so. PS: Bei mir ist noch lange nicht der Lack ab.*

Dazu versandte sie ein Foto ihrer rotlackierten Fingernägel. Anschließend ging sie zur Hauptstraße und hob den Daumen hoch, um möglichst schnell zur Klinik zu kommen, da sie noch mit Regina und Heidi in der Weinstube verabredet war, um die beiden Erzfeindinnen endlich wieder zu versöhnen. Sie wollte schließlich ein bisschen Anschluss in der Kur haben.

Ein paar Minuten später hielt ein schwarzer SUV mit getönten Scheiben am Straßenrand, nur wenige Hundert Meter entfernt von dem verwaisten Taxistand von Kampen. Käthe öffnete die Beifahrertür und musste zweimal hingucken, um die Person hinter dem Steuer zu erkennen, da sie ganz anders aussah als sonst. War das Zufall oder wurde sie verfolgt? Die Fahrerin lächelte sie freundlich an und Käthe stieg ohne Bedenken ein. Hier fühlte sie sich auf jeden Fall sicherer als neben einem LKW-Fahrer mit kahlem Schädel. Oder war es doch eine Falle? Aber bevor sie reagieren konnte, klickte die Zentralverriegelung und der Wagen bretterte davon. Mit Karacho.

Kapitel 21

Oberschwester Gundula ließ ihren Blick über das Meer schweifen, von dem sie höchstens fünfhundert Meter entfernt auf einer Anhöhe im Außenbereich des noblen, teuren Strandrestaurants »The Fish!« saß. Die vielen Heizstrahler sorgten dafür, dass sie trotz ihres kurzen schwarzen Kleides überhaupt nicht fröstelte.

»Das hier ist ein sogenannter Hotspot, wo man sich erst zum leckeren Essen trifft, um später den gigantischen Sonnenuntergang zu genießen. Für das erste Date ein absolutes Muss, um der Auserwählten zu imponieren«, kicherte Gundula.

»Aha! Und was machen wir zwei dann hier?« Käthe putzte sich mit der Serviette den Mund ab. »Ich bin doch nicht etwa Ihre Auserwählte? Wir haben nämlich kein Date, oder habe ich irgendetwas verpasst? Ich habe das heute schon mal in der Sauna gesagt: Ich bin absolut heterosexuell, nicht mal ein bisschen bi.«

Gundula lachte und spielte an einer Strähne herum, da sie die Haare heute mal offen trug. »Sie sind so witzig, Frau Bohneberger. So eine richtig coole Oma! Das Essen ist doch der absolute Wahnsinn, oder?«, lenkte sie schnell ab.

»Ja, das Thunfischtatar mit Avocado als Vorspeise war ja schon ein Gedicht, aber die mediterrane Gambas-Pfanne war nun wirklich ein exzellenter Gaumenschmaus«, lobte Käthe. »Kein Vergleich zum Klinikessen.« Sie seufzte leise, da sie pappsatt war.

Die Oberschwester lachte leicht überdreht. »Ich dachte, ich muss Ihnen einfach mein Lieblingsrestaurant zeigen, weil die üblichen Nordseekrabben und Bismarckheringe sind doch nur was für Touristen, aber Sie sind ja eine Dame von Welt.«

»Ich sollte heute nur niemanden mehr küssen, da war so viel Knoblauch im Essen, da wird jeder ohnmächtig, wenn ich ihn nur anhauche.« Käthe schenkte sich noch etwas vom teuren Sylter Tafelwasser aus der Karaffe in ihr Glas und spülte schnell nach, damit sie auf einen anderen Geschmack kam. Vergeblich.

»Wie wäre es mit einem leckeren Dessert? Das Zitronensorbet mit Sekt ist ein Geheimtipp«, verriet die Krankenschwester in zivil, doch Käthe lehnte ab.

Ebenso wie sie jegliche Art von Alkohol ablehnte, zumindest in der Gegenwart von Schwester Gundula, denn so ganz geheuer war ihr die plötzliche Freundlichkeit nicht. Daher bestand sie darauf, nüchtern zu bleiben - selbst wenn es sich nur um ein Zitronensorbet handelte.

»Na los, da ist doch noch ein kleines Plätzchen in Ihrem Bauch frei für so einen leckeren Nachtisch.«

»Wollen Sie mich etwa mästen oder vergiften?«, rutschte es Käthe heraus.

Gundula nahm die Weinflasche aus dem Kühler und schenkte sich nach. »Wollen wir uns nicht endlich duzen, jetzt, nachdem ich dich am Straßenrand aufgegabelt habe? Ich bin Gundula!« Sie erhob ihr Glas und verkündete: »Prost, Katharina. Ich mag dich.« Dann leerte sie das Weinglas in einem Zug und schenkte erneut nach.

»Hm, na gut, meinetwegen. Aber nennen Sie ... oder du mich bitte Käthe«, erwiderte sie, obwohl es ihr gar nicht recht war, das alles ging ihr viel zu schnell. Andererseits konnte sie das Treffen auch als Geschäftsessen werten, denn die Mitarbeiter, die Zugriff auf Schlafmittel hatten, standen seit Neuestem ganz oben auf der Verdächtigenliste. Daher hatte sie ihre Verabredung mit Bayern-Heidi und Berlin-Regina spontan abgesagt.

»Was wollten Sie eigentlich bei Hinnerk Rasmussen?«, fragte die Oberschwester.

»Liebe Gundula, das hast du mich schon im Auto gefragt. Wir haben uns über eine Kontaktanzeige kennengelernt und hatten ein zweites Date. Mehr nicht!«

»Ach, stimmt, ich bin so vergesslich, wenn ich Alkohol getrunken habe.« Sie kicherte und orderte gleich die zweite Flasche beim Kellner. »Keine Sorge, mein Auto lasse ich heute stehen. Die Klinik ist nur einen kurzen Fußweg durch die Dünen entfernt. Du bist ja nicht fußkrank, oder?«

»Na, solange ich nicht Fahrrad fahren muss, ist alles gut«, gab Käthe zurück und machte sich bereit, das Thema zu wechseln, denn das veränderte Verhalten von Gundula interessierte sie brennend. Erst Gratisbehandlungen, dann Essenseinladung im Strandrestaurant, nun auch noch duzen.

»So, jetzt mal Butter bei die Fische, wie man hier im Norden sagt, woher hast du gewusst, dass ich in Kampen bei Herrn Rasmussen bin?«

Gundula rollte mit den Augen. »Du bist wohl auch vergesslich – sogar ohne einen Tropfen Alkohol. Das hatte ich dir doch gesagt. Ich war bei meinem Friseur, und es war purer Zufall, dass ich gesehen habe, wie du auf dem Bürgersteig einsam und verlassen entlang stolziert bist.«

»Ist das der gleiche Friseur, bei dem Nachtschwester Dörte ihren Pferdeschwanz gelassen hat? Merkwürdig, dass sich plötzlich alle die Haare schneiden lassen, nachdem jemand vom Balkon gestürzt ist.« Käthe vermied es tunlichst, in ihrer Gegenwart von Mord zu sprechen – ein weiterer Grund für ihre Alkoholabstinenz, da sie sich nicht verplappern durfte.

Gundulas Mundwinkel bogen sich nach unten. »Wie meinst du das, Käthe?« Irritiert fuhr sie sich durch ihr langes Haar, das ihr so viel besser stand als der Dutt, den sie sonst auf der Arbeit trug. Hinzu kam, dass sie in dem schwarzen Sommerkleid, mit reichlich Make-up im Gesicht und kirschrotem Lippenstift mehr Ähnlichkeit mit einer verführerischen Frau hatte als mit einer strengen Oberschwester im weißen Kittel.

»Ach, vergiss es. Liebe Gundula, du siehst heute wirklich blendend aus, dein neues Styling lässt dich um einige Jahre jünger und sympathischer aussehen«, lobte Käthe.

Doch statt sich darüber zu freuen, sprang Gundula plötzlich auf und versuchte, sich unter dem Tisch mit dem langen weißen Tischtuch zu verstecken.

»Hab ich jetzt was Falsches gesagt?« Irritiert sah Käthe auf das Häuflein Elend am Fuße des Tisches.

»Dietmar steht dahinten«, flüsterte sie. »Mit seiner Frau. Ich will nicht auf die beiden treffen.«

»Dietmar? Wer zum Teufel ist Dietmar?« Käthe drehte sich auf ihrem Stuhl um.

Dann sah sie ihn: Dr. Paulsen, elegant im schwarzen Smoking, stand an der Treppe und verabschiedete sich gerade beim Kellner. An seinem Arm hing eine attraktive Blondine mit Schlauchbootlippen und christbaumkugelgroßen Ohrringen.

»Du kannst aus deinem Versteck rauskommen. Sie sind soeben gegangen!«, gab Käthe ihr grünes Licht.

Gundula tauchte auf und trank auf diesen Schreck ihr Weinglas erneut in einem Zug leer. Mit leisem Aufstoßen verriet sie: »Wir haben eine Affäre, und er hat mir strengstens verboten, in die Nähe seiner Frau zu kommen.«

»Dann ist die Hausmeisterwohnung euer Liebesnest oder warum wohnst du in der Klinik?«, fragte Käthe, denn das hatte ihr Nachtschwester Dörte kürzlich anvertraut.

Sie nickte. »Mein Traumhaus ist immer noch nicht fertig.

Die Handwerker lassen sehr auf sich warten, deshalb ist die leerstehende Hausmeisterwohnung nur eine Übergangslösung.«

»Ein Haus? Du kannst dir als Krankenschwester ein Haus auf Sylt leisten? Ich dachte, hier wären die Immobilien extrem teuer«, wunderte sich Käthe. »Oder zahlt die Küstenklinik ihren Mitarbeitern exorbitante Gehälter?«

»Ich habe geerbt«, erwiderte Gundula stolz. »Warum sollte ich in einem Hamburger Krankenhaus schuften, wenn ich es mir auf Sylt gutgehen lassen kann? Margit, also Frau Thomsen von der Rezeption, hat mir die Stelle empfohlen. Wir kennen uns schon ewig.«

»Aha, und dann hast du Dr. Paulsen hier kennen und lieben gelernt?« Käthe nahm noch einen Schluck vom Tafelwasser, da der Knoblauchgeschmack einfach nicht verschwinden wollte.

»Genau so. Ich hoffe, dass er sich irgendwann von seiner Frau trennt und zu mir nach Hörnum zieht. Der Ort liegt ganz im Süden. Stell dir vor, ich bekomme sogar einen beheizbaren Pool im Garten, weil die Nordsee doch meistens eiskalt ist. Ach, Käthe, ich kann dir meine halbfertige Villa gern mal zeigen.« Sie wirkte auf einmal richtig euphorisch und ihre Augen strahlten, so wie man es von Frischverliebten kannte.

»Villa? Eben hast du noch von einem Haus gesprochen. Du musst ja ganz schön viel geerbt haben.«

»Ach, lass uns nicht über Geld sprechen, das macht auf Sylt keiner. Man hat es einfach. Weißt du, ich komme aus einer gut situierten Arztfamilie. Früher habe ich auch mal Medizin studiert, das Studium aber leider nicht abgeschlossen. Ich war wohl zu dumm.« Sie schmunzelte selbstironisch. »Mein Vater fand, ich wäre nicht klug genug, um Menschen adäquat zu behandeln. Ach, im Rückblick muss ich sagen, dass wir eine toxische Beziehung hatten, fast schon wie mit Dietmar, ich habe für so was wohl ein Händchen. Mit ihm ist das auch ein ständiges Auf und Ab.« Gedankenversunken blickte sie auf die halbleere Weinflasche. »Na, wenigstens habe ich jetzt so richtig viel Geld von meinem ätzenden Vater geerbt, das relativiert unser kompliziertes Verhältnis zueinander.«

Käthe bezweifelte, dass es diese Erbschaft tatsächlich gab, vielmehr argwöhnte sie, dass in der Klinik Geldwäsche stattfand, weshalb die Oberschwester nun stinkreich war. Oder war es Drogenhandel?

»Hat der Chefarzt auch so eine Villa mit Pool?«, hakte sie daher gleich nach.

Gundula schüttelte den Kopf. »Ich habe das Geld in der Beziehung. Ach, so eine Erbschaft ist schon was Feines.«

In diesem Moment wurde das aufschlussreiche Gespräch durch einen Tumult gestört. Käthe drehte sich um und konnte beobachten, wie Tischgenosse Andi von einem Kellner am Kragen gepackt und von der Terrasse geschubst wurde. Zum Glück landete er auf weichem Sand. Sofort eilte sie zu ihrem Sorgen(enkel)kind, fragte jedoch vorher noch den Kellner, warum dieser handgreiflich geworden war.

»Er ist betrunken und kann die Rechnung nicht zahlen«, erklärte der.

»Aber da muss man doch nicht gleich gewalttätig werden«, rügte Käthe die Servicekraft, dann half sie Andi auf die Beine, der tatsächlich torkelte und nicht mehr geradeaus schauen konnte.

»Er schuldet uns knapp zweihundert Euro«, giftete der Kellner.

»Ich habe genug Geld«, lallte Andi. »Ich habe so viel Geld, dass ich den ganzen Laden kaufen könnte. Ich habe nur meine Kreditkarte vergessen.«

»Oh mein Gott, Andi. Ich bringe dich mal besser heim, du bist ja voll wie ein Eimer.«

»Das ist meine Oma Käthe!«, sagte er stolz und lachte dem Kellner frech ins Gesicht. »Und meine Oma verhaut dir gleich den Arsch.«

Der Rausschmeißer zeigte sich von der Drohung wenig beeindruckt und wies stumm auf das wartende Taxi, das er für den zahlungsunfähigen Gast bestellt hatte.

Käthe verfrachtete Andi auf die Rückbank, drückte dem Fahrer für die kurze Strecke einen Geldschein in die Hand und versprach dem Kellner, dass Andi die Rechnung am folgenden Tag begleichen werde. Dann kehrte sie zurück zu ihrer reizenden Tischbegleitung.

»Entschuldige bitte. Kennst du eigentlich Andreas Lessing? Er ist auch Kurgast beziehungsweise ein Patient in der Küstenklinik«, erwähnte Käthe und rückte ihren Stuhl zurecht.

»Natürlich kenne ich den. Der schleicht ständig auf unserer Station herum. Warum?«

»Weshalb wird er behandelt? Er glaubt nämlich, ich wäre seine Großmutter, und ich habe ein bisschen Angst, dass er sich da in etwas hineinsteigert. Verstehst du, was ich meine?«

Gundula beugte sich vor und sagte mit leiser Stimme: »Behalte es bitte für dich. Er hat eine Sozialstörung, fühlt sich von allen im Stich gelassen und sucht permanent Anschluss. Ein ganz armer Junge ist der.« Sie seufzte und lehnte sich wieder entspannt gegen die Rückenlehne. »Wir haben schon viele Patienten in der Klinik, die einen an der Waffel haben, aber vielleicht gefällt es mir deshalb dort so gut«, sagte sie und kicherte albern. »Weißt du eigentlich, wie spät es ist?«

»Kurz vor 22 Uhr«, antwortete Käthe nach einem Blick auf ihre Uhr.

»Was? Schon so spät! Wir müssen dringend los. Wir haben

uns ja völlig verquatscht.« Hastig trank die Oberschwester ihren Wein in einem Zug leer und verkündete: »Morgen habe ich Frühdienst.«

Wie versprochen hatte die Oberschwester die Spendierhosen an und zahlte die komplette Rechnung. Als sie aufstand, sah Käthe jedoch, dass zwei Flaschen Wein wohl etwas zu viel für Gundula gewesen waren, sie kam mächtig ins Schwanken.

Ein paar Minuten später befanden sich die zwei Damen auf dem gemeinsamen Heimweg. Ein Holzsteg führte durch die Dünenlandschaft, die das Strandrestaurant mit der Küstenklinik verband. In der Abenddämmerung hätte der Spaziergang sogar etwas Romantisches haben können, wenn Käthe nicht die torkelnde Oberschwester eingehakt hätte mit sich führen müssen, um sie aufrecht zu halten.

»War das gerade eine Sternschnuppe?« Gundula blieb stehen und schaute in den Himmel. »Wir müssen uns was wünschen.«

»Nein, das war ein Flugzeug. Oder ein Ufo«, reagierte Käthe genervt. So hatte sie sich ihren Abend nämlich nicht vorgestellt, einen Begleitservice für eine Betrunkene geben, statt mit den Mitpatientinnen in der Weinstube zu sitzen, damit Heidi und Regina das Kriegsbeil endlich begruben.

»Wie weit ist es denn noch?«, drängte sie. »Es wird immer dunkler und wir kommen kaum voran, wenn du ständig stehen bleibst.«

»Da hinten ist doch schon die Klinik. Schau mal, wie imposant sie dasteht.« Wieder blieb Gundula stehen und sah glücklich strahlend auf den Gebäudekomplex. »Ich liebe die Küstenklinik. Wenn ich dort nicht arbeiten würde, wäre mein Leben nie so schön geworden wie jetzt. Ich hätte keinen Dietmar, keine Villa und dich, Käthe, hätte ich auch nie kennengelernt. Du bist echt 'ne ganz Liebe.«

»Du bist besoffen und gehörst ins Bett. Für deinen Frühdienst musst du dich ausschlafen. Leg dir schon mal ein paar Aspirin parat. Also, komm jetzt endlich.« Sie zog an ihrem Arm.

»Stopp! Stopp!«, schrie Gundula auf einmal und blieb wie angewurzelt stehen. »Ich habe meine Handtasche im Restaurant liegenlassen. Wir müssen sofort umkehren. Da ist alles drin, was ich brauche: mein Handy, mein Schlüssel, mein Führerschein, mein Personalausweis, mein Organspendeausweis, meine Kreditkarte«, zählte sie lallend und lachend zugleich auf.

Käthe rollte genervt mit den Augen. »Als ob du jetzt deinen Führerschein brauchst, geschweige denn deinen Organspendeausweis.«

»Ich bin in der Gesundheitsbranche tätig, das gehört für mich zum lebensnotwendigen Inhalt«, rechtfertigte sie sich.

»Du am Lenkrad und deine Leber als Organspende sind in deinem aktuellen Zustand völlig indiskutabel. Lass uns endlich weitergehen.«

»Ich will aber mein Handy, bitte, bitte, bitte«, quengelte sie wie ein kleines Kind. »Du kannst doch auch nicht ohne Handy sein.«

Damit hatte Gundula einen wunden Punkt getroffen, Käthe seufzte laut. »Okay, ich gehe zurück, du wartest hier auf mich«, befahl sie und setzte die Betrunkene auf eine Bank, an der ein Wegweiser anzeigte, dass die Klinik noch einen Kilometer und das Strandrestaurant fünfhundert Meter entfernt waren.

Verärgert trat Käthe den Rückweg an, um die vergessene Handtasche abzuholen. Sie war stinksauer, dass sie wegen Gundulas Schusseligkeit umkehren musste. Ob sie von der reichen Villabesitzerin Kilometergeld verlangen könnte? Verdient hätte sie das für diese Extrarunde.

Zwanzig Minuten später kehrte Käthe zurück und schwenkte triumphierend die Handtasche.

»Gundula! Wo bist du denn?«, rief sie schon von Weitem, da die Bank verwaist war.

Ihr erster Gedanke, dass die Krankenschwester allein heimgegangen war, wurde rasch von der Befürchtung abgelöst, dass die Betrunkene sich in den Dünen verirrt haben könnte. Käthe hoffte nur, dass sie nicht Richtung Strand gelaufen war, denn die Oberschwester wäre nicht die Erste, die im Delirium die Orientierung verlor und elendig im Wasser zu ertrinken drohte.

»Gundula!«, schrie Käthe daher noch einmal in alle Himmelsrichtungen.

Als sie sich der Sitzgelegenheit näherte, sah sie, dass zwei schwarze Lederschuhe mit einem minimalen Absatz hinter der Bank hervorragten. Gundulas Schuhe!

»Mensch, jetzt pennt die hier«, murmelte Käthe verärgert, doch als sie hinter die Bank blickte, gefror ihr das Blut in den Adern. Oberschwester Gundula lag in einer riesigen Blutlache und starrte sie mit halboffenem Mund an. In ihrem Kopf klaffte eine große Wunde, aus der das Blut herausquoll und ihr Gesicht herunterrann.

Geistesgegenwärtig kniete sich Käthe neben die Verletzte und schrie sie hektisch an: »Du musst wach bleiben, hörst du? Wach bleiben.« Dann redete sie weiter beschwörend auf sie ein, da die Augenlider der Krankenschwester auffällig flackerten. »Alles wird gut, alles wird gut. Wer hat dir das nur angetan? Wer war das?«

Die Schwerverletzte wollte darauf antworten, doch sie bekam keinen Ton heraus. Dann fiel ihr Kopf zur Seite.

Käthe wurde sofort panisch und ihre Hände fingen an zu zittern. »Hilfe! Hilfe«, rief sie in die Abenddämmerung, aber niemand hörte sie.

Mit blutverschmierten Händen und rasendem Puls fummelte sie ihr Handy heraus. Doch statt den Notruf zu wählen, rief sie in ihrem Schockzustand jemand ganz anderen an.

»Das ist die Mailbox von Jupp Backes. Leider bin ich zurzeit nicht erreichbar, bitte sprechen Sie mir nach dem Signalton auf das Band«, ertönte eine wohlbekannte Stimme aus dem Telefon.

»Jupp, ich bin es! Ich brauche dich ganz dringend. Ich habe schon wieder eine Leiche gefunden. Da will mich doch jemand fertigmachen. Ich kann nicht mehr!«, sagte sie verzweifelt und legte auf. Dann rief sie Hinnerk Rasmussen an und ratterte herunter: »Hier spricht Ihre Geheimagentin. Sagen Sie Ihrem Sohn, dass ich ihn umgehend brauche. Ich habe eine Tote gefunden. Bitte bleiben Sie aber daheim, weil ich keinen Familienstreit provozieren will. Es ist schon genug Mist passiert.«

Nachdem sie ihm ihren Standpunkt durchgegeben hatte, setzte sie sich völlig aufgelöst auf die Bank und zermarterte sich das Hirn, welche Verbindung zwischen Hans-Peter Mohrbach und der Oberschwester bestehen könnte und warum beide auf tragische Art und Weise sterben mussten. Wusste Gundula über Mohrbachs Tod Bescheid und musste deshalb auch aus dem Weg geräumt werden? Und warum musste ausgerechnet immer Käthe die Opfer vorfinden? War das Zufall oder ihr ganz persönliches Schicksal, weil sie die Kur von der Krankenkasse eigentlich gar nicht hätte genehmigt bekommen dürfen? Am Ende vermutete sie schlechtes Karma.

»Karma is a bitch«, murmelte sie, womit sie in etwa sagen wollte: Jeder bekommt das, was er verdient.

Käthe fühlte sich hundsmiserabel und wünschte sich, sie hätte diese Kur niemals angetreten, geschweige denn sich mit Hilfe von Tochter Inge und Schwiegersohn Jupp diesen Aufenthalt ein bisschen erschlichen.

Kapitel 22

Am nächsten Morgen überreichte eine besonders aufmerksame Natascha der niedergeschlagenen Käthe einen warmen Tee, da sie gefühlt die halbe Nacht damit verbracht hatte, sich den Fragen von Nils Rasmussen zu stellen. Käthe pustete in die dampfende Tasse und fröstelte, denn trotz der Sonne wehte ein für diese Jahreszeit frischer Wind auf der Außenterrasse.

»Du musst mir das jetzt noch mal ausführlich erzählen, was gestern Abend passiert ist«, forderte Natascha und versuchte, ihre langen blonden Haare zu bändigen, die ihr wild vor dem Gesicht herumwirbelten.

»Nein! Ich habe mir schon den Mund darüber fusselig geredet. Das ist alles ein großes Missverständnis«, weigerte sich Käthe.

»Ich kann mir beim besten Willen nicht vorstellen, dass du auf unsere Oberschwester geschossen haben könntest.«

»Natürlich habe ich sie nicht erschossen«, wehrte Käthe empört ab. »Nur weil ich Gundula auf dem Holzsteg in ihrem Blut liegend vorgefunden habe, heißt das nicht, dass ...« Sie schüttelte den Kopf und nippte an ihrem Tee. Kamille - sie verzog das Gesicht.

»Aber du hast auch meinen Hans-Peter gefunden, da kann ich die Polizei schon verstehen, dass die denken, du wärst die Killerin, denn egal wo du auftauchst, liegen Tote herum.«

»Das ist doch völlig absurd. Ich bin zu diesem Nobelrestaurant zurückgegangen, weil die Oberschwester ihre dämliche Handtasche dort vergessen hatte. Ich konnte doch nicht ahnen, dass ...« Käthe brach mitten im Satz ab und blickte traurig auf die Nordsee, die heute besonders rau war und schäumende Wellen ans Ufer spülte.

»Aber es war kein Raubmord, richtig?«, ließ Natascha nicht locker.

Käthe schüttelte sich, weil ihr der Tee nicht schmeckte. »Hörst du mir nicht zu oder spreche ich Chinesisch? Ich habe Gundulas vergessene Handtasche geholt, in der all ihre Wertsachen waren, und Schmuck trug sie auch keinen, da war nix bei ihr zu rauben. Ihr Kleid war unbeschädigt, also fällt eine Vergewaltigung ebenfalls raus.«

»Dann handelt es sich um einen ganz gezielten und eiskalten Mord«, schlussfolgerte Blitzbirne Natascha. »Vielleicht hatte unsere Oberschwester ja was mit der Mafia zu tun. Ich habe mal gelesen, dass die nicht lange fackeln und jeden wegballern, der ihnen blöd kommt. Oder es war ein Rachefeldzug.«

»Oh Mann. Ich brauche echt eine Kur von der Kur, so habe ich mir das überhaupt nicht vorgestellt«, resümierte Käthe nachdenklich. »Eigentlich hätte ich heute Klangschalentherapie gehabt, aber unter diesen Umständen flippe ich bei so einem Gong eher aus, als dass der Klang beruhigend auf mich wirkt.«

»Hm, überleg's dir. Im Gefängnis hörst du höchstens den Gongschlag, wenn die Ausgabe von Erbsensuppe ansteht«, konnte sich Natascha einen fiesen Seitenhieb nicht verkneifen.

»Und meine Rückenmassage kann mir auch gerade den Buckel runterrutschen«, klagte Käthe weiter. Ihr war die Lust auf Entspannung komplett vergangen.

»Besser, du lässt dich noch mal ordentlich durchkneten, bevor im Frauenknast irgendeine Kampflesbe aus deinem Kreuz Hackfleisch macht«, stichelte Natascha munter weiter.

Käthe schaute sie entsetzt an. »Ich bin unschuldig!«

Natascha reagierte darauf mit einem schiefen Grinsen und gab kund, dass sie nur Spaß machen würde, trotzdem sollte sie ihre Therapien deshalb auf gar keinen Fall auf Eis legen.

»Ach, hier seid ihr!«, rief Regina, die in diesem Moment mit ihrem Schiebe-Rolls-Royce auf sie zugerollt kam. »Meine Güte, Käthe, das ist ja grässlich, was da passiert ist. Es gibt an diesem Morgen nur ein einziges Thema im Speisesaal. Alle sind schwer betroffen und bestürzt, dass innerhalb weniger Tage zwei so schreckliche Ereignisse direkt vor unserer Tür geschehen mussten. Ick an deiner Stelle würde ja durchdrehen und ick bin garantiert keen Sensibelchen. Stehst du immer noch unter Schock?«

Käthe nickte zustimmend. »Ich habe mich in dieser Kur auf eine Massage mit heißen Steinen gefreut - nicht auf einen eiskalten Mord!«

Sie brauchte wirklich starke Nerven, um das Geschehene zu verarbeiten. Nachdem Hinnerk Rasmussen auf ihren Anruf hin den Notarzt informiert hatte und Sohnemann Nils am Tatort eingetroffen war, war alles Weitere nur noch wie in einem Albtraum abgelaufen, da Rasmussen junior sie umgehend als dringend Tatverdächtige festgenommen hatte.

»Ihr habt keine Vorstellung, wie furchtbar es ist, eine niedergeschossene Frau im Arm zu halten, die ihre letzten Atemzüge röchelt, während alles voller Blut ist. Das ist viel grausamer, als über einen Toten zu stolpern, trotzdem sind es immer noch zwei Leichen, die ich gefunden habe«, seufzte Käthe.

»Da könnte man ja fast eine Routine bei dir feststellen«, rutschte es Natascha heraus. »Vielleicht sollte ich ab sofort einen großen Bogen um dich machen, ich bin schon ein bisschen abergläubisch.«

»Wieso eigentlich zwei Leichen?«, fragte Regina verwundert. »Im Inselradio wurde eben durchgegeben, dass eine Frau bei einem Angriff schwerverletzt wurde und sich in akuter Lebensgefahr befindet. Ick weeß nich', meine Süßen, aber nach tot klingt das für mich nicht.«

Überrascht riss Käthe die Augen auf. »Was sagst du da? Gundula lebt? Das gibt es doch nicht, wieso sagt mir der Kommissar nichts davon?«

»Hm, vielleicht Taktik«, mutmaßte Natascha. »Oder er hat es selbst nicht gewusst, schließlich ist er kein Arzt.«

»Dieser unfähige Klitschen-Bulle hat mehrfach gefragt, ob ich Gundula im Streit niedergeschossen hätte«, schimpfte Käthe erbost. »Kein Sterbenswörtchen davon, dass sie diesen schrecklichen Angriff überlebt hat.«

»Aber niedergeschossen ist nicht das Gleiche wie erschossen«, mischte sich Natascha ein. »Vielleicht warst du in deinem Schockzustand ja gar nicht richtig vernehmungsfähig.«

»Wieso kennst du dich mit solchen Begrifflichkeiten so gut aus?«, wollte Käthe wissen.

»Ich hatte Deutsch Leistungskurs«, antwortete Natascha grinsend.

»Stellt euch mal vor, der Chefarzt hat der Kriminalpolizei gesteckt, dass die Oberschwester und ich in den letzten Tagen ein paar Unstimmigkeiten gehabt haben, weshalb er nicht verstehen könne, warum er uns beide beim Abendessen im Strandrestaurant gesehen habe. Der Paulsen glaubt anscheinend, dass ich seine Mitarbeiterin in eine Falle gelockt hätte, um sie aus dem Weg zu räumen. Verrückt, oder?«

»Na ja, aus ermittlungstechnischer Sicht ist die Theorie doch gar nicht so abwegig.«

»Natascha! Spinnst du?«, motzte Käthe sie an. »Könntest du endlich mal aufhören, die Polizei in Schutz zu nehmen? Der junge Rasmussen hat mich wie eine Schwerverbrecherin behandelt. Ich kann seinen Vater schon verstehen, dass er nichts von seinem Junior hält. Der durfte bei dem Verhör natürlich nicht dabei sein, wegen des Familienfriedens.« Sie schnaubte ärgerlich.

»Hattest du denn keinen Anwalt dabei?«, erkundigte sich Natascha.

»Nein, weil er es mir am Anfang als Zeugenbefragung verkauft hat und erst, als er mir das Handy abgenommen hat, wurde mir klar, dass er mich im Verdacht hat.«

»Na, die Bullen werden prüfen, ob du den Mordanschlag in Auftrag gegeben hast und die vergessene Handtasche nur ein Ablenkungsmanöver war«, mutmaßte Regina. »Bei mir im Kiez wird ja ständig jemand erschossen.« Sie gähnte und gönnte sich wie gewohnt ihre Fluppe.

Käthe tippte sich gegen die Stirn. »Ich schieße doch nicht auf eine Krankenschwester. Ich finde es übrigens wirklich unmöglich von euch, dass ihr auch nur ein Fitzelchen daran glaubt, dass ich etwas mit dem Mord oder besser gesagt mit dem Mordanschlag zu tun haben könnte. Ich bin absolut enttäuscht von euch!«

Natascha und Regina tauschten stumme Blicke, dann sagte Natascha: »Wir hatten das Gefühl, dass du uns verdächtigt hast, dass wir etwas mit dem Tod von Hans-Peter zu tun haben könnten. Der alte Kommissar vom Polizeirevier hat mich gestern an der Rezeption ausrufen lassen. Er wollte die Kontaktdaten meiner Freundin, mit der ich am Dienstagabend telefoniert habe, als Hans-Peter gestorben ist.«

»Total ballaballa ist das«, ergänzte Regina.

Käthe zuckte zusammen. »Ach, und deshalb wollt ihr euch an mir rächen? Mir einen versuchten Mord an der Oberschwester in die Schuhe zu schieben, ist allerdings wirklich mies. Ich bin absolut unschuldig.«

»Wir auch«, beteuerten die Damen gleichzeitig.

»Vielleicht ist für beide Taten die gleiche Person verantwortlich«, sagte Käthe und schaute zwischen ihren Mitpatientinnen hin und her.

»Vergiss es!« Natascha, die ahnte, worauf Käthe hinauswollte, hob abwehrend die Handflächen. »Ich hatte gestern Abend tierische Kopfschmerzen und bin sehr früh zu Bett gegangen. Außerdem kannte ich die Oberschwester nur flüchtig.« Es klang, als hätte sie bloß darauf gewartet, diese Information kundzutun.

»Na ja, du tickst hin und wieder spontan aus, meine Liebe. Denk nur an den BH, den du am liebsten in tausend Stücke gerissen hättest«, erinnerte Käthe sie. »Vielleicht hast du geglaubt, dass er Gundula gehörte. Du bist schon eifersüchtig und gewaltbereit, wenn dir was querkommt.«

»Du bist echt durchgeknallt, Käthe. Jetzt bin ich diejenige, die enttäuscht ist, und zwar maßlos.« Beleidigt ging Natascha zum Strand.

»Die kriegt sich schon wieder ein, hat vermutlich ihre Tage«, kommentierte Regina den Schlagabtausch. »Bevor du mich fragst, ick war gestern Abend mit der Heidi in der Weinstube, und als wir das schrille Tatütata vom Krankenwagen gehört haben, hat die Wirtin uns rausgeschmissen, weil offiziell schon Nachtruhe gewesen ist. Immer diese bekloppten Maßregelungen, wa?«

»Du und die Heidi? Ihr zwei habt euch tatsächlich ohne mich als Friedensstifterin getroffen?«, wunderte sich Käthe. »Wäre ich mal mitgekommen, dann hätte ich mir diesen Schlamassel mit der Polizei erspart. Habe ich was verpasst?«

Der Ex-Erotikstar berichtete, dass sie sich mit der Bayerin ausgesprochen und versöhnte habe. »Die Heidi ist ein janz trauriges Persönchen, wa? Das muss man sich mal vorstellen, da labert die immer von ihrem Göttergatten, dabei liegt der längst unter der Erde und kiekt den Radieschen beim Wachsen zu.«

»Wir sind halt alle nicht ohne Grund in dieser Einrichtung«, bemerkte Käthe und trank von ihrem Tee.

»Irrenanstalt trifft es wohl am besten«, lachte Regina und blies ihren Zigarettenrauch in die frische Nordseeluft.

»Apropos Irrenanstalt. Wo ist eigentlich unser Andi, war er beim Frühstück?«, wollte Käthe wissen.

»Der ist im Fitnessstudio. Ick hab ihn im Aufzug getroffen, meinte, er müsste sich abreagieren. Ick war janz überrascht, dass unser schüchterner Milchbubi mal sein Maul aufgemacht hat, nachdem er beim Essen nie mit uns quatscht. Komisch, wa?«

Käthe fand das überhaupt nicht komisch, denn sie hatte plötzlich eine Eingebung, der sie umgehend auf den Grund gehen wollte. War der Andi vielleicht am vergangenen Abend über den Holzsteg zurück zum Restaurant gegangen, weil er sich bei dem Kellner rächen wollte, und die Oberschwester war ihm dabei zufällig in die Quere gekommen?

Sie stellte ihre Teetasse auf Reginas Rollator ab und verabschiedete sich mit den Worten, dass sie sich dringend um Bauch, Beine und Po kümmern müsse.

»Wieso?« Die Berlinerin schaute sie skeptisch an.

»Na, falls mich der Rasmussen in den Knast steckt, möchte ich durchtrainiert sein. Man muss sich schließlich für alles wappnen«, erklärte sie nicht ganz ernst und ging schnellen Schrittes zurück in die Küstenklinik.

Im Untergeschoss der Klinik boxte Andi auf einen von der Decke hängenden Sack aus braunem Kunstleder ein und verausgabte sich dabei offenbar völlig. Er war klitschnass und stöhnte bei jedem Faustschlag so laut, als wollte er sich von einem inneren Schmerz befreien.

»Genau so! Lass es raus! Lass all deinen Kummer und deinen Frust rausfließen. Denk daran, es muss fließen«, feuerte ihn ein Mann von der Seite an. Mit seiner Cordhose, dem Karohemd und der Nickelbrille wirkte er allerdings nicht wie ein Trainer, sondern wie ein Mathematiklehrer, der die Sportstunde nur vertretungsweise übernommen hatte.

Käthe blieb mit genügend Abstand im Hintergrund und beobachtete die Szenerie hinter einem Rudergerät hockend. Sie fand es befremdlich, dass der sonst so schüchterne Andi die Fäuste ballte und auf den Boxsack einschlug, als wäre er sein Endgegner. Andererseits wunderte es sie nach dem Zwischenfall mit dem Kellner im Restaurant nicht, dass er lernen wollte, sich zukünftig gegen solche Wichtigtuer zu wehren.

Auf einmal fiel es ihr wie Schuppen von den Augen: Sie hatte sich die ganze Zeit auf eine Frau als Mörder fixiert, weil Mohrbach so ein schlimmer Finger gewesen war. Doch mit seiner Statur und der neugewonnenen Boxkraft wäre es für Andi ein Klacks gewesen, wie Popeye seinen Kumpel Hans-Peter über den Balkon zu schmeißen. Hatte Hinnerk Rasmussen demnach vielleicht recht und es hatte tatsächlich Streit in der Männerfreundschaft gegeben? Und wieso hatte Andi im gleichen Restaurant gespeist wie sie und die Oberschwester? War das alles Zufall oder boxte hier vor ihren Augen ein eiskalter Mörder, der bisher von allen eher als introvertiertes Riesenbaby wahrgenommen worden war? Fieberhaft überlegte Käthe, wie sie den jungen Mann am besten auf ihren Verdacht ansprechen könnte. Da sie Angst hatte, dass Möchtegern-Enkel Andi ihr bei einer Konfrontation einen heftigen Kinnhaken verpassen könnte, entschied sie, mit ihm ins Gespräch zu kommen, solange der Trainer in der Nähe war.

Beherzt trat Spionin Käthe hinter dem Rudergerät hervor und näherte sich dem Boxenden.

»Bravo! Toll machst du das, Andi. Da ist die Oma aber

stolz auf dich. Wenn ein Ganove bei mir den Enkeltrick anwenden will, schlägst du ihn einfach in die Flucht, gell?«

Doch Andi nahm sie überhaupt nicht wahr, er prügelte weiter fest entschlossen auf den Sack ein. Schnell sprang Käthe zur Seite, denn der hin und her schwenkende Sandsack flog haarscharf an ihr vorbei.

»Bitte stören Sie nicht. Wir sind mitten in der Therapie«, pfiff der Mathelehrertyp sie zurück.

Erstaunt sah sie ihn. »Therapie? Ist das jetzt so was Neumodisches, dass man nicht mehr auf der Couch liegt, sondern auf einen Sack eindrischt?«

»Das ist meine Oma, sie stört nicht«, stöhnte Andi und konzentrierte sich dann wieder auf den Sack. »Ich hasse dich, jawohl, ich hasse dich.« Schweiß tropfte ihm von der Stirn.

»Mit wem spricht er denn?«, erkundigte sich Käthe leise, sie fühlte sich beim Cordhosenmann viel sicherer.

»Interessant, Sie sind also die Großmutter?«, fragte er und musterte sie von oben bis unten.

»Na ja, eher eine Ersatz-Oma«, klärte sie ihn im Flüsterton schnell auf. »Andi hat ja keine Familie mehr und ich wollte, dass er trotzdem nicht an Heimweh leidet, daher habe ich den kleinen Spaß mitgemacht.« Sie lächelte ihn an.

»So wie Herr Mohrbach in die Rolle seines Ersatz-Vaters geschlüpft ist?«, fragte er spöttisch.

»Welche Rolle spielen Sie denn? Fitnesstrainer oder Lifecoach?«, konterte Käthe.

Er schmunzelte. »Ich bin Malte, Psychologe in der Familientherapie«, stellte er sich vor und Käthe musste genau hinhören, denn er bekam beim Sprechen die Zähne kaum auseinander.

»Sagen Sie, Herr Malte, auf wen schlägt er da eigentlich so brutal ein?«

»Was vermuten Sie denn, Frau Ersatz-Oma?«

»Einen Kellner?«, tippte sie ins Blaue.

»Nein. Er ist mächtig sauer auf seinen Freund, der ihn im Stich gelassen hat. Er verarbeitet so den Selbstmord von Hans-Peter Mohrbach. Das nennt man Aggressionstherapie.«

»Ach, was es nicht alles gibt«, erwiderte Käthe beeindruckt. »Davon muss ich unbedingt meiner Mitpatientin Natascha erzählen, weil der rutscht die Hand auch mal aus - ganz besonders bei aufmüpfigen Vorgesetzten. Die hat ihrem Chef mal die Nase gebrochen, aber pssst! Sie haben ja Schweigepflicht, gell.« Sie grinste.

Malte klatschte zweimal in die Hände und beendete seine außergewöhnliche Therapiestunde, dann verabschiedete er sich mit den Worten, dass bereits der nächste Patient auf seine therapeutischen Tipps und Ratschläge warte.

Schnaufend lehnte sich Andi gegen eine Sprossenwand und erklärte mit leuchtenden Augen, dass ihm der Sport helfe, sein verkorkstes Leben zu verarbeiten. »Weißt du, Oma Käthe, wenn dich Mama und Papa plötzlich und unerwartet ohne jegliche Vorwarnung verlassen, dann darf man auch sauer sein und zuschlagen, meint Malte.«

»Soso, sagt der Herr Malte das. Wenn dein Freund Hans-Peter sich urplötzlich aus dem Staub macht und sich vom Balkon stürzt, bist du garantiert auch mordsmäßig sauer, oder?«

Andi nickte. »Ja, das war saudumm von ihm. Aber Malte hilft mir wirklich sehr, meine Kindheit, meine Jugend und mein Dasein als einsamer Erwachsener in den Griff zu bekommen.« Er schraubte seine Wasserflasche auf und trank wie ein Verdurstender daraus. Er hatte sich beim Sport völlig verausgabt.

»Du hast sicherlich mitbekommen, dass gestern Abend auf die Oberschwester geschossen wurde. Wo bist du eigentlich gewesen, nachdem dich das Taxi am Eingang der Küstenklinik abgesetzt hat?«

Der junge Mann schaute sie mit gerunzelter Stirn an. »Ich bin in mein Bett gegangen.«

»Hat dich jemand gesehen, als du durch die Lobby gegangen bist?«

»Oma Käthe, warum willst du das wissen?« Er wischte sich mit einem grasgrünen Handtuch den Schweiß vom Gesicht.

»Weil die Polizei alle befragen wird, die sich in der Nähe des Tatorts aufgehalten haben. Mich hatten sie auch schon im Verdacht«, flüsterte sie.

Andi schraubte den Deckel auf seine Wasserflasche und wandte sich zum Gehen. »Ich muss jetzt duschen, ich stinke wie ein Iltis. Tschüss.«

Sprachlos darüber, wie schnell Andi in der Umkleidekabine verschwand, blieb Käthe neben dem einsamen Boxsack stehen. Sie hatte ihn eigentlich noch fragen wollen, wo er sich an dem Abend aufgehalten hatte, als sein Freund Hans-Peter gestorben war, doch dazu kam es nicht mehr. Was verheimlichte Andi bloß? Gab es eventuell eine Verbindung zwischen ihm, Mohrbach und der Oberschwester?

Dann fiel ihr ein, dass Andi einmal erwähnt hatte, dass Mohrbach ihm Flirttipps gegeben hatte, damit er bei Frauen besser landen konnte. War Gundula demnach vielleicht ein Übungsstück gewesen und hatte sterben sollen, da sie nur Augen für den Chefarzt hatte und Andi bei ihr abgeblitzt war?

Käthes kuriose Überlegungen endeten abrupt, als ein junger Mann in Radlerhose und hautengem T-Shirt auf sie zukam.

»Sie kommen auch zum Spinning-Kurs?«, fragte er gut gelaunt.

»Nein! Ich spinne nicht - ich ticke absolut normal«, reagierte sie noch ganz in Gedanken versunken.

»Sie können sich gern ein Fahrrad aus dem Raum dahinten nehmen, wir starten in zehn Minuten. Ich habe wieder coole Techno-Mucke dabei.«

Käthe sah den Sportler an. »Tut mir leid, mit Radfahren habe ich es nicht so und bei Techno kriege ich nur Herzrhythmusstörungen.« Dann hob sie Andis schweißgetränktes Handtuch vom Boden auf und nahm es mit nach draußen. Wer konnte schon sagen, wofür dieses Beweismittel zum DNA-Abgleich noch gut sein würde, denn plötzlich hatte sie einen neuen Tatverdächtigen - ausgerechnet ihren Möchtegern-Enkel. Aber Familie konnte man sich nun mal nicht aussuchen.

Kapitel 23

Hinnerk saß wie immer auf seiner Terrasse im gemütlichen Strandkorb und rauchte seine Pfeife. Hund Oskar lag ihm zu Füßen und genoss die Sonnenstrahlen, die sein Fell so hübsch glänzen ließen. Vor dem alten Ex-Kommissar lag das Sylter Tagblatt, auf dessen Titelseite bereits vom Mordanschlag auf die Krankenschwester berichtet wurde. Daneben lag ein Block, auf dem er sich einige handschriftliche Notizen gemacht hatte, denn soeben hatte ihn die Witwe Mohrbach angerufen. Das Ergebnis des Gesprächs konnte eine entscheidende Wendung im Fall des toten Kurgastes liefern, deshalb hatte er seiner Verbündeten eine Nachricht an der Rezeption der Kurklinik hinterlassen. Telefonieren konnte er ja nicht mit ihr, da ihr Smartphone von der KTU in Flensburg analysiert wurde, um auf Nummer sicher zu gehen, dass sie keinen Auftragskiller engagiert oder sonstige verdächtige Textnachrichten verschickt hatte.

Als Käthe wenige Minuten später auf die Terrasse trat, fiel die Begrüßung allerdings sehr unterkühlt, ja geradezu frostig aus, und das lag keinesfalls am böigen Wind.

»Es ist eine bodenlose Frechheit, dass Ihr Sohn mich wie eine Tatverdächtige behandelt«, schimpfte Käthe. »Nur weil der Chefarzt uns zusammen im Restaurant gesehen hat, heißt das noch lange nicht, dass ich später die Oberschwester abknalle. Das ist absolut lächerlich!« Sie stemmte die Hände in die Hüfte und wartete auf eine Erklärung. Und eine Entschuldigung. Oder im besten Falle beides.

»Da muss ich meinen Nils wirklich in Schutz nehmen, er hat auf jeden Fall richtig gehandelt, indem er allen Zeugenaussagen nachgegangen ist. Seien Sie froh, dass er Sie nicht in U-Haft geschickt hat«, erwiderte Hinnerk ruhig.

»Na, so weit kommt's noch. Ich bin zur Kur hergekommen und nicht, um im Knast zu landen. Pfeifen Sie Ihren Junior auf der Stelle zurück und mein Handy will ich auch wiederhaben. Ich habe nicht auf Gundula geschossen!«, schrie sie ihn an, damit er es endlich kapierte.

»Bitte nicht so laut«, versuchte er sie zu beruhigen. »Wir wollen ja nicht, dass die Nachbarn etwas mitbekommen, und ich kann ...«

»Papperlapapp. Ihre Nachbarn sind mir schnurzpiepegal«, fiel sie ihm ins Wort. »Es steht doch eh alles in der Zeitung, und ich muss erst von meiner gehbehinderten Mitpatientin erfahren, dass die Oberschwester gar nicht tot ist, sondern nur schwerverletzt. Ihr Sohn hätte mich darüber aufklären müssen, dass niedergeschossen nicht mit erschossen gleichzusetzen ist.«

»Na, Frau Bohneberger, den Unterschied sollte man ja wohl kennen. Außerdem ist er Kriminalkommissar - kein Germanist.«

»Ich war in einem Schockzustand!«, verteidigte sie sich. »Zum Glück habe ich diesmal nix zur Beruhigung gespritzt bekommen wie beim Fund vom Mohrbach. Zudem dürfen Sie nicht vergessen, dass ich keine Polizistin bin, sondern Hobbyermittlerin. Ich kann auch alles hinschmeißen, weil ich echt die Faxen dicke habe. Ich opfere meine Freizeit, verzichte auf Wassergymnastik und als Dank werde ich als Täterin verdächtigt. Ich platze gleich!« Käthe war stinksauer und obwohl sie wusste, dass der alte Rasmussen gar nichts dafür konnte, musste er als Prellbock herhalten.

Kaum hatte sie ihre Schimpftirade beendet, stand er auf. »Es ist vielleicht nicht der beste Zeitpunkt, aber ich finde, wir sollten uns duzen. Ich bin Hinnerk!« Es streckte ihr die Hand entgegen.

»Hä?«, machte Käthe entsetzt, mit so einer Reaktion hatte sie nicht gerechnet. »Ich will mein Handy und nicht das Du angeboten bekommen. Ist das jetzt so ein psychologischer Trick, um mein Vertrauen zu erschleichen? Mir ist klar, dass Vater und Sohn immer zusammenhalten, weil Blut dicker als Wasser ist, aber dass er mich in dem Glauben lässt, sie wäre tot, finde ich schon ein starkes Stück.«

»Sie ist hirntot. Ihr Leben hängt nur noch an Maschinen und Schläuchen«, berichtigte der Ermittler sie.

Käthe schluckte. Ihr Herz und ihr Puls rasten um die Wette, denn diese Information war genauso tragisch wie die Annahme, dass die Oberschwester in den Dünen gestorben sei.

Um sich einigermaßen von ihrer Wutrede zu beruhigen, begann Käthe, den Golden Retriever zu streicheln.

»Ich glaube dir natürlich, dass du mit dem Schuss in den Kopf der Pflegedienstleiterin nichts zu tun hast«, stimmte Hinnerk nun versöhnlichere Töne an. »Wir beide sind doch ein Spitzenteam, wir wollen den wahren Täter gemeinsam hinter Schloss und Riegel bringen.«

Sie stöhnte niedergeschlagen. »Nur damit Sie es wissen, die letzte Person, die mir das Du angeboten hat, kämpft gerade auf der Intensivstation ums Überleben.« Nachdenklich kraulte sie Oskar weiter, bis dieser sich vergnügt auf den Rücken warf und alle viere von sich streckte. Erst da gab sie sich einen Ruck und willigte ein. »Na, meinetwegen, ich bin die Käthe, jetzt ist auch alles egal.«

»Soll ich uns einen Kaffee machen? Es gibt nämlich interessante Neuigkeiten.«

»Nein! Duzen gern, aber ohne Kaffee«, wehrte sie ab. Sie wollte keinesfalls noch einmal Kreislaufprobleme von seinem

Gebräu bekommen, damit konnte man vermutlich sogar Tote wieder quicklebendig machen.

Der Kriminaler nickte und bat Käthe, bei ihm am Terrassentisch Platz zu nehmen. »Es gab heute zwei Telefonate, über die ich dich gern informieren möchte«, begann er und tippte mit dem Zeigefinger auf seinen Notizblock. »Zum einem habe ich das Alibi von Frau Natascha Gawinski überprüft. Ihre Freundin hat tatsächlich bestätigt, dass sie bis circa Mitternacht mit ihr telefoniert hat, da sie Tipps für ein Bewerbungsgespräch von ihr haben wollte, das am nächsten Tag anstand.«

»Na, Gott sei Dank, dann habe ich die letzten Tage wenigstens nicht mit einer eiskalten Killerin am Tisch gesessen. Ich frage mich nur, warum jemand Tipps von einer haben will, die ihrem Chef die Nase gebrochen hat? Egal. Könnte sie denn die Oberschwester auf dem Gewissen haben?«

»Nein, ich vermute, wir haben es bei Mohrbach und der Krankenschwester mit ein und demselben Täter zu tun, ich hatte nämlich noch ein Telefonat, das mich zu der Annahme kommen lässt.«

»Na, jetzt wird es interessant.« Käthe beugte sich vor und widmete ihre Aufmerksamkeit ganz dem Alt-Kommissar.

»Frau Mohrbach rief mich vor einer halben Stunde an, weil ihr etwas Merkwürdiges aufgefallen ist, als sie einen Blick auf das Onlinekonto ihres verstorbenen Mannes geworfen hat, sie kannte die Login-Daten«, begann Hinnerk.

»Das Konto ist leergeräumt?«, warf Käthe ein.

»Falsch! Genau das Gegenteil ist der Fall. Ein paar Tage, bevor ihr Mann starb, ist ein Betrag von 10.000 Euro an ihn überwiesen worden, und jetzt rate mal, von wem?«

»Regina?«, schoss es sofort aus Käthe heraus. »Also hat die Gina Popobrigida ihm doch Schweigegeld gezahlt, damit er niemandem von ihren Machenschaften in den Schmuddelfilmchen erzählt?«

»Kalt.«

»Der Chefarzt?«, riet Käthe weiter. »Vielleicht hat Mohrbach aus irgendeinem Grund von ihm ein Schweigegeld bekommen und keine schnöden Beautybehandlungen wie ich?«

»Eiskalt. Ich werde es dir sagen: Andreas Lessing hat ihm diesen Betrag per Onlinebanking von der Volksbank Freiburg überwiesen.«

»Andi? Aber warum?« Käthe war von dieser Neuigkeit maßlos überrascht.

Hinnerk zuckte mit den Schultern. »Genau das gilt es herauszufinden. Ebenso müssen wir erfahren, wo er sich am Dienstabend und gestern Abend aufgehalten hat.«

»Na, Letzteres kann ich dir gern verraten. Gestern war er kurz vor dem Angriff in unmittelbarer Nähe des Tatorts«, sagte Käthe und berichtete von dem Vorfall im Restaurant sowie von ihrem Aufeinandertreffen beim Boxtraining. Anschließend zog sie das verschwitzte grüne Handtuch aus ihrer Tasche hervor. »Da ist ein bisschen Arbeit für die Spusi, nicht, dass den Damen und Herren langweilig wird.« Sie grinste.

»Also wenn wir davon ausgehen, dass der gleiche Täter bei Mohrbach und der Oberschwester zugeschlagen hat, fehlt mir nur noch die Verbindung zwischen den dreien«, erwiderte Hinnerk.

»Vielleicht gab es zwischen den beiden Männern doch einen Streit um die Oberschwester, so wie du bereits vermutet hattest.«

»Du meinst, sie hatten eine Dreiecksbeziehung?« Er kraulte nachdenklich seinen Bart.

»Keine Ahnung, zumindest hatte sie eine heimliche Affäre mit dem Chefarzt, das hat sie mir gestern brühwarm anvertraut, da war sie allerdings schon etwas angetrunken. Vielleicht ist Dr. Paulsen, der ja mit seiner Gattin im gleichen Restaurant speiste wie wir, später dahin zurückgekommen und hat auf sie geschossen?«, mutmaßte Käthe. »Oder es war die eifersüchtige Ehefrau, die ihre Nebenbuhlerin abgeknallt hat. Ein klassisches Eifersuchtsdrama.«

»Käthe, jetzt bleib bitte sachlich. Die Ehefrau von Dr. Paulsen hat doch nichts mit dem Mohrbach zu tun. Es muss jemand sein, der mit beiden Opfern Kontakt hatte. Paulsens Gattin gibt ihrem Mann für gestern Abend ein Alibi, sie hat nämlich ebenfalls mit Nils gesprochen«, erklärte er, dann tippte er mit der Bleistiftspitze auf seinen Notizblock und sah Käthe an. »Was ist eigentlich mit der BH-Besitzerin und diesem Pornostar?«

»Vergiss es. Die eine hat mit ihrem Sohn geskypt und die andere läuft am Gehwägelchen. Außerdem waren beide gestern Abend zusammen in der Weinstube und geben sich damit gegenseitig ein Alibi. Die zwei kannst du also von der Tatverdächtigenliste streichen.«

Hinnerk steckte sich die dampfende Pfeife in den Mund und zog daran. »Tja, dann bleibt nur noch Andreas Lessing übrig«, zog er sein Fazit.

»Den werde ich mir vorknöpfen, ich habe einen guten Draht zu ihm. Er behandelt mich wie seine Oma, hat wohl irgendeine Persönlichkeitsstörung. Ach, da fällt mir ein, was ist eigentlich mit Nachtschwester Dörte?«

»Was soll mit ihr sein?«

»Sie hatte Dienst, als Mohrbach starb, und sie hat mir gegenüber erwähnt, dass Sie die Oberschwester als Oberfeldwebelin erlebt. Vielleicht war es ein versuchter Mord an der Vorgesetzten?«

Hinnerk brummte in seinen Bart, dass er diese Theorie

noch gar nicht in Betracht gezogen habe, und versicherte, sich um die Dame zu kümmern. »Außerdem spreche ich mit Nils, damit du dein Handy schnellstmöglich wiederbekommst. Ich will nicht jedes Mal über Frau Thomsen mit dir in Kontakt treten müssen.«

»Perfekt, dann schaue ich mal, was ich in Sachen Andi und den ominösen 10.000 Euro herausbekommen kann«, sagte Käthe und fügte hinzu: »Könntest du mich in die Klinik zurückfahren?«

»Auf dem Rad?«

»Nein. Mit dem Auto«, erwiderte sie entschieden.

Hinnerk zuckte die Achseln. »Tut mir leid, ich habe zurzeit keinen Führerschein.«

»Wie bitte?« Sie lachte laut auf. »Du nimmst mich wohl auf den Arm. Ein Kommissar ohne Auto, das glaube ich dir nicht. Hast du früher die Verfolgungsjagd mit dem Drahtesel aufgenommen? Da frag ich mal lieber nicht nach deiner Aufklärungsquote«, kicherte sie.

»Ein Auto habe ich schon, aber ich darf es gerade nicht fahren«, gab er ausweichend zurück, dann machte er eine wegwerfende Handbewegung. »Ist eine längere Geschichte, ich bin auch nicht perfekt. Man muss mich halt mit all meinen Ecken und Kanten und Fehlern mögen, oder nicht?«

»Natürlich«, bestätigte die tolerante Käthe. »Schau mich an, ich bin manchmal etwas zu impulsiv, wie du eben wohl gemerkt hast. Mich muss man also auch nehmen, wie ich bin.« Sie zwinkerte ihm zu und Hinnerk schmunzelte.

»Eine Frau mit Biss und Temperament. Jemand wie du hat mir auf Sylt gefehlt.«

Käthe erschrak. »Hinnerk, flirtest du etwa mit mir? Wenn ja, lass das ganz schnell sein. Mit Kollegen fängt man nichts an, das ist viel zu kompliziert. Ich habe mir immer geschworen: Don't fuck the company, und bis heute: Toi, toi, toi.« Sie klopfte dreimal mit dem Fingerknöchel auf den Terrassentisch. »Würdest du mir dann bitte ein Taxi rufen, weil dein Gepäckträger kommt für mich nicht infrage, und nein, mein Hintern hat mit dieser Entscheidung nichts zu tun.«

Hinnerk nickte und ging ins Wohnzimmer zum Festnetztelefon. Vom Fenster aus beobachtete er Käthe, wie sie mit Oskar Stöckchenwerfen spielte. Der Hund mochte sie. Und Hinnerk irgendwie auch. Er war froh, sich endlich nicht mehr so einsam zu fühlen, und eine große Gemeinsamkeit hatten sie schon mal: einen Mord aufklären!

Kapitel 24

Am Nachmittag hatte der moppelige, groß gewachsene Andi die Boxhandschuhe gegen eine XXL-Badehose eingetauscht und sprang jetzt vom Drei-Meter-Brett in den hauseigenen Pool. Arschbombe!

»Sag mal, geht's noch?«, beschwerte sich Heidi, die im geblümten Badeanzug versuchte, in Ruhe ihre Bahnen zu schwimmen. Mit zusammengekniffenen Augen paddelte sie hilfesuchend wie ein angeschossener Seehund an den Beckenrand. »Immer diese blöden jungen Kerle. Kein Benehmen und kein Respekt vor Brustschwimmerinnen. Das ist hier kein Abenteuerspielplatz, sondern immer noch ein Schwimmbecken!«

Doch der einst so schüchterne 23-jährige Andi scherte sich einen feuchten Dreck darum. »Das ist alles Teil meiner Therapie. Ich muss mehr an mich denken«, antwortete er und kletterte gleich wieder die Leiter hoch für den nächsten Sprung.

Regina reichte ihrer neuen Busenfreundin Heidi spontan eine neongelbe Schwimmnudel, begleitet von der Aufforderung, dem Rabauken beim nächsten Mal ordentlich die Fresse zu polieren. »Keene Sorge, dit is' Schaumstoff, da kannste ruhig kräftig zuschlagen.«

Der einstige Pornostar war ebenfalls im Becken und vollführte anspruchsvolle Verrenkungen, denn bei ihr stand Wassergymnastik auf dem Therapieplan, um ihre Gleichgewichtsprobleme in den Griff zu bekommen. »Unser Milchbubi wird wohl ein bisschen übermütig, wa?«

Ganz und gar nicht übermütig, sondern im aktiven Flirtmodus saß Natascha in ihrem Bikini auf einer weißen Plastikliege, nuckelte lasziv an ihrem Aperol-Spritz und spitzte ihre

Lippen zu einem Kussmund. »Das darf doch echt nicht wahr sein. Der guckt nicht mal rüber. Glaubst du, dass der schwul ist?«, fragte sie ihre Liegennachbarin.

Käthe zuckte gelangweilt die Schultern. Sie war nur wegen Andi hergekommen, um ihn auf die hohe Geldüberweisung an Hans-Peter anzusprechen. Daher würde sie geduldig warten, bis dieser seinen Badespaß und das Nassspritzen von Bayern-Heidi beendet hatte. Dass Natascha allerdings ein Auge auf ihn geworfen hatte, wirkte auf sie befremdlich.

»Ist der Andi nicht etwas zu jung für dich?«, fragte sie daher.

»Ich rede doch vom Bademeister!«, stellte Natascha klar. »Der ist ganz schön sexy, aber mich behandelt der wie Luft.«

»Deine Trauerphase ist ja schnell vorbei.«

Natascha seufzte. »Tja, meine biologische Uhr tickt nicht nur hörbar laut, sie ist wie eine Zeitbombe, die hochgehen könnte, bevor ich ein eigenes Kind bekomme. Weißt du, Käthe, so im Nachhinein betrachtet war der Hans-Peter rein optisch überhaupt nicht mein Geschmack. Er war halt da, um meinen Kinderwunsch zu erfüllen, und natürlich weiß ich, dass das egoistisch von mir gedacht war. Ich wollte mir nur einen anonymen Samenspender ersparen, dann lieber einen Typen mit Sandalen und weißen Socken. Hauptsache, er kann im richtigen Moment liefern, wenn du verstehst, was ich meine.«

Käthe schmunzelte. »Also ich habe ihn ja nur tot kennengelernt, aber Männer mit derart unterirdischem Modegeschmack würde ich nicht mal mit der Kneifzange anfassen. Irgendwo hat alles seine Grenzen.«

Natascha rührte mit dem Strohhalm in den Eiswürfeln in ihrem Glas herum. »Man darf nicht so engstirnig sein. Wenn man zu keinen Kompromissen bereit ist, bleibt man eben

Dauersingle. Der sexy Bademeister da könnte meinetwegen Kompressionsstrümpfe in seinen Badeschlappen tragen und trotzdem würde ich ihn nicht von der Bettkante schubsen. Aber der guckt ja nicht ein einziges Mal her. Der kann doch nur schwul sein, oder? Anders kann ich es mir nicht erklären, dass der so demonstrativ wegschaut.« Sie räkelte sich auf ihrer Liege und streckte die Brust anzüglich heraus, um ihre Reize zu betonen, aber der Bademeister hatte nur Augen für Andi, den er mittlerweile zum zweiten Mal anpfiff, weil er die Damen von der Wassergymnastikgruppe mit seinen Arschbomben störte.

»Andi! Kommst du mal bitte«, rief Käthe und winkte den Aufmüpfigen zu sich, da der gerade Badeverbot bekommen hatte. Fürs Erste zumindest.

Mit klappernden Zähnen kam er zu ihr geflitzt und stellte sich direkt vor Nataschas Liege, die nun auf viel helle Haut und einen eher unförmigen Körper schauen musste, statt auf das Objekt ihrer Begierde.

»Gehst du mir bitte aus dem Blickfeld?«, sagte Natascha und wedelte mit der Hand.

»Du darfst nicht so passiv daliegen. Geh zu ihm rüber und sag, dass er bestimmt dringend eine Erfrischungspause benötigt, dann lade ihn auf einen Drink an der Bar ein«, schlug Käthe vor. Schließlich wollte sie mit Andi allein sein, da konnte sie keine Zuhörerin gebrauchen.

Tatsächlich nahm Natascha den Flirt-Tipp an und tapste barfuß auf den rutschigen Fliesen zu dem Aufpasser über das Schwimmbecken.

»Na, Oma Käthe, was gibt es?«, fragte Andi und trocknete sich mit einem Handtuch ab.

»Schön zu beobachten, wie du jeden Tag ein Stück mehr aufblühst. Was sage ich, nicht jeden Tag, eigentlich jede Stunde. Heute Morgen noch am Boxen und jetzt bist du eine kleine Wasserratte.« Sie strahlte ihn freundlich an.

»Der Sport lenkt mich echt gut ab«, bestätigte Andi. »Ohne Maltes Hilfe wäre ich wohl in meinem seelischen Schmerz ertrunken. Außerdem will ich ein paar Kilos abnehmen«, er schlug sich lachend auf den weichen Bauch.

»Darf ich dich mal etwas sehr Persönliches fragen?«, begann Käthe. Sie hatte Angst, dass Natascha bald wieder auftauchen würde, weil sie einen Korb vom Bademeister bekam, daher drängte die Zeit.

»Selbstverständlich, Oma Käthe. Ich habe schon sechs Kilo abgenommen. Du kannst das auch schaffen, komm halt mal mit zum Boxen.«

Sie winkte ab und rutschte mit ihrer Liege etwas näher an ihn heran, dann flüsterte sie: »Ich weiß, dass du deinem Freund Hans-Peter 10.000 Euro überwiesen hast. Warum?«

Traurig senkte er den Kopf. »Das Geld kriege ich wohl nie wieder. Es war ja nur geliehen, nicht geschenkt. Trotzdem werde ich davon vermutlich keinen Cent mehr sehen, jetzt, wo er tot ist.«

»Warum überweist du ihm überhaupt einen so hohen Betrag? Hatte er irgendwo Schulden und du solltest ihm aus der Patsche helfen?«, hakte Käthe nach.

»Nein. Er wollte sogar noch mehr Geld, aber ich habe mich geweigert. Glaubst du, dass ich schuld daran bin, dass er sich umgebracht hat, nur weil ich ihm für seine OPs kein Geld leihen wollte? Man muss sich doch so akzeptieren, wie man ist. Malte sagt mir das jedes Mal, wenn ich eine Sitzung mit ihm habe.«

»Welche OPs?« Käthe ging davon aus, dass es sich angesichts des Tumors um eine komplizierte Hirn-OP handeln könnte, die er auf eigenes Risiko hatte durchführen lassen wollen. Und auf eigene Kosten, doch Andi verneinte.

»Hans-Peter wollte sich mehreren Schönheitsoperationen unterziehen, weil er unbedingt ein komplett neues Leben führen wollte. Fettabsaugung, Po-Lifting, sich seine kleinen Männerbrüste wegmachen lassen, keine Ahnung, was er noch alles auf der Liste stehen hatte«, zählte er auf. »Er war im Schönheitswahn!«

Jetzt war Käthe perplex, aber Andi redete munter weiter.

»Stell dir vor, einen Termin für die Haartransplantation hatte er auch schon. Er sprach von nichts anderem mehr, nur noch davon, wie er jünger und attraktiver aussehen könnte, um noch besser bei den Frauen anzukommen.«

»Einfach Sandalen und Socken weglassen«, rutschte es Käthe heraus. »Bist du dir ganz sicher, dass das Geld nicht für etwas anderes gedacht war?«

»Absolut. Er hatte sogar schon eine Botoxbehandlung bekommen, um seine Stirn zu glätten. Dr. Paulsen hat ihm angeblich einen guten Preis gemacht.«

»Dr. Paulsen? Das ist ja interessant«, stellte Käthe überrascht fest und plötzlich fing es in ihrem Kopf an zu rattern. Standen die Todesfälle etwa in Zusammenhang mit einer vermurksten Schönheitsoperation? Hatte Hans-Peter Mohrbach vielleicht sterben müssen, weil sein Hintern nach dem Lifting schlimmer aussah als vorher und er deshalb die Klinik verklagen wollte?

»Willst du dich etwa auch glatt bügeln lassen?«, unterbrach Andi ihre Gedanken.

Käthe strich ihm über die Wange und verneinte. »Ich will keine Wachsfigur sein, ich will meine Mimik behalten«, beruhigte sie ihn, dann unternahm sie einen neuen Anlauf, herauszufinden, wo Andi am vergangenen Abend gewesen war, nachdem er betrunken aus dem Restaurant geworfen wurde, doch der junge Mann wehrte ihre Neugier erneut ab.

»Darüber will ich nicht reden. Ich habe aber nichts Verbotenes getan. Weißt du, Oma, manchmal braucht man Alkohol, um sich Mut zu machen, wenn du verstehst, was ich meine.«

Käthe stand auf dem Schlauch. »Du hast eine Mutprobe gemacht?«

Nervös rutschte Andi auf der Liege herum, dann sagte er ganz leise: »Ich habe eine hübsche Frau kennengelernt und jetzt bin ich verknallt. Ich habe ihr gestern meine Liebe gestanden.« Er strahlte vor Stolz.

»Ach, wirklich«, gab Käthe erstaunt zurück. »Das freut mich für dich. Dann hast du also auch einen Kurschatten. Willst du mir ihren Namen verraten?«

Er zögerte kurz, ehe er sagte: »Sie heißt Dörte. Sie ist ein bisschen älter als ich und arbeitet hier immer nachts, da haben wir uns kennengelernt.«

»Ach, die Frau ohne Pferdeschwanz«, entfuhr es Käthe und im selben Moment schoss ihr der Gedanke durch den Kopf, dass die Typveränderung auch mit einer neuen Liebe in Zusammenhang stehen könnte. »Liebe kennt kein Alter«, sagte sie, klopfte ihm aufmunternd auf die Schulter und drückte Andi die Daumen, dass seine Gefühle erwidert wurden. Dann zog sie ihren weißen Bademantel über und lief in ihren Flip-Flops mit unsicheren Schritten Richtung Ausgang, den Blick fest auf den Boden gerichtet. So kurz vor der Aufklärung des Falles konnte sie keinen Oberschenkelhalsbruch durch einen Sturz auf den glatten Fliesen riskieren, denn sie war fest davon überzeugt, dass die Schönheitsoperationen eine neue heiße Spur sein könnten, der sie unverzüglich auf den Grund gehen wollte. Es passte so wunderbar dazu, dass Oberschwester Gundula neuerdings im Geld schwamm. War sie demnach Dr.

Paulsens Assistentin bei den teuren Operationen und der Arzt hatte sie aus dem Weg räumen wollen, weil es Stress in der Beziehung gab? Oder mit dem Schönheitsbusiness?

Aus dem Augenwinkel registrierte sie, wie Natascha mit verschränkten Armen vor der Brust frustriert am Beckenrand saß und die Füße ins Wasser hielt, dann schrie sie zu Regina rüber: »Schmeiß mir mal deine Schwimmnudel her, ich krieg schon wieder solche Aggressionen, weil man mich wie Luft behandelt.«

Kurze Zeit später stand Käthe vor dem Chefarztzimmer und klopfte energisch gegen die Tür, dabei drückte sie wiederholt die Klinke nach unten. »Hallo! Aufmachen!«

»Das können Sie vergessen, Frau Bohneberger. Herr Dr. Paulsen ist nicht da. Wir haben Samstag Nachmittag.« Assistenzarzt Julian Jäger war plötzlich hinter ihr aufgetaucht. »Was wollen Sie denn von ihm, ich bin doch Ihr behandelnder Arzt?« Skeptisch zog er die Augenbraue hoch.

Käthe überlegte, wie sie es am geschicktesten anstellen sollte, eine Überleitung zu ihrem eigentlichen Anliegen zu schaffen, dann wandte sie sich mit einem gewinnenden Lächeln an den hübschen Assistenzarzt.

»Also, ich frage das jetzt nicht für mich, sondern für eine Freundin: Macht Herr Dr. Paulsen Botoxbehandlungen und wie teuer ist das?«

Die Mundwinkel des jungen Arztes fuhren nach oben und er präsentierte sein schönstes Zahnpastalächeln. »Na, dann kommen Sie mal mit.«

Er machte eine Geste, dass sie ihm folgen solle, und gemeinsam gingen sie durch das Treppenhaus in den Keller. Dort liefen sie einen ewig langen Flur entlang, an dessen Ende

Julian Jäger eine mausgraue Tür aufschloss, auf der geschrieben stand: »OP! Zutritt für Unbefugte nicht gestattet.«

»Willkommen im Reich der Schönheitsklinik. Hier können Sie sich schon ab 200 Euro aufwärts Stirnfalten, Krähenfüße oder die Zornesfalte mit Botox wegspritzen lassen. Na, was sagen Sie?«

Käthe war sprachlos.

Mit Schmackes schob er die OP-Tür hinter ihr zu, sodass sie donnernd ins Schloss fiel

Erschrocken blickte sich Käthe in dem tristen Raum um, in dessen Mitte ein höhenverstellbarer Behandlungsstuhl stand, über dem eine riesengroße OP-Lampe hing.

»Na, setzen Sie sich doch. Nur nicht so schüchtern, Frau Bohneberger. Das tut nicht weh. Was hätten Sie denn gern?« Routiniert zog er sich Latexhandschuhe über. »Im Prinzip ist mein Job mit dem eines Kfz-Mechanikers vergleichbar, nur habe ich kein zerbeultes Blech vor mir, sondern runzlige Haut.« Er lachte und betonte, dass man ihn im Kollegenkreis gern als Witzbold bezeichne.

Käthe wurde schlagartig kurzatmig, ihr war überhaupt nicht zum Spaßen zumute. »Nein, nein, ich will kein Schlangengift, ich habe wirklich nur für eine Freundin gefragt. Ich will so faltig bleiben, wie ich bin«, versicherte sie. »Wobei, ich werde immer zehn Jahre jünger geschätzt - mindestens. Ich schwöre auf ganz normale Feuchtigkeitscremes, das hat bei mir gut geholfen. Und die Gene natürlich!«

Julian Jäger reagierte nicht darauf, stattdessen begann er, in den Schubladen zu wühlen.

»Sagen Sie mal, wer führt diese Schönheitsbehandlungen eigentlich durch? Ist das überhaupt legal?«

»Machen Sie sich keine Sorgen«, antwortete der Mediziner, der immer noch in den Schubladen herumkramte. »Das ist alles rechtens, denn jeder Arzt mit beruflicher Zulassung darf Sie mit Botox versorgen - nur kein Tierarzt«. Er lachte. »Setzen Sie sich jetzt bitte ruhig hin und entspannen Sie sich. Das tut nicht weh, versprochen.«

Käthe war alles, nur nicht entspannt. Dennoch nahm sie auf dem mit weißem Leder bezogenen Stuhl Platz und blinzelte in das grelle Licht. »Herr Jäger, eigentlich will ich eine richtige OP. So ein strammer Latina-Popo war immer mein Traum«, log sie. »Machen Sie das auch?«

»Nein, wir sind keine plastischen Schönheitschirurgen. Sie sprechen sicher vom sogenannten Brazilian-Butt-Lifting, das gilt als der gefährlichste Eingriff unter den Schönheits-OPs. Dem Patienten wird dabei von anderen Körperregionen Fett abgesaugt und in den Po gespritzt. Davon sollten Sie tunlichst die Finger lassen«, mahnte er mit erhobenem Zeigefinger.

»Apropos Fett. Ich weiß, dass Herr Mohrbach sich auch Fett absaugen lassen wollte, nachdem er mit seiner von Herrn Dr. Paulsen gebotoxten Stirn so glücklich und zufrieden war. Das wird doch dann bestimmt hier nebenan durchgeführt?« Sie zeigte auf die graue Schiebetür, die einen Spalt offen stand und den Blick auf einen OP-Tisch aus Edelstahl freigab.

»Frau Bohneberger, Sie hören mir wohl nicht gut zu«, reagierte der junge Arzt etwas ungehalten. »Bei uns wird niemand operiert, weil wir keine Chirurgen sind.«

Er war mittlerweile dazu übergegangen, Schränke zu öffnen und darin herumzuwühlen. Da der Suchende Käthe dabei den Rücken zuwandte, sprang diese kurzerhand vom Behandlungsstuhl und schob schwungvoll die Tür zum angrenzenden OP-Raum auf.

»He, was machen Sie da?«

»Ich bin nur neugierig.« Interessiert schaute Käthe sich in

dem sterilen Raum um, in dem die gekachelten Wände dafür sorgten, dass ihre Worte dumpf klangen und hallten.

»Früher war die Küstenklinik noch ein privates Krankenhaus und hier unten wurden die Patienten operiert«, erklärte Julian Jäger, »aber das ist mindestens dreißig Jahre her. Dr. Paulsen hat die Klinik von seinem Großvater übernommen.«

»Sind Sie da ganz sicher?«, fragte Käthe zweifelnd.

»Oder sogar vierzig Jahre?« Er kräuselte die Stirn. »Tja, zwei Krankenhäuser lohnten sich nicht für eine 15.000-Einwohner-Insel, daher hat sich Dr. Paulsen auf die Rehabilitation spezialisiert und alles saniert und umgebaut. Schräg gegenüber gibt es sogar noch ein MRT und eine Röntgenkammer. Ach, das ist alles so richtig alt, in meinen Augen ist das reif fürs Museum.«

Auf einmal entdeckte Käthe etwas unter dem OP-Tisch, sie bückte sich und zeigte auf einen dunklen Fleck am Boden. »Das ist doch Blut und garantiert keine Jahrzehnte alt. Können Sie mir das erklären?«

Der Arzt zuckte mit den Schultern und drängte Käthe plötzlich hastig Richtung Ausgang. Im Hinausgehen fiel ihr Blick auf ein paar Instrumente, die steril verpackt auf einer Ablage lagen. Sie glaubte Julian Jäger kein Wort, dass hier schon lange keiner mehr unterm Messer gelegen hatte.

»Kann es sein, dass hier andere Operationen durchgeführt werden, die gar nichts mit der plastischen Chirurgie zu tun haben?«, äußerte sie eine gewagte These.

Die Antwort war eine fest zugeschobene Tür und der Hinweis auf die ärztliche Schweigepflicht. Er bereue es zutiefst, ihr die OP-Räumlichkeiten überhaupt gezeigt zu haben, klagte der Assistenzarzt.

Anders als Käthe, die bereute nichts, denn ihr Puzzle fügte sich so langsam zusammen. Die Motive für den Mordanschlag auf die Oberschwester sowie der Mord an Hans-Peter Mohrbach mussten irgendetwas mit diesem unterirdischen OP zu tun haben. Rätselhaft blieb nur, wer die Verantwortung dafür trug.

Während sie hinausgingen, nahm Käthe wahr, dass Julian Jäger plötzlich nicht mehr so charmant wie bei ihrem Aufnahmegespräch war und auch nicht mehr so witzig wie gerade eben erst und bei dem Treffen an der Rezeption mit Frau Thomsen. Ob sie und Hinnerk die ganze Zeit auf dem Holzweg gewesen waren und in Wahrheit Julian Jäger die Oberschwester Gundula auf dem Holzsteg niedergeschossen hatte? Ihn hatten sie nämlich noch gar nicht auf ihrer Verdächtigenliste.

»Wo waren Sie eigentlich gestern Abend?«, nutzte sie ihre Chance, als sie vor dem Aufzug standen, doch der Arzt strafte sie mit Schweigen. Mehr noch, er ließ Käthe einfach links liegen und nahm statt des Aufzugs die Treppe. Er hatte es irgendwie besonders eilig, zu verschwinden.

Kapitel 25

Am späten Samstagnachmittag saß Heidi Reitmeyer auf einer der weißen Parkbänke vor der Küstenklinik, sie sah wie aus dem Ei gepellt aus. Ihr rot-weißes Dirndl mit den Puffärmeln und dem eng geschnürten Korsett saß wie angegossen, das konnte nur ihr tief ausgeschnittenes Dekolleté noch toppen, da dort ein dickes goldenes Herz an einer Kette baumelte.

»Nein, Käthe, ich will mit dir nicht über die verpatzte Nacht mit dem Hans-Peter sprechen. Ich will mir einen schönen Abend machen und das lasse ich mir bestimmt nicht von dir vermiesen.« Sie holte tief Luft und ergänzte: »Ich bin eine Witwe und stehe nun auch endlich dazu, weil ich den Tod meines geliebten Franz akzeptieren muss. Gott, hab ihn selig.« Sie bekreuzigte sich mit einem Blick zum Himmel, dann sah sie wieder Käthe an. »Ich werde heute eine Wiesn-Party in einem Country-Club besuchen, um mal wieder das Tanzbein zu schwingen.«

»In einem Country-Club?« Käthe schaute sie skeptisch an. »Da gehen doch nur die Steinreichen hin, zum Golfen oder Tennisspielen.«

Heidi fummelte einen zerknitterten Flyer aus ihrer Umhängetasche. »Hier, lies du, ich habe meine Lesebrille im Zimmer gelassen.«

»Willkommen zur Western-Party in unserem Country-Music-Club«, las Käthe laut. Sie hielt kurz inne, hob die Augenbraue und bemerkte, wie bei Heidi die Kinnlade herunterklappte. Dann las sie weiter. »Als besonderes Highlight begrüßen wir das Double von Superstar Dolly Parton, die unter anderem ihren Mega-Hit Jolene präsentieren wird.«

Peinlich berührt schaute Heidi an sich herunter und löste

automatisch die schwarze Schleife ihrer Dirndlschürze hinten am Rücken in der Mitte, die sie nach gutem Wiesnbrauch als Erkennungsmerkmal für verwitwete Frauen zum Einsatz gebracht hatte. Das würde ohnehin keinem Cowboy auf Sylt auch nur im Entferntesten auffallen.

»Tja, manchmal liest man das, was man lesen will, um ein bisschen Heimatgefühl und Gaudi in den hohen Norden zu bekommen, gell.« Käthe drückte ihre Hand, weil ihr die enttäuschte Heidi schon sehr leidtat.

»Und ich blöde Kuh habe für das Event hundert Euro hingeblättert - inklusive Spanferkelessen und Rodeoreiten. Da hätte ich schon ahnen können, dass da was nicht passt. Mit meinem Outfit würde ich mich da komplett blamieren.«

Käthe ermutigte sie, dennoch hinzugehen, empfahl ihr aber eine neutralere Kleidung. »Apropos Outfits. Ist dir in deiner wilden Nacht mit Hans-Peter vielleicht aufgefallen, dass er OP-Narben hatte oder einen Verband unter seinem Hemd trug?«

»Jetzt fängst du schon wieder damit an«, reagierte Heidi genervt. »Hör zu, Käthe, ich mache es kurz und schmerzlos: Wir hatten die ganze Zeit das Licht aus, weil ich mich eh so mies gefühlt habe, was Verbotenes zu machen, nur deshalb habe ich auch meinen BH bei ihm vergessen, weil ich irgendwann im Dunkeln geflohen bin und mir zu allem Überfluss den Zeh am Bettpfosten gestoßen habe. War's das? Warum fragst du nicht Natascha, die wird sicherlich besser Bescheid wissen als ich.«

»Ich weiß nicht, wo sie steckt, und mein Handy ist auch gerade ... ähm, ich habe es verliehen«, antwortete Käthe etwas kryptisch.

Heidi schnaufte nur und stand auf. »Bitte entschuldige

mich, ich würde mich gern umziehen, bevor ich mich auf dieser Cowboy-Party zum Volldeppen mache.«

»Western-Party«, korrigierte Käthe sie.

»Meine ich doch. So, ich gehe mich schnell umziehen.« Mit diesen Worten sauste sie Richtung Eingang, wo sie fast von Rolls-Royce-Schieberin Regina über den Haufen gefahren wurde.

Mit Karacho rollte diese auf Käthe zu, nahm neben ihr Platz und verkündete mit ernster Miene: »Käthe, ick hör ab sofort mit dem Rauchen auf. Ick schwör es dir.«

»Ach, woher kommt der plötzliche Sinneswandel?«

»Ick war heute nach der Wassergymnastik so was von fix und fertig. Zwischen den ganzen Rentnern kam ick mir vor wie eine alte Dampflok, die aus dem letzten Loch pfeift. Nee, ick muss mit der Qualmerei endlich aufhören.« Mit zitternden Fingern reckte sie ihren Glimmstängel in die Höhe. »Das ist meine letzte Kippe! Ein denkwürdiges Ereignis, das ick mit dir teilen darf, wa.«

»Sehr lobenswert und einsichtig von dir«, begrüßte Käthe die Entscheidung. »Eine gesündere Lebensweise wird dein Risiko für einen zweiten Schlaganfall garantiert senken.«

»Jawoll, Frau Professor Doktor Käthe, ick mach, was Sie mir raten«, witzelte die Berlinerin. »Aber meine Werte sind schon so spitzenmäßig. Stell dir vor, man hat mir sogar empfohlen, mich als Organspenderin zu melden.«

»Wie bitte? Dir? Einer Kettenraucherin? Du machst wohl einen Scherz.« Käthe konnte diesen Vorschlag überhaupt nicht nachvollziehen.

Gierig zog Regina an ihrer Zigarette und blies den Rauch aus. »Hat man dich bei der Infoveranstaltung für neue Patienten nicht darüber uffjeklärt, dass ne Organspende Leben retten kann und es dafür noch nicht mal ein Alterslimit gibt? Es kommt janz auf die individuelle Entscheidung des Arztes an, ob man für eine Spende seiner Organe infrage kommt, und die Warteliste der armen Kranken ist ja bekanntlich sehr lang. Aber man muss nicht unbedingt warten, bis man mausetot ist, ick würde jetzt auch schon spenden wollen, wenn durch mich ein Mensch wieder gesund wird, wa.«

Bei diesen Worten fügte sich plötzlich ein erschreckendes Bild in Käthes Kopf zusammen. Wurde der OP-Keller der Klinik etwa gar nicht für unzulässige Schönheitsoperation, sondern für Organspenden verwendet, also quasi bei lebendigem Leib? Sie schnappte nach Luft. »Regina, solltest du eine Niere spenden?«.

»Keene Ahnung. Meine Lunge werden sie wahrscheinlich nich' haben wollen, wa«, lachte sie mit ihrer rauchigen Stimme. »Die Oberschwester wollte ein Aufklärungsgespräch unter vier Augen mit mir führen, aber dazu wird's jetzt wohl nicht mehr kommen.«

Käthe ahnte Erschütterndes, gab sich jedoch weiter ahnungslos. »Wozu braucht man so ein Gespräch denn? Ich dachte immer, man füllt einen Organspendeausweis aus und trägt ihn im besten Falle ständig bei sich, damit die Ärzte sofort wissen, dass man die Organe entnehmen kann, wenn man nach einem Unfall irgendwo gefunden wird.«

»Keene Ahnung! Ick weeß von nüscht.«

»Hat der Hans-Peter auch so ein Gespräch mit der Oberschwester geführt?«, bohrte Käthe weiter nach.

Regina zuckte mit den Schultern. »Er war mit mir auf der gleichen Einführungsveranstaltung und hat sich auch in die Liste der Interessierten für die Organspende eintragen lassen, aber ob die zwei dann dieses Vier-Augen-Gespräch geführt haben, kann ich dir natürlich nicht sagen.«

»Hat die Oberschwester diese Veranstaltung eigentlich allein geführt?«

»Nee.« Regina klopfte ein wenig Asche von ihrer Zigarette.

»Natürlich«, rief Käthe aus, »zusammen mit dem Chefarzt.«

Regina nickte wortlos und Käthe klatschte freudig in die Hände. »Ich muss jetzt ganz dringend telefonieren, kannst du mir mal dein Handy borgen? Meins hat die Polizei nämlich beschlagnahmt.«

Einen Augenblick später stand Käthe unter einer mehrere Meter entfernten Birke, um ungestört sprechen zu können. Ungeduldig trommelte sie mit den Fingern gegen den Baumstamm, bis am anderen Ende endlich abgenommen wurde.

»Moin«, brummte Hinnerk, er klang wie immer - als wäre er gerade erst aufgestanden.

»Ich bin es. Ich habe einen schlimmen Verdacht, was in der Klinik vonstattengeht«, schnatterte Käthe sofort los.

»Entschuldigung. Wer spricht denn?«

»Na, ich, Käthe, deine Geheimwaffe. Ich rufe nur von einem fremden Gerät an, weil, na ja, du weißt ja warum, aber lassen wir das, sonst rege ich mich nur wieder auf. Ich glaube, der Mohrbach hat sich irgendwelche Organe entfernen lassen, und jetzt sind er und die Gundula tot - zumindest ist sie hirntot. Du musst sofort Dr. Paulsen festnehmen. Hast du mich verstanden?«

»Käthe, hast du getrunken?«, fragte Hinnerk ruhig.

»Ach, ist das jetzt deine professionelle Antwort, wenn ich hier knietief in dem Fall drinhänge, was eigentlich der Job der Kripo wäre?« Sie ärgerte sich maßlos über diesen dummen Kommentar.

»Ich kann dir einfach nicht folgen, weshalb ich Dr. Paulsen festnehmen soll.«

»Hör zu, ich habe da etwas wirklich Interessantes herausgefunden«, begann sie und sah sich hastig nach allen Seiten um, bevor sie leise weitererzählte - von dem OP im Keller, den Botoxbehandlungen und Reginas Anmerkung, dass sie von der Oberschwester als potenzielle Organspenderin angesprochen worden sei. »Die Gerichtsmedizin muss prüfen, ob Mohrbach eine Niere fehlt. Oder die Milz, oder die Galle oder weiß der Kuckuck was, denn ...«

»Käthe! Käthe«, fiel er ihr ins Wort, »beruhige dich bitte! Es ist wohl nichts Unübliches, dass medizinische Fachkräfte für die Organspende Werbung machen, um Menschenleben zu retten.«

»Aber vor so Leuten wie der Regina? Die raucht wie ein Schlot, von der möchte ich nichts gespendet bekommen«, flüsterte sie. »Was ist, wenn Dr. Paulsen mit der Oberschwester einen illegalen Organhandel betrieben hat? Deshalb auch diese Geheimniskrämerei um die anderen beiden Selbstmorde, die man unter den Teppich kehren wollte, da man auf gar keinen Fall die Polizei im Hause haben wollte. Wobei, mit dem jetzigen Wissen waren das vielleicht alles vermurkste Operationen und man hat die Leute dann einfach vom Balkon geworfen, um sie zu entsorgen, weil sie den Eingriff nicht überlebt haben.« Käthe spürte, wie sich allein bei der Vorstellung ihre Nackenhaare aufstellten.

»Stopp, Käthe, das waren eindeutige Suizide. Diese Fälle wurden von meinem Sohn bestens überprüft und abgeschlossen«, verteidigte er seinen Filius.

Doch Käthe hörte gar nicht richtig hin, sie war komplett angefixt von ihrer neuen Theorie. »Und weil die Oberschwester garantiert noch mehr Kohle wegen dem illegalen Organhandel mitverdienen wollte, hat der Chefarzt, der zugleich ihr heimlicher Geliebter war, sie kaltgemacht, weil sie immer geldgieriger wurde und vielleicht sogar drohte, ihn auffliegen zu lassen. Das war ihr Todesurteil! Glaub mir, es kann nur der Chefarzt sein, der hinter den Taten steckt.«

Hinnerk schnaufte. »Er hat ein Alibi für gestern Abend, übrigens das gleiche wie für den Abend von Mohrbachs Tod: seine Gattin.«

»Dann lügt sie.«

»Außerdem ist deine Anschuldigung mit dem illegalen Organhandel völlig aus der Luft gegriffen. Nur weil dir eine Mitpatientin davon berichtet hat, dass man sich auf der Einführungsveranstaltung nach Interessenten für eine Organspende erkundigte, ist das kein Beweis für illegale Aktivitäten in der Klinik. Du verrennst dich.«

»Da war ein Blutfleck auf dem Boden im OP«, beharrte Käthe. »Außerdem hat mir die Gundula anvertraut, dass sie sich eine Villa auf der Insel bauen lässt. Sie meinte, sie hätte geerbt, aber das glaub ich nicht, niemals. Ich wette mit dir, sie hat sich das Geld durch dubiose Organspenden ergaunert und kann sich nur deshalb so ein teures Eigenheim leisten.«

»Na, schön, hör zu. Ich fahre jetzt zum Chefarzt und frage mal nach, warum Leute bluten, wenn sie Botox mit einer Nadel gespritzt bekommen. Bist du zufrieden?«, fragte er leicht genervt.

»Nein! Ich komme mit. Ich rufe mir ein Taxi und wir treffen uns vor seinem Haus. Auf deinem klapprigen Drahtesel will ich nicht zu einem freilaufenden Mörder aufbrechen.«

Hinnerk lachte, gab ihr die Adresse durch und erwähnte, dass er sehr gern mit dem Rad unterwegs sei, da der Arzt gerade mal zehn Minuten von ihm entfernt wohne. Ebenfalls in Kampen.

Nachdem Käthe aufgelegt hatte, suchte sie nach der Visitenkarte des Journalisten vom Sylter Tagblatt in ihrem Portemonnaie und wählte seine Nummer. Er hatte ihr beim zufälligen Aufeinandertreffen im Empfangsbereich dazu geraten, sich bei ihm zu melden, sobald sie eine interessante Story für ihn parat hätte, und die hatte sie nun definitiv. Zumindest war sie auf dem Weg dahin.

»Guten Tag, Herr Friedrichsen, hier spricht Käthe Bohneberger. Sie wissen schon, die Miss Marple von der Küstenklinik, wegen dem plötzlichen Todesfall von Herrn Mohrbach, der mit Ihnen einen Termin vereinbart hatte.«

Der Reporter wusste sofort, wer in der Leitung war, und erklärte, dass er schon an sie gedacht habe, als er von dem versuchten Mord an der Oberschwester erfahren hatte. Die Berichterstattung darüber habe ein Kollege übernommen.

»Könnten Sie in der E-Mail, die Herr Mohrbach Ihnen geschrieben hat, bitte mal nachlesen, ob es da einen klitzekleinen Hinweis auf Organhandel gab?«

Herr Friedrichsen lachte leise. »Lustigerweise habe ich mich heute Morgen mit meinem Kollegen darüber unterhalten, und der sagte mir, dass er ebenfalls eine E-Mail von diesem Mohrbach erhalten habe. Er wollte ihn darüber informieren, dass ein Pornostar namens Popobrigida oder so ähnlich beim Essen bei ihm am Tisch sitze, und ob das Sylter Tagblatt ihm nicht Exklusivfotos abkaufen wolle, die die einst so sexy Frau gebückt gehend am Rollator zeigen.«

»Ach, und daran hatte Ihr Kollege kein Interesse?«

»Wir beide kennen überhaupt keine Frau Popobrigida, mein Kollege hat gar nicht erst geantwortet. Ein paar Tage später hat er dann eine weitere E-Mail von Mohrbach bekommen, in der er berichtete, dass er von Mitarbeitern der Küstenklinik das Angebot erhalten habe, seine Niere gegen Bezahlung zu spenden. Angeblich sollte sie auf dem Schwarzmarkt verkauft werden. Gegen ein Honorar würde er gern mit der Zeitung darüber sprechen.«

Käthe stöhnte auf. »Danke! Das ist genau der Beweis, den ich gebraucht habe. Warum hat Ihr Kollege da nicht reagiert und die Polizei verständigt? Er hätte damit zwei Menschen das Leben retten können.«

»Tut mir leid, aber nach der Popobrigida-E-Mail dachte mein Kollege, dass es sich um einen geistig verwirrten Menschen handelte, der mit erfundenen Geschichten etwas Geld verdienen wollte«, entschuldigte sich der Journalist. »In der Küstenklinik sind ja ein paar psychisch angeschlagene Leute zur Rehabilitation.«

Käthe nickte langsam und zählte eins und eins zusammen: »Daraufhin hat Mohrbach Ihnen geschrieben, um sich in der Klinik mit Ihnen persönlich zu treffen, weil der andere Kollege nicht antwortete.«

Der Lokalreporter bestätigte ihre Annahme, und Käthe bat Herrn Friedrichsen, seinen Kollegen zu fragen, ob in der E-Mail von Mohrbach konkrete Namen von Klinikmitarbeitern erwähnt worden seien, die in den illegalen Organhandel verstrickt sein sollten. Im besten Falle hätte sie diese E-Mail gern schwarz auf weiß, um alles selbst nachzulesen.

Friedrichsen versprach, sich darum zu kümmern und sich unter der Handynummer seiner Anruferin wieder zu melden.

Zufrieden steckte Käthe Reginas Handy ein, dann eilte sie auf ein wartendes Taxi zu. Als sie sah, dass Natascha ebenfalls darauf zusteuerte, gab sie Gas.

»Halt! Stopp!«, rief sie und hielt Natascha davon ab, in das Taxi zu steigen. »Sag mal, hat dein Hans-Peter bei euren Schäferstündchen mal darüber gesprochen, dass er eine Niere spenden will?«

Entsetzt und entsprechend angewidert antwortete sie: »Nein! Wir haben über Kinder gesprochen. Nicht über Nieren.«

Wortlos schob Käthe sie zur Seite und schwang sich statt Natascha auf die Rückbank. Sie wollte so schnell wie möglich zum Haus von Dr. Paulsen. Das Adrenalin, das ihr durch die Blutbahn schoss, wirkte wie ein doppelter Kaffee Marke Rasmussen. Sie wollte jetzt nur eins: den Fall aufklären. Sie stand so kurz davor, endlich den Chefarzt wegen zweifachen Mordes in Handschellen abzuführen.

Wobei, diese Freude würde sie dem pensionierten Kommissar überlassen. Schließlich war er Teil des Spitzenteams, auch wenn Käthe den Löwenanteil an der Aufklärung getragen hatte. Daher bat sie den Fahrer, jetzt mal ordentlich aufs Gaspedal zu drücken. Nicht, dass der feine Arzt Lunte roch und sich mit seinem Motorboot ins Ausland absetzte. Oder mit einem Hubschrauber? Ihre Fantasie ging gerade komplett mit ihr durch und spulte Szenen ab, die sie nur aus James-Bond-Filmen kannte.

Während der Wagen losrollte, vertiefte sich Käthe in Reginas Handy und startete eine Googlesuche, um herauszufinden, wie die Preise von Organen auf dem Schwarzmarkt waren, denn davon hatte sie keinen blassen Schimmer. Der Taxifahrer übrigens auch nicht, wie sie feststellen musste, nachdem sie ihn explizit danach gefragt hatte.

Der Fahrer beobachtete seinen Fahrgast argwöhnisch im Rückspiegel und betätigte vorsichtshalber den Notfallknopf der Taxizentrale, da ihm die Frau dahinten überhaupt nicht geheuer war. Wer fragte denn schon, wie viel Geld ihm seine Niere wert sei?

Fast zur gleichen Zeit hielt ein Polizeiauto, Marke Peugeot 405 mit Saarbrücker Kennzeichen, vor der Klinik im Halteverbot. Zwei Personen stiegen aus und eilten zum Empfang - eine Frau und ein Mann in Polizeiuniform.

»Guten Tag, mein Name ist Backes. Wir sind wegen meiner Mutter hier, Frau Bohneberger. Sie wurde vor ein paar Tagen hier eingeliefert und wir wollen sie jetzt sofort abholen und mit nach Hause nehmen. Gestern Abend haben wir nämlich einen sehr dramatischen Hilfeanruf von ihr auf der Mailbox meines Mannes erhalten, weil sie eine Leiche gefunden hat, und seitdem ist sie nicht mehr erreichbar«, brachte Tochter Inge atemlos hervor. Ungeduldig trommelte sie mit den Fingern auf dem Tresen herum.

»Genau! Wir kommen, um die Oma zu holen!«, unterstützte Jupp das Vorhaben seiner Frau. »Das nächste Mal schicken wir sie zur Kur in die Karibik, da ist es viel sicherer als auf Sylt. Wussten Sie, dass Jamaika die höchste Mordrate der Welt hat? Da kann Sylt auf die Einwohner gerechnet locker mithalten.«

»Das stimmt! Da hätte meine Mutter auch in die Karibik fahren können, statt hierher«, wiederholte Inge und funkelte die Rezeptionistin böse an. »Also, zwei Tote innerhalb von wenigen Tagen, da bin ich von Sylt wirklich schwer enttäuscht. So was erwartet man doch nicht, wenn man seine Mutter guten Gewissens zum Zug bringt, damit sie endlich mal etwas Erholung bekommt.« Sie schüttelte den Kopf. »Außerdem gibt es neuerdings keine Auskünfte mehr, wenn man hier anruft. Datenschutz, päh, dass ich nicht lache. Wo ist meine Mutter hier nur gelandet?«

»Saftladen!«, motzte Jupp und checkte, ob seine Polizeimütze richtig saß. »Also, rückt die Oma raus, aber ein bisschen flott, sonst muss ich von meiner Schusswaffe Gebrauch machen.« Er legte die Hand schon mal vorsichtshalber auf den Lauf der Waffe in seinem Gürtelholster.

»Ich bin nur die Azubine, ich weiß von gar nix«, sagte die junge Frau hinter dem Tresen, die jetzt mit erhobenen Händen hinter der Glasscheibe stand. Sie zitterte wie Espenlaub.

»Grüß Gott«, ertönte da eine gut gelaunte Frauenstimme. Eine Dame in den besten Jahren kam um die Ecke geschossen und deutete ohne Umschweife auf die gut sichtbare Waffe an Jupps Gürtel. »Sie sind bestimmt auch auf dem Weg zur Western-Party im Cowboy-Club! Ich bin übrigens die Heidi. Reitmeyer Heidi - ich bin verwitwet.« Sie reichte Jupp die Hand.

Jupp musterte die Frau in Jeansrock und Jeanshemd von oben bis unten. »Ah ja, dann bin ich der Wayne. John Wayne.«

»Tach! Und ich bin die Backes Inge - glücklich verheiratet mit dem John Wayne hier«, ging Inge blitzschnell dazwischen. »Mein Mann geht übrigens garantiert auf keine Western-Party, bevor wir meine Mutter nicht auf unsere Rückbank verfrachtet haben. Also, bitte Finger weg von meinem Mann!« Dann wandte sie sich wieder an die junge Rezeptionistin. »Könnte ich wohl ein Glas Wasser haben? Wir waren über zehn Stunden im Auto unterwegs. Die Strecke vom Saarland hierher ist eine absolute Zumutung. Nur Baustellen!«

»Ach, sind Sie extra wegen der Parton Dolly angereist? Da muss ich Sie leider enttäuschen, das ist nicht die echte, aber Countrymusik ist doch fast so so schön wie Volksmusik.« Die Jeansgekleidete lächelte vergnügt.

»Pardon, wer? Ich kenne nur Dolly, das Klonschaf, und dass das auch singen konnte, bezweifele ich sehr«, erwiderte Jupp stirnrunzelnd. »Obwohl, ein Klonschaf könnte zu fast allem fähig sein«, gab er zu und ließ die Dienstwaffe los.

Inge machte wedelnde Handbewegungen, als wollte sie

eine streunende Katze verscheuchen, und sagte zu der Irren: »Gehen Sie jetzt bitte weiter. Das ist mein Mann!«

Jupp zog seine eifersüchtige Frau zur Seite. »Beruhig dich, ich glaube, das ist hier eine Irrenanstalt«, flüsterte er. »Der Heini von der Krankenkasse hat die Oma tatsächlich in die Klapsmühle geschickt. Ich verspreche dir, das wird Konsequenzen haben. Aber so was von!«

Kapitel 26

Dr. Dietmar Paulsen lebte auf einem sehr gepflegten Grundstück mit akkurat geschnittenem Rasen, auf dem ein großes Steinhaus mit Reetdach und Doppelgarage erbaut worden war. An dem weiß gestrichenen Lattenzaun lehnte das Fahrrad von Hinnerk, daneben stand der Kommissar a. D. und empfing Käthe mit ausladenden Handbewegungen.

»Wusstest du eigentlich, dass du, wenn du ein paar Minuten in diese Richtung gehst, zum Roten Kliff kommst? Mit seiner Steilkante von fast dreißig Metern Höhe ist das eine beeindruckende Naturschönheit und ein echtes Highlight von Sylt, das zieht sich an der Strandseite auf ein paar Kilometern zwischen Kampen und Wenningstedt entlang.«

»Ich bin nicht hier, um mich von dir über Heimatkunde belehren zu lassen, sondern um dem Chefarzt die Leviten zu lesen«, entgegnete Käthe und drückte die Klinke des Gartentors herunter.

»Warte, ich habe nachgedacht«, sagte er und hielt den Griff fest. »Ich will meinem Sohn nicht in den Rucken fallen, er müsste jetzt eigentlich das Gespräch mit Paulsen führen. Andererseits hat Paulsens Frau ihm ja ein Alibi gegeben, da ist es in meinen Augen völlig irrelevant, warum in seinem OP ein Blutfleck auf dem Fußboden ist. Vielleicht tropft ja Blut, wenn sie da im Keller Botox spritzen, oder es gibt eine andere plausible Erklärung dafür.«

Käthe verdrehte genervt die Augen. »Ich kann dir die Erklärung liefern«, erwiderte sie und berichtete ausführlich von der E-Mail, die Mohrbach an den Journalisten des Sylter Tagblatts geschrieben hatte, worin er sich auf das dubiose Angebot seiner Nierenspende bezog. »Mein Kontaktmann kümmert sich darum, dass mir die E-Mail weitergeleitet wird. Vielleicht hat er ja ganz konkret den Namen Dr. Paulsen genannt. Reicht dir das als Verdacht?« Damit drückte Käthe entschlossen das Tor auf.

Die attraktive blonde Chefarztgattin mit den Schlauchbootlippen war sehr erstaunt, den pensionierten Beamten vor ihrer Tür zu sehen, denn in der sehr kleinen Gemeinde kannte man nun wirklich jeden. »Tut mir leid, meinen Mann können Sie nicht sprechen, der ist im Krankenhaus. Mein geliebter Didi verabschiedet sich von seiner treuen Mitarbeiterin, die, wie Sie wissen, Opfer einer schrecklichen Gewalttat wurde«, erklärte sie betont hochtrabend und fügte theatralisch hinzu: »Heute sollen die Geräte bei der lieben Oberschwester Gundula abgeschaltet werden, sie ist klinisch tot. Ein wirklich rabenschwarzer Tag für meinen Didi.«

Käthe hätte der betrogenen Ehefrau allzu gern reinen Wein über das Verhältnis zwischen Chefarzt und Pflegedienstleiterin eingeschenkt, doch sie biss sich lieber auf die Zunge, da sie nicht als Moralapostelin, sondern als Privatdetektivin unterwegs war.

»Wo war Ihr Mann gestern Abend, nachdem Sie das Strandrestaurant verlassen haben? Ich saß nämlich zufällig ein paar Tische weiter und ...« Der Stoß von Hinnerks Ellbogen in ihre Seite unterbrach Käthes Redefluss.

»Wer sind Sie überhaupt?«, fragte die Dame in arrogantem Ton und musterte Käthe herablassend.

»Sie gehört zu mir. Sie macht ein Praktikum«, erklärte Hinnerk hastig.

»Ich habe doch schon Ihrem Sohn erzählt, dass mein lieber Didi und ich die ganze Zeit zusammen waren, daher möchte ich meine Zeit ungern mit Wiederholungen verschwenden. Ich muss jetzt übrigens zum Tennisplatz fahren, mein Lehrer wartet nicht gern. Einen schönen Tag noch.« Damit knallte sie den Besuchern die Tür vor der Nase zu.

Wie zwei begossene Pudel gingen sie zurück zu Hinnerks Fahrrad.

»Mein lieber Didi«, äffte Käthe die Gattin nach. »Dass ich nicht lache. Wenn die wüsste, was sie da für ein Früchtchen geheiratet hat. Die lügt doch für ihren Gatten, das spüre ich einfach.«

Hinnerk strich sich nervös über den Bart. »Wir kommen alle in Teufels Küche, sollte es zu einer Beschwerde beim Polizeidirektor des LKA kommen, weil wir zwei bei den Paulsens aufkreuzen und uns um das Alibi des Doktors kümmern. Nils konnte die letzte Androhung des Chefarztes zum Glück abwenden, nachdem er mit Dr. Paulsen gesprochen hatte.«

Käthe erinnerte sich an die Auseinandersetzung zwischen Nils und seinem Vater, in der Nils von der Klage erzählt hatte, doch darum scherte sie sich nicht. Sie war schließlich auf Verbrecherjagd.

»Wir müssen sofort ins Krankenhaus fahren und ihn zur Rede stellen«, verkündete sie, und ehe Hinnerk darauf reagieren konnte, saß Käthe schon auf dem Fahrradsattel und trat in die Pedale. Der Alt-Kommissar lief ihr hinterher und nach wenigen Metern hatte Käthe Erbarmen und hielt an. Sie hatte nämlich überhaupt keine Ahnung, in welche Richtung sie strampeln sollte. Auf keinen Fall wollte sie in die Dünenlandschaft geraten und im Sand stecken bleiben.

Eine halbe Stunde später erreichte das radelnde Rentnerduo in Westerland das nördlichste Krankenhaus Deutschlands, das zugleich das einzige auf der Insel war. Käthe, die auf dem Gepäckträger mitgefahren war, hatte dank der Adrenalinschübe keine Gelegenheit, sich um ihr schmerzendes Hinterteil zu sorgen.

Als früherer Inselkommissar wusste Hinnerk selbstverständlich, wo sich die Intensivstation befand, und so hasteten sie durch die Flure, doch sie kamen zu spät.

»Tut mir leid. Die Patientin ist soeben friedlich eingeschlafen, nachdem wir alle Geräte abgeschaltet haben. Sie können sich drüben zu den anderen Trauernden in unserem Andachtszimmer setzen. Unsere Seelsorgerin ist unterwegs«, erklärte ihnen ein Krankenpfleger.

In dem sogenannten »Raum der Stille«, einem Andachtsraum, der mit einigen brennenden Kerzen und Blumensträußen ausgestattet war, saß Dr. Dietmar Paulsen in der ersten Stuhlreihe, die Hände vor das Gesicht geschlagen und nach vornübergebeugt. Er schluchzte laut und bekam daher nicht mit, dass Käthe sich auf leisen Sohlen von hinten an ihn heranschlich. Hinnerk hatte sich im Hintergrund hingesetzt, um seiner Geheimagentin das Feld zu überlassen.

»Frau Bohneberger?«, fragte der Chefarzt erschrocken, als er ihr Räuspern bemerkte, und sah sie aus geröteten Augen an. »Was machen Sie um alles in der Welt hier?«

»Ich wollte mich persönlich von der Oberschwester verabschieden. Nachdem sie mich gestern zum Abendessen eingeladen hat, trifft mich ihr Tod wirklich sehr.«

Dr. Paulsens Miene veränderte sich schlagartig. »Was fällt Ihnen ein, hier aufzukreuzen? Sie waren die Letzte, die mit meiner Oberschwester zusammen war, haben Sie sie etwa kaltblütig erschossen?«

»Das Gleiche wollte ich Sie fragen«, reagierte Käthe gelassen. »Sie hatten doch ein Verhältnis mit ihr - nicht ich. Wurde Sie Ihnen vielleicht zu lästig, zu unbequem?«

»Wovon reden Sie da?«

»Ich helfe Ihnen mal auf die Sprünge, Herr Doktor. Die Ärmste hat sehnsüchtig gehofft, dass Sie sich von Ihrer Frau trennen und zu ihr in die Villa ziehen, aber Sie hatten nie Interesse an einer ernsthaften Beziehung mit Ihrer Mitarbeiterin. Sie haben Gundula nur für Ihre illegalen Geschäfte ausgenutzt, nicht wahr?«

Dr. Paulsen schnaubte. »Sie sind doch völlig verrückt. Verschwinden Sie, ich will in Ruhe von meiner treuen Mitarbeiterin Abschied nehmen.«

Aber Käthe ließ sich nicht so leicht vertreiben und konfrontierte den Mediziner mit ihrem Verdacht des illegalen Organhandels. »Leugnen Sie es nicht, ich habe mir von Julian Jäger die Räumlichkeiten zeigen lassen. Was wurde dort herausoperiert? Lunge, Zunge, Herz? Welche Innereien haben Sie Ihren Patienten herausgenommen? Wie viel haben Sie ihnen gezahlt, damit sie schweigen?«

Aus dem Hintergrund war ein auffälliges Husten zu hören, Dr. Paulsen drehte sich um und erblickte Hinnerk Rasmussen auf den hinteren Plätzen.

»Nehmen Sie diese Verrückte sofort fest! Das ist üble Nachrede, was diese Frau hier vorbringt«, beschwerte er sich. Dann wandte er sich wieder an Käthe. »Wenn Sie meine Klinik in den Schmutz ziehen, verklage ich Sie, darauf können Sie Gift nehmen!«

Doch Käthe war ganz in ihrem Element und fuhr ungerührt fort: »Sie haben Hans-Peter Mohrbach getötet, weil er von Ihrem heimlichen Organhandel wusste. Ich frage mich nur, warum auch Gundula sterben musste. Wollte sie eine höhere finanzielle Beteiligung oder wusste sie einfach zu viel darüber und daher haben Sie Ihre Mitarbeiterin und Geliebte eiskalt niedergeschossen, weil es Ihnen zu gefährlich wurde, dass sie sich verplappern könnte? Dass Sie jetzt den Trauernden spielen, ist lachhaft, darauf falle ich nicht herein.« Sie verschränkte die Arme und sah den Chefarzt auffordernd an.

Mit einem lauten Krachen warf Dr. Paulsen seinen Stuhl um, er packte Käthe an den Schultern und brüllte sie an: »Halten Sie endlich Ihren verdammten Mund! Ich habe Gundula geliebt, ich hätte ihr niemals etwas antun können. Also hören Sie auf, so einen Mist zu erfinden!«

Hinnerk, der das Treiben in der ersten Reihe mit wachsender Besorgnis verfolgt hatte, rannte nach vorn und packte den Mediziner von hinten. »Herr Dr. Paulsen, ich nehme Sie hiermit wegen körperlicher Gewalt gegenüber einer älteren, wehrlosen Dame fest.« Grob zerrte er ihn auf einen Holzstuhl und erkundigte sich, ob bei Käthe alles in Ordnung sei.

Die Angegriffene zog ihre Bluse glatt und erklärte kühl: »Ich lasse mich doch nicht von so einem Halbgott in Weiß einschüchtern. Ich will wissen, warum er zum zweifachen Mörder wurde.«

»Ich habe Gundula wirklich geliebt und ich bereue zutiefst, es ihr niemals gesagt zu haben«, ließ sich der Arzt vernehmen und sackte in sich zusammen, dann weinte er wie ein kleiner Junge.

Käthe und Hinnerk tauschten skeptische Blicke. Waren diese Tränen echt oder Teil eines improvisierten Theaterstücks?

In diesem Moment öffnete sich die Tür des Andachtszimmers und eine weibliche Stimme raunte: »Dietmar, kommst du? Ich habe alles erledigt, wir können fahren.«

Käthe und Hinnerk starrten die Frau an, die definitiv nicht die angekündigte Seelsorgerin war, und die Frau starrte zurück, während sie erschrocken im Türrahmen stehen blieb. »Störe ich?«, fragte Margit Thomsen.

»Nein! Wir nehmen Ihren Chef nur gerade in die Mangel. Was machen Sie hier?«, fragte Käthe. Im selben Moment klingelte Reginas Handy in Käthes Hosentasche und sie zuckte zusammen. Schnell drückte sie den anonymen Anrufer weg.

»Ich war Gundulas beste Freundin und Kollegin«, erklärte die Empfangsdame aus der Kurklinik. »Sie hatte doch keinen Kontakt mehr zu ihrer Familie und ich hatte ihre Patientenverfügung, in der steht, dass sie ausdrücklich lebenserhaltende Maßnahmen ablehnt, wenn keine Aussicht auf Wiedererlangung des Bewusstseins und ein selbstbestimmtes Leben besteht.« Mit einem schiefen Lächeln fügte sie hinzu: »Wir als Krankenschwestern wissen ja Bescheid, was in so einem Fall zu tun ist.«

»Sie meinen wohl, als Klinikpersonal«, korrigierte Käthe und zuckte erneut zusammen, da sich gerade eine WhatsApp-Nachricht mit dem typischen Signalton ankündigte.

Die Empfangsdame verneinte. »Gundula und ich haben früher in einem Krankenhaus in Hamburg zusammen auf einer Station gearbeitet, aber wegen meinen Bandscheiben bin ich zur Rezeption nach Sylt gewechselt.« Dann wandte sie sich an Dr. Paulsen. »Lass uns fahren, du bist ja wirklich total mitgenommen.« Tröstend legte sie den Arm um den schluchzenden Arzt.

»Keine Frau hat mich so sehr geliebt wie meine Gundula, sie war ein wahres Goldstück«, jammerte er.

Käthe nutzte den Moment, um rasch die Nachricht auf dem Handy zu lesen, weshalb Hinnerk die weitere Befragung übernahm.

»Hat die Oberschwester Sie so sehr geliebt, dass sie sogar bereit war, den Kurgast Hans Peter Mohrbach mit reichlich Schlafmittel zu betäuben und dann über den Balkon zu stoßen?«, fragte er »Wessen Idee war das eigentlich? Ihre oder die Ihrer mittlerweile ebenfalls verstorbenen Mitarbeiterin?«

»Herr Dr. Paulsen muss ohne seinen Anwalt überhaupt

nichts sagen. Das müssten Sie doch am besten wissen, Herr Rasmussen«, reagierte Margit Thomsen schnippisch. »Wir müssen jetzt dringend gehen, ich muss meine Tochter noch vom Bahnhof abholen.«

»Sagen Sie, Herr Dr. Paulsen, wenn Sie nicht ohne Anwalt über den Mordverdacht sprechen wollen, können Sie uns vielleicht etwas zu dem Vorwurf der illegalen Organspende sagen?«, unternahm Hinnerk einen neuen Versuch.

»Ich habe keine Ahnung, wie Sie auf so eine Schnapsidee kommen«, reagierte der Arzt ungehalten. »In meiner Klinik findet so etwas definitiv nicht statt. Mir reicht schon der Stress wegen der zwei Selbstmörderinnen dieses Jahr und der Klage eines Patienten, der über einen Gartenschlauch gestürzt ist und an den Folgen leidet. Ich wollte die Klinik immer von negativer Presse verschonen, da fange ich doch keinen Organhandel an. Absoluter Schwachsinn!«

»Komm, Dietmar. Wir fahren.« Frau Thomsen zog am Arm ihres Chefs.

»Sie gehen nirgendwohin!«, forderte Käthe eiskalt.

Die Rezeptionistin und Dr. Paulsen lachten. »Sind Sie jetzt die neue Miss Marple von Sylt oder warum spielen Sie sich so auf?«, wollte sie wissen.

Hinnerk beugte sich zu seiner Privatermittlerin und flüsterte ihr ins Ohr: »Denk dran, es gibt keinen triftigen Grund, ihn festzuhalten. Seine Gattin gibt ihm zu beiden Tatzeiten ein Alibi.«

»Sie bleiben hier«, wiederholte Käthe energisch, »und damit meine ich Sie, Frau Thomsen, denn Sie haben Ihre beste Freundin ermordet!«

Erschrockene Stille breitete sich im Raum aus. Alle starrten Käthe an, selbst Hinnerk war für einen Moment sprachlos.

»Spinnen Sie? Warum sollte ich das tun?«, verteidigte sich Frau Thomsen.

Käthe atmete tief ein und wieder aus, bevor sie sagte: »Sie waren es, die mit ihrer Freundin, Oberschwester Gundula, die Operationen zwecks Organspende im Keller der Küstenklinik durchgeführt hat, nicht Dr. Paulsen.«

»Wie bitte?«, reagierte der Arzt empört. »Margit, sag mir, dass das nicht wahr ist.«

»Ich glaube, die Frau ist senil, sie halluziniert«, gab die Beschuldigte zurück und lachte schrill. »Sie gehört in eine Demenz-Einrichtung, nicht in die Küstenklinik. Ich fand sie zwar die ganze Zeit sympathisch und habe ihr sogar das Smartphone zurückgebracht, das sie in unserem Auto verloren hatte, aber so kann man sich in Menschen täuschen.« Sie schüttelte abfällig den Kopf.

Käthe ignorierte die Vorwürfe und reckte triumphierend Reginas Handy in die Höhe. »Hier ist der Beweis! Hans-Peter Mohrbach hat sich vor einigen Tagen an die Zeitung gewandt, weil eine Krankenschwester und die Empfangsdame ihm einen Vertrag angeboten hätten, dass er sich eine Niere entfernen lassen könnte und dafür ein Honorar in Höhe von 25.000 Euro erhalten würde. Darüber wollte er gern mit dem Sylter Tagblatt sprechen, da er vermutete, dass dieses Vorgehen illegal ist, weil er merkwürdige Knebelverträge zum Stillschweigen hätte unterschreiben sollen.«

Totenstille im Raum war die Folge.

»Mein Kontaktmann von der Zeitung hat mir soeben einen Screenshot von der E-Mail geschickt. Also hören Sie auf, zu lügen. Das Spiel ist aus!«

Dr. Paulsen riss sich von Margit los und wechselte im wahrsten Sinne des Wortes die Seiten. Er stellte sich neben

Hinnerk und Käthe und sah seine Rezeptionistin fassungslos an.

»Reden Sie endlich, wir haben den Beweis«, versuchte der Alt-Kommissar mit seiner brummigen Stimme für den nötigen Nachdruck zu sorgen. »Zwei Menschen wurden ermordet. Was haben Sie dazu zu sagen? Wir hören.«

Margit Thomsen fing plötzlich zu zittern an, und während sie noch um Worte rang, ließ sie sich auf einen Stuhl sinken. »Dieser Mohrbach war so ein kleines, mieses Arschloch«, begann sie mit brüchiger Stimme. »Ein paar Tage vor der geplanten Nierenentnahme wollte er auf einmal das Doppelte der versprochenen Summe und drohte uns, alles auffliegen zu lassen, wenn wir nicht dazu bereit wären, zu zahlen. Angeblich hätte er die besten Pressekontakte.«

»Wir können Herrn Mohrbach nicht mehr fragen, aber in meinen Augen war er wie ein Fähnchen im Wind, nur darauf aus, besonders viel Profit zu machen, um seine Schönheits-OPs durchführen zu lassen«, ergänzte Käthe.

»Verstehen Sie denn nicht? Ich musste ihn stoppen. Ich brauche dieses lukrative Nebeneinkommen«, klagte die Empfangsdame. »Maike studiert in Hamburg an einer Privatschule, mein Mann ist Frührentner, das kann ich mir mit meinem Gehalt in der Küstenklinik nicht leisten. Er hat mit seiner Raffgier alles kaputt machen wollen und ...« Sie brach ab.

»... und das wurde Herrn Mohrbach zum Verhängnis«, vollendete Käthe den Satz. »Sie haben ihn also am Dienstagabend betäubt und anschließend getötet?«

Margit Thomsen nickte zögerlich. »Ich habe mich mit ihm auf seinem Zimmer verabredet, weil ich vorgetäuscht habe, dass ich mit seinem Anteil von 50.000 Euro einverstanden bin. Zu dem besonderen Anlass hatte ich zum Anstoßen allerdings keinen Sekt, sondern einen Kräutertee mitgebracht, den sollte er unbedingt probieren.« Sie lachte kurz auf.

»Und als er eingeschlafen war, haben Sie ihn über den Balkon gestoßen?«, wollte Hinnerk wissen.

Doch Frau Thomsen verneinte. »Gundula hat mir geholfen. Als er eingedöst war, habe ich sie angerufen und behauptet, dass ich Mist gebaut hätte. Sie wohnt ja in der Klinik, deshalb war sie schnell da.«

»Aber wieso hat die Oberschwester bei dem Todessturz mitgemacht?«, fragte Hinnerk.

»Ich habe Gundula gesagt, dass es unsere einzige Chance ist, wenn wir uns nicht erpressen lassen wollen, denn wenn man Typen wie Mohrbach den kleinen Finger reicht, wollen sie gleich die ganze Hand. Das Risiko, dass durch ihn alles auffliegt, war zu groß.« Sie schaute die anderen um Verständnis bittend an.

»Interessant, interessant«, murmelte der Kriminalkommissar a. D. »Sie haben ihn also anschließend gemeinsam nach draußen auf den Balkon geschleift.«

»Ja, Gundula nahm seine Füße und ich seine Arme – dann haben wir ihn über die Brüstung gehievt und einfach wie einen nassen Sack fallen lassen. Schwupps war der Erpresser aus dem Weg geräumt.« Sie lachte kurz, danach verschränkte sie die Arme vor dem Oberkörper und fügte trotzig hinzu: »Ich lasse mich nämlich nicht erpressen!«

»Margit! Das ist abartig, was ihr da gemacht habt.« Dr. Paulsen schüttelte den Kopf und wieder stiegen ihm Tränen in die Augen. »Was hast du nur mit meiner Gundula gemacht?« Seine Stimme brach.

»Ich wollte das doch auch nicht, es ist einfach passiert, weil sie mich so gereizt hat«, verteidigte sie sich und berichtete, dass Gundula aus dem Geschäft mit dem Organhandel habe aussteigen wollen, da sie genug Geld damit verdient hätte und ihr die Gefahr zu groß gewesen sei, dass irgendein Patient sie doch noch verpfeifen würde.

»Aber nur weil die Oberschwester aus Ihren zwielichtigen Machenschaften aussteigen wollte, muss man sie ja nicht gleich umbringen«, merkte Käthe an.

Margit Thomsen hob den Zeigefinger. »Gundula hat mich erpresst. Sie wollte plötzlich 100.000 Euro Schweigegeld haben, sonst würde sie mich bei der Polizei verpfeifen. Sie wollte behaupten, dass ich sie massiv unter Druck gesetzt hätte, Mohrbach aus dem Weg zu räumen. Doch wer gibt mir die Garantie, dass sie am Ende nicht wie er das Doppelte verlangt hätte? Ich lasse mich nicht erpressen. Von keinem Patienten und erst recht nicht von meiner besten Freundin.«

»Hätte die Oberschwester Sie verpfiffen, hätte sie aber auch eine Strafe erwartet, wenn herausgekommen wäre, dass Sie beide ohne ärztliche Zulassung OPs durchführen und auf dem Schwarzmarkt Organe verkaufen«, wandte Hinnerk ein.

»Sie hat nicht operiert«, stellte die Empfangsdame klar. »Unser alter Chef vom Krankenhaus in Hamburg hat sich darum gekümmert. Gundula und ich haben nämlich früher in einer Spezialklinik für Nierentransplantationen gearbeitet. Er ist wie Sie, Herr Rasmussen. Ein Chirurgenrentner, der seine Finger nicht stillhalten kann.«

»Ich tue aber nichts Illegales«, gab der Kommissar zurück.

»Wir doch auch nicht! Wir sind keine Todesengel, wir haben Leuten im Ausland geholfen, dass sie schnellstmöglich eine neue Niere bekommen. Gehen Sie mal in ein Dialysezentrum, dann wissen Sie, was ich meine. Die Wartelisten und Wartezeiten sind viel zu lang, um auf legalem Weg sein Spenderorgan zu erhalten, und unser Patient hat für seine Spende ein hübsches Sümmchen eingestrichen. Wir haben ja niemanden gezwungen, wir wollten nur helfen.«

»Eine Win-win-Situation für alle«, fasste Hinnerk entsetzt zusammen.

»Ihr habt solche Operationen in meiner Klinik durchgeführt - ohne, dass ich etwas gewusst habe?« Dr. Paulsen war noch immer schockiert. »Und ich dachte, Gundula wäre eine ehrliche Haut. Sie hat kein Wort gesagt und immer nur das Erbe angeführt, wenn es um ihre kostspielige Villa ging.«

»Ach, Dietmar, wir haben höchstens einmal im Quartal nachts zu dritt die OPs durchgeführt, und am nächsten Morgen wurde der Kühlkoffer mit der entnommenen Niere an unseren Kontaktmann weitergegeben, der die Ware dann per Boot nach Dänemark gebracht hat.«

»Mir ist ganz schlecht«, brachte der Chefarzt hervor, sein Gesicht war kreidebleich. »Ich habe Gundula vertraut. Organhandel in meiner Klinik! Was für ein Skandal!« Er starrte seine Rezeptionistin stumm an, dann verließ er fluchtartig den Raum.

»Ach, Frau Thomsen«, ergriff Käthe noch einmal das Wort. »Woher wussten Sie eigentlich, dass ich an dem Abend mit Oberschwester Gundula in den Dünen unterwegs war?«

Sie lächelte. »Ganz einfach: Gundula und ich hatten uns für den Abend um 22 Uhr auf der Außenterrasse der Klinik bei den Strandkörben verabredet, weil ich noch einmal mit ihr reden wollte, da ihre Schweigegeldvorstellungen komplett überzogen waren. Als sie nicht kam und auf dem Handy nicht erreichbar war, bin ich Richtung Restaurant gegangen, weil sie mir erzählt hatte, dass sie dort zum Essen hingehen wollte.«

»Hm, okay, deshalb wollte Gundula auf einmal so schnell zurück«, erinnerte sich Käthe. »Von wegen Frühdienst. Was ist dann auf dem Holzsteg genau passiert?«

Die Mörderin berichtete, dass Gundula sie, betrunken wie sie war, ausgelacht habe und gedroht hätte, dass sie noch viel mehr Geld verlangen könne, wenn ihre Komplizin nicht lebenslänglich hinter Schloss und Riegel wolle, weil Frau Thomsen Mohrbach getötet hatte. »Ihr ironisches Lachen hat mich regelrecht zur Weißglut gebracht, ich wollte nur, dass sie endlich die Schnauze hält, und zwar für immer, deshalb habe ich geschossen. Ich wollte mich von diesem Biest nicht erpressen lassen.«

»Moment mal, Frau Thomsen«, meldete sich Hinnerk zu Wort. »Sind Sie an dem Abend schon mit dem Vorsatz, die Oberschwester zu erschießen, zum Treffpunkt erschienen? Schließlich hatten Sie eine Waffe dabei.«

»Ich habe immer eine Pistole in meiner Handtasche, ich bin nämlich mal von einem verwirrten Patienten brutal überfallen worden«, erklärte sie, dann zuckte sie die Schultern. »Ich habe im Affekt gehandelt, weil Gundula so gehässig gelacht und einen Streit angefangen hat. Ich wollte einfach nicht erpressbar sein. Dieses Miststück!«

»Gundulas Trunkenheit und ihre Vergesslichkeit wurden ihr also zum Verhängnis«, resümierte Käthe, »denn nur weil ich zurück zum Restaurant gegangen bin, um ihre Handtasche zu holen, haben Sie Gundula allein angetroffen. Hätten Sie mich sonst auch noch in den Dünen erschossen?«

Frau Thomsen schaute sie grinsend an und versicherte, dass sie die Zugbekanntschaft ihrer Tochter Maike niemals getötet hätte.

Erleichtert atmete Käthe auf, denn bei dem Gedanken daran, dass sie nur knapp einem Schuss aus der Waffe der verrückt gewordenen Rezeptionistin entgangen war, war ihr ganz anders geworden. »Dass eine Tat im Affekt sich für Sie strafmildernd auswirken wird, bezweifle ich, denn der Mord an

Herrn Mohrbach war durchaus geplant«, stellte sie fest und sah die Schuldige grimmig an.

Hinnerk nickte ihr anerkennend zu. Er war schwer beeindruckt, wie Käthe die Taten einordnete, obwohl sie keine Richterin war.

Im nächsten Moment wurde die Türklinke des Andachtszimmers nach unten gedrückt und ein Männerkopf schob sich durch den Spalt.

»Hallo. Ich bin Malte und springe für eine Kollegin ein. Gibt es Redebedarf wegen dem Tod Ihrer Angehörigen?«, fragte der Psychologe aus der Küstenklinik und nuschelte, ohne auf eine Antwort zu warten, einfach weiter. »Es war wohl das Beste für Gundula, jetzt kann sie wenigstens mit ihren Organen vielen Menschen das Leben retten.«

Käthe zeigte auf die Doppelmörderin. »Die Dame hier bräuchte eher juristischen, als seelsorgerischen Beistand, sie ist nämlich eine eiskalte Killerin.«

Hinnerk nickte zustimmend, und während sich Malte – wie gewohnt in Cordhose und Karohemd – der Geständigen widmete, rief Hinnerk seinen Sohn an, damit dieser der Täterin Handschellen anlegen und sie in die U Haft aufs Festland chauffieren konnte. Diese Freude wollte er Nils überlassen, denn der konnte das Erfolgserlebnis gut gebrauchen. Dann nahm er Käthe in den Arm und raunte ihr ins Ohr: »Das hast du spitzenmäßig gemacht. Auf deine weibliche Intuition kann man sich wirklich verlassen, auch wenn dein Hauptverdächtiger Dr. Paulsen völlig unschuldig ist.«

»Tja, irgendwas passt immer nicht und ich mache diesen Job ja auch nicht hauptberuflich«, erwiderte sie augenzwinkernd. »Auf jeden Fall habe ich uns auf die richtige Spur gebracht, denn die Empfangsdame hatte wohl keiner von uns auf dem Schirm.«

Hinnerk nickte zustimmend. Er war sehr stolz auf seine Hobbyermittlerin. »Wirklich schade, dass du noch nicht schon früher zur Kur hier gewesen bist, dann hätten wir garantiert noch viel mehr Straftäter hinter Gitter gebracht.«

Käthe grinste. »Man muss immer in die Zukunft blicken und nicht zurück. Mein Berater von der Krankenkasse würde bestimmt im Dreieck hüpfen, wenn ich ständig wegen einer neuen Kurgenehmigung bei ihm aufkreuze. Allerdings, wenn mit meiner Hilfe schwere Verbrechen aufgeklärt werden, könnte er ruhig mal ein Auge zudrücken, das hoffe ich zumindest.«

Hinnerk lächelte und meinte: »Genau. Die Hoffnung stirbt bekanntlich zuletzt.«

Kapitel 27

Gegen 22 Uhr saßen Privatdetektivin Käthe und Alt-Kommissar Hinnerk vergnügt in dessen gemütlich eingerichtetem Wohnzimmer bei romantischem Kerzenschein am Esstisch und unterhielten sich über Gott und die Welt, um den aufregenden Tag mit all seinen Ereignissen gemeinsam ausklingen zu lassen. Käthe hatte die Einladung liebend gern angenommen, denn das Abendessen in der Rehaklinik bewegte sich immer an der Grenze des Ungenießbaren. Eine Großküche war eben kein Vergleich zu dem Gaumengenuss, den ihr Gastgeber für sie auf den Tisch gezaubert hatte.

»Du bist wirklich ein ausgezeichneter Koch«, lobte sie ihn und legte ihren Löffel in das ausgekratzte Glas. »Das war der krönende Abschluss deines leckeren Drei-Gänge-Menüs. Da kommt jetzt aber nichts mehr, oder? Ich bin pappsatt nach diesem Dessert.«

»Sylter Rote Grütze«, brummte Hinnerk spitzbübisch und schleckte seinen Löffel ab. »Du musst schließlich unsere kulinarischen Spezialitäten kennenlernen.«

»Soso, muss ich das?« Sie tupfte ihren Mund mit einer weißen Stoffserviette ab.

»Meine Frau hat meine Kochkünste auch geliebt. Ich war immer für den Fisch zuständig«, sagte er und sah stumm auf die Wand, wo ein paar Bilder aus glücklichen Zeiten hingen.

Käthe bemerkte seinen glasigen Blick und tätschelte ihm die Hand. »Deine gebratene Scholle war wirklich hauchzart. Du hängst noch sehr an ihr, nicht wahr?«

»An der Scholle?«

»Nein, natürlich an deiner Frau!«, stellte Käthe sofort klar.

Er schnaufte, trank einen Schluck Rotwein und erwiderte

dann nachdenklich: »Es bringt nichts, der Vergangenheit hinterherzutrauern. Ich muss nach vorn blicken, sonst werde ich ein alter verbitterter Opa und das will ich auf keinen Fall sein. Der Mensch ist nicht zum Alleinsein gemacht und ich schon gar nicht.«

»Ja, das Leben ist zu kostbar, um dauerhaft Trübsal zu blasen. Du wohnst doch hier wunderschön, nur einen Katzensprung vom Strand entfernt, da wirst du sicherlich nicht lange solo bleiben. Ich wette mit dir, wenn du dich auf Tinder anmeldest, werden die Damen bei dir Schlange stehen, um dich kennenzulernen. Wer träumt nicht davon, den Lebensabend am Strand zu verbringen?«

»Ich habe keine Onlinedates, ich mache höchstens Updates am Computer«, scherzte er und brachte sein Gegenüber damit zum Lachen. »Komm, lass uns auf dem Sofa Platz nehmen, da ist es viel bequemer«, schlug Hinnerk vor. Gleichzeitig dimmte er das Licht der Stehlampe, die neben der Garnitur stand, um eine noch wohligere Atmosphäre zu schaffen.

Käthe war mit dem Vorschlag einverstanden und wechselte zur Polstergarnitur. »Ich wohne ja in einem Kaff im Saarland, da wäre ich ohne Internet komplett aufgeschmissen. Gerade wir Senioren können das Netz wunderbar nutzen, um Kontakte zu knüpfen und nicht einsam zu versauern. Versuch es mal, weil im realen Leben habe ich in letzter Zeit nur Idioten kennengelernt.« Sie blickte betrübt in ihr Rotweinglas. »Der Letzte hat mich von vorne bis hinten belogen, der hat mir echt das Herz gebrochen, sonst wäre ich wohl nie zur Kur hierhergekommen. Ein gebrochenes Herz wegen Liebeskummer ist wirklich schrecklich.«

»Hm, dann war es wohl purer Zufall, dass wir uns kennengelernt haben, oder das Schicksal hat dich auf die Insel geführt.«

»Nein, die Krankenkasse! Und mein Schwiegersohn, der sich wirklich mächtig dafür ins Zeug gelegt hat, ohne ihn wäre ich wohl nie hier gelandet. Früher nannte man das Kinderlandverschickung - heute werden die Omas quer durch das Land geschickt.« Sie schmunzelte.

»Ich liebe deinen Humor! Einfach köstlich«, sagte Hinnerk und strich sich über den Bart.

»Wollen wir dich mal auf Tinder anmelden? So ein Profil ist schnell erstellt - ich bin nämlich die absolute Tinder-Expertin in unserem Landfrauenverein.« Käthe griff nach seinem Handy auf dem Couchtisch, doch er hielt sie am Handgelenk fest.

»Ich will keine Frau kennenlernen«, sagte er ernst.

Käthe schluckte und entschuldigte sich dafür, dass sie wohl etwas übergriffig geworden war. »Wenn du noch nicht bereit bist, jemand Neues in dein Herz einziehen zu lassen, nimm dir alle Zeit der Welt, um zu trauern. Immerhin redest du ganz offen über deinen Beziehungsstatus, nicht wie meine Mitpatientin Heidi, die so getan hat, als wäre ihr Mann noch quicklebendig. Das ist total schräg.« Sie lachte und schwenkte vergnügt ihren Rotweinkelch.

»Weißt du, was wirklich schräg ist?« Er räusperte sich und rutschte auf dem Sofa etwas näher an sie heran.

»Dass du immer nur Fahrrad fährst?«, nannte sie das, was ihr zuerst in den Sinn kam.

Er winkte ab. »Glaub mir, in der Garage steht mein Auto, ich nutze es halt nur nicht, weil ...« Er hielt kurz inne und schaute verlegen zu Boden. Dann beichtete er, dass er vor ein paar Wochen den Führerschein habe abgeben müssen. Er sei wegen überhöhter Geschwindigkeit in einer Radarkontrolle erwischt worden, was ihn den Lappen und ein paar Punkte in Flensburg gekostet habe.

Käthe gluckste vergnügt. »Stimmt. Das ist wirklich schräg. Ein pensionierter Kriminalkommissar, dem man den Führerschein abnimmt. Lass mich raten, Nils hat dich auf frischer Tat ertappt, weil er sich mit seinem Auto irgendwo versteckt hatte, um Verkehrssünder zu überführen?«

»Nein. Das meine ich nicht.« Nervös fuhr er sich mehrfach über den Bart und rutschte auf dem Sofa herum. Dann begann er von Neuem: »Also, schräg ist, meine liebe Käthe, dass ich gemerkt habe, dass ich mich irgendwie zu dir hingezogen fühle.«

Käthe riss erstaunt die Augen auf. Auf den Schreck exte sie ihr Weinglas und goss sich kurzerhand selbst aus der Flasche nach. »Wir sind quasi Arbeitskollegen, und du weißt, was ich dir gesagt habe«, brachte sie dann hervor und hob ermahnend den Zeigefinger.

»Ja, ja, don't fuck the company«, erinnerte er sich an ihre Worte. »Aber da unsere beiden Mordfälle nun aufgeklärt sind, ist unser Arbeitsverhältnis doch mit sofortiger Wirkung beendet und wir sind keine Kollegen mehr.« Er strahlte sie erwartungsvoll an.

Nervös nestelte Käthe am obersten Knopf ihrer Bluse herum, dann fragte sie vorsichtig: »Du hast Gefühle für mich, die nicht beruflicher Art sind?«

Hinnerk nickte zögerlich. »Als du heute auf meinem Gepäckträger gesessen und deine Arme um meinen Bauch geschlungen hast, war das ein sehr vertrautes und wunderbares Gefühl.« Er rutschte nun ganz nah an sie heran und atmete aufgeregt.

»Ja, das fühlte sich sehr vertraut und kuschelig an, aber ich habe mich auch festgehalten, weil du auf deinem Stahlross wie eine gesengte Sau ...« Käthe hielt inne, denn plötzlich spürte sie ein Knistern. Dann trafen sich ihre Blicke und wie elektrisiert bewegten sich ihre Köpfe in Zeitlupe aufeinander zu.

»Oh, Hinnerk«, seufzte sie. »Was passiert hier gerade mit uns?«

»Oh, Käthe, schalte den Kopf endlich mal aus.« Er schloss die Augen und spitzte seine Lippen, die von Käthes Mund wie ein Magnet förmlich angezogen wurden. Stillschweigend pressten sie ihre Münder aufeinander, denn sie wollten beide einfach diesen Moment der Zweisamkeit genießen.

Leider war es ein sehr kurzer Moment.

Der Golden Retriever Oskar bellte plötzlich aufgeregt und lief hektisch um den Tisch.

»Hier spricht die Polizei! Lassen Sie sofort diese unschuldige Frau frei und kommen Sie mit erhobenen Händen heraus. Aber ein bisschen flott«, ertönte von draußen eine besonders laute, blechern klingende Männerstimme.

Sofort sprangen die zwei Turteltäubchen erschrocken auseinander.

»Wer ist das?«, wunderte sich Hinnerk.

Käthe hatte sogleich eine Ahnung. »Oh Gott. Das darf nicht wahr sein!« Sie schlug sich vor Schreck die Hand vor den Mund. »Er ist tatsächlich bis nach Sylt gefahren, diese Stimme ist unverwechselbar.«

»Wie bitte? Ich dachte, du bist verwitwet. Willst du dich im Schrank verstecken?«, schlug Hinnerk spontan vor, doch sie winkte ab.

»Nein, das ist nicht mein Mann, sondern mein Schwiegersohn, der dreht gerne mal am Rad. Oh Mann, ist das peinlich. Ich fasse es nicht.« Auf den Schreck musste Käthe noch einen weiteren Schluck Wein trinken.

Hinnerk seufzte erleichtert auf, dann setzte er sich seine

schwarze Kapitänsmütze auf, zündete sich gemütlich seine Pfeife an und spazierte seelenruhig nach draußen.

Auf der Wiese stand Jupp mit einem Megaphon bewaffnet an der geöffneten Wagentür seines uralten grün-weißen Dienstfahrzeugs. Die Scheinwerfer des Peugeot 405 blendeten den Hausbesitzer, während das Blaulicht die friedliche Reetdachidylle in ein nervöses Licht tauchte. Zum Glück verzichtete der Dorfbulle auf das ohrenbetäubende Martinshorn, denn Oskar war eh schon ganz aus dem Häuschen und bellte Jupp wütend an.

»Moin, Herr Kollege«, grüßte Hinnerk den Neuankömmling und zog seelenruhig an seiner Pfeife. »Käthe und ich sitzen gemütlich zusammen, weil wir einen Doppelmord aufgeklärt haben.«

»Ist das eine Falle? Ich glaube Ihnen kein Wort. Sie sehen aus wie der Räuber Hotzenplotz«, gab Jupp energisch zurück.

»Echt?« Der Alt-Kommissar grinste. »Die meisten sehen in mir eher einen harmlosen Käpt'n Iglo.«

»Wo ist die Oma, hä?«, schrie Jupp erneut durch das Megaphon. »Ich will endlich ein Lebenszeichen von ihr.«

»Ich bin hier«, rief Käthe, die nun auch auf die Terrasse getreten war. »Jetzt lass den Quatsch, Jupp. Mir geht es blendend. Was zum Teufel tust du hier?« Sie tippte sich gegen die Stirn und suchte Schutz bei Hinnerk, indem sie sich bei ihm unterhakte. Gemeinsam gingen sie langsam Schritt für Schritt dem grellen Scheinwerferlicht entgegen.

»Du hast uns doch aufs Band gekreischt, dass du ständig über Leichen stolperst«, motzte Jupp in seiner gewohnt ruppigen Art. »Und dann bist du plötzlich telefonisch nicht mehr erreichbar, das hat bei der Inge ein absolutes Horror-Szenario im Hirn ausgelöst. Kopfkino vom Allerfeinsten! Deine Tochter hat mich regelrecht tyrannisiert mit ihrer Aufforderung, dass wir dich auf der Stelle abholen müssen. Eigentlich wollte ich heute gemütlich mein Auto waschen und den Rasen mähen, statt den halben Samstag in einer Blechkiste auf der Autobahn zu hocken. Waren ja nur wieder Sonntagsfahrer unterwegs«, regte er sich auf.

»Wir trinken gerade ganz entspannt einen guten Rotwein. Wollen Sie auch ein Glas?«, bot Hinnerk ihm an. Im Gegensatz zu Jupp war er die Ruhe selbst.

»Nee, ich muss noch fahren, weil die Madame hier hat heute ein bisschen zu tief ins Glas geguckt.« Er wies mit einer abfälligen Handbewegung auf den Beifahrersitz.

Dort saß Inge mit geschlossenen Augen, summte fröhlich vor sich hin und bewegte dabei die Hände, als wäre sie ganz in eine andere Welt abgetaucht. Zum Glück war sie angegurtet, da sie ständig mit dem Kopf von links nach rechts wippte und der Gurt einen Zusammenprall mit der B-Säule verhinderte.

Käthe blieb überrascht vor dem Polizeiwagen stehen und zeigte auf die Windschutzscheibe. »Warum trägt sie denn einen Cowboyhut?«

»Du, da war irgendwo in der Walachei eine Western-Party, und bevor wir nur rumsitzen und Däumchen drehen, weil du wie vom Erdboden verschluckt warst, hat uns eine gewisse Heidi dorthin mitgeschleppt. Aber ich sage euch, die Sylter haben alle einen Stock im Allerwertesten. Wenn bei uns im Saarland ein Mann in Frauenklamotten und blonder Schaflockenperücke Countrylieder ins Mikro kreischt, würde auf den Tischen getanzt werden. Hier hingegen war alles ganz harmlos und so richtig etepetete. Langweilig, wie die Reichen hier feiern. Da kam null Stimmung auf.«

»Na, wie es aussieht, hat sich Ihre Frau prächtig amüsiert«, erwiderte Hinnerk, ging zum Beifahrerfenster und klopfte vorsichtig gegen die Scheibe.

»Meine Frau verträgt keinen Alkohol. Das ist das Problem.«

Inge kurbelte die Scheibe herunter und schaute Hinnerk mit verdrehten Augen an.

»Moin! Ich bin Hinnerk. Mit wem habe ich das Vergnügen?«

»Jolene, Jolene, Jolene, Jooooleeeene«, trällerte Inge voller Inbrunst so schief, wie es nur ging. Sie hatte nach dem Dolly-Parton-Double-Auftritt einen Ohrwurm und nahm gar nicht wahr, dass ihre endlich wiedergefundene Mutter sie quicklebendig mit offenem Mund anstarrte.

Hinnerk lachte und wandte sich wieder an Käthe. »Eine sympathische Familie hast du, die eine ist sternhagelvoll und der andere kommt dich mit Blaulicht abholen.«

Käthe schämte sich in Grund und Boden. Einmal für ihre angetrunkene Tochter, aber noch mehr für den völlig übertriebenen Polizeieinsatz ihres Schwiegersohns.

Hinnerk legte ihr den Arm um die Schultern und sagte: »Familie kann man sich nun mal nicht aussuchen.«

»Stimmt, und meine ist besonders schräg. Aber auch irgendwie fürsorglich. Die denken immer das Schlimmste, wenn man telefonisch nicht erreichbar ist.« Nun musste Käthe doch laut loslachen, da Jupp immer noch sein Megaphon in der Hand hatte und Inge weiterhin von irgendeiner Jolene sang.

»Wer sind Sie eigentlich?«, erkundigte sich Jupp und sah Hinnerk kritisch an. »Sind Sie also der Käpt'n Iglo aus der Fischstäbchen-Werbung, wenn schon nicht der Räuber Hotzenplotz oder wie?«

»Der bin ich definitiv nicht, auch wenn wir uns optisch ein bisschen ähneln. Übrigens bin ich auch kein Geiselnehmer Ihrer Schwiegermutter!«, scherzte Hinnerk und drückte Käthe fest an sich.

»Wie Hinnerk eben schon gesagt hat, haben wir heute einen Doppelmord aufgeklärt und die Täterin an Hinnerks Sohnemann übergeben. Zusätzlich wurde dank uns ein illegaler Organhändlerring aufgedeckt, der in Dänemark seinen Hauptsitz hat.«

Jupp krauste die Stirn. »Ihr seid doch auch betrunken, gell?«

»Sie sagt die Wahrheit. Wir sind einem Schwarzmarkthandel für Organe auf die Schliche gekommen. Die Hintermänner wurden heute Abend während einer Geheimoperation von einem Sondereinsatzkommando in Kopenhagen festgenommen, da unsere Mörderin ein vollumfängliches Geständnis abgelegt hat.«

»Soso, schon klar. Da schickt man die Oma guten Gewissens zur Kur und dann sprengt sie einen Organhändlerring. Es wurde euch nicht zufällig das Gehirn entnommen oder habt ihr euch mit Rotwein ins Delirium geschossen?« Er glaubte ihnen kein Wort.

»So ein Unsinn. Sie können uns danken, denn ab jetzt werden zumindest auf Sylt keine Organe mehr gegen Bezahlung entnommen und ins Ausland weiter verkauft. Vielleicht bekommt Käthe demnächst das Bundesverdienstkreuz für Zivilcourage, denn dank ihres hartnäckigen Spürsinns hat sie Großartiges geleistet. Ich bin sehr stolz auf Ihre Schwiegermutter.«

Jupp zeigte den beiden erneut einen Vogel. »Eure Story ist total bekloppt. Aber wenn das so ist: Ich fahre die Inge jetzt zum Flughafen hier um die Ecke. Da wartet der Privatjet, um sie nach Nashville in Tennessee zu fliegen, weil sie da mit der echten Dolly Parton ein Duett aufnehmen will. I will always love you - allerdings uff Saarländisch. Wenn es um Lügenmärchen geht, seid ihr bei mir an der falschen Adresse. Sagt mal, habt ihr gewusst, dass Dolly den Song zuerst gesungen und die Whitney den Nummer-eins-Hit nur gecovert hat? Ich hatte davon keine Ahnung, aber diese Heidi ist ja ein wandelndes Musiklexikon. Falls ich eines Tages mal bei ›Wer wird Millionär‹ beim Jauch hocke, wird diese Frau mein Telefonjoker. Aber pst, die Inge soll davon nix wissen, die war heute Abend verdammt eifersüchtig.

»Jupp!«, bremste Käthe ihren Schwiegersohn. »Das hier ist Hinnerk, er war auch mal Polizist. Kriminalhauptkommissar sogar.«

»Wir schwören, dass wir die absolute Wahrheit sagen«, bekräftigte Hinnerk. »Woher wussten Sie denn, wo sich Käthe zum jetzigen Zeitpunkt befindet?«

»Ähm, diese Frage stellen Sie mir jetzt nicht ernsthaft? Als Oberkommissar vom Dorf findet man doch alles raus, so was sollten Sie als ehemaliger Hauptkommissar eigentlich wissen«, erklärte er dem Ranghöheren leicht spöttisch.

»Bevor du weiter nachbohrst, warum ich spätabends in seinem Haus bin, sag ich es dir gleich«, ergänzte Käthe. »Wir haben uns über die Arbeit kennengelernt - er ist ein lieber neuer Freund von mir und es gibt keinen Grund, hier so ein Tam-Tam zu veranstalten.«

Mit der »Freund«-Aussage ließ sie genug Raum für Spekulationen, denn sie wusste ja selbst noch nicht, wo die Reise mit ihm hingehen würde. Als es das erste Mal so richtig zwischen ihnen geknistert hatte, war Jupp hereingeplatzt und hatte ihr mal wieder alles vermasselt. Sogar die Chance auf einen innigen Kuss - das würde sie ihm so schnell nicht verzeihen. Aber da ihre Kur noch lange nicht vorbei war, hoffte sie auf viele weitere Einladungen von Hinnerk. Sie wollte ihn erst einmal in Ruhe kennenlernen. Zeit dafür hatte sie ja nun, da die eiskalte Mörderin hinter Schloss und Riegel war. Blieb nur die

Aufgabe, Jupp und Inge ganz schnell zur Heimfahrt ins Saarland zu bewegen, denn wenn die zwei sich weiterhin auf der Insel tummelten, wären die nächsten peinlichen Momente vorprogrammiert. Vollkatastrophen à la Familie Backes sozusagen.

»Hättest ja mal anrufen können, dann hätten wir uns so manche Aufregung und jede Menge Benzin gespart«, murrte Jupp und nickte zu Inge herüber, die plötzlich schnarchend auf dem Sitz saß und von dem ganzen Tohuwabohu nichts mitbekommen hatte, was auch besser so war. Und zwar für alle Beteiligten, denn wenn es um das Wohl ihrer Mutter ging, verstand sie überhaupt keinen Spaß. In der Beziehung war Inge eine wahrhaftige Spaßbremse. Aber so was von!

Ein paar Tage später

Ein weißes Taschentuch schwenkend nahm Käthe Abschied von Kodderschnauzen-Regina, Aggro-Natascha und Bayern-Heidi, deren stationäre Reha an diesem Tag offiziell endete.

»Wehe, du kommst mich in Berlin nicht besuchen«, drohte Regina mit erhobenem Zeigefinger aus dem heruntergelassenen Seitenfenster des Taxis heraus. »Ick komm dich sonst mit meinem Rolls-Royce höchstpersönlich abholen, ick mach keenen Spaß, mein Fräulein.«

Käthe lachte und wies darauf hin, dass man sich doch auch auf Sylt irgendwann mal wieder gemeinsam treffen könne, um in Kurerinnerungen zu schwelgen. »Wie ihr wisst, habe ich neuerdings so meine Connections auf der Insel.«

Natascha blies sich frustriert auf dem Rücksitz eine Strähne aus dem Gesicht. »Das ist so unfair. Du hast dir einen Einheimischen als Kurschatten geangelt und meiner wurde von der Tussi am Empfang umgebracht. Bei mir klappt einfach nie was und der Bademeister behandelt mich immer noch wie Luft. Ich bete zum lieben Gott, dass er doch bloß stockschwul ist, weil sonst habe ich ein riesengroßes Problem mit meinem Ego.«

Heidi strich der Frustrierten über den Oberschenkel. »Ich finde es gut, dass du so offen darüber reden kannst, was dir mit dem Hans-Peter widerfahren ist. Ich habe zwei Jahre dafür gebraucht, den Tod von meinem Franz zu akzeptieren, aber da ziehe ich jetzt endgültig einen Schlussstrich. Wisst ihr, ich habe letzten Samstag beim Rodeoreiten einen ursprünglichen Texaner kennengelernt, schau mer mal, was daraus wird. Er wohnt in München und ist von meinem Tegernsee aus gut erreichbar. Ist immer vorteilhaft, zum Oktoberfest eine günstige Übernachtungsmöglichkeit zu haben.« Sie lächelte und fügte verträumt hinzu: »Ich bin total verrückt nach Wiesn-Herzen.«

Alle freuten sich für Heidi, dass sie ein ganz neues Lebensgefühl genoss, nur Natascha ballte heimlich die Faust in der Hosentasche, damit sie im Taxi nicht ausrastete. Sie hatte Psychologe Malte hoch und heilig versprochen, dass sie sich bei Liebesfrust zukünftig besser im Griff haben würde. »Wo steckt der Andi eigentlich? Schade, dass er sich gar nicht von uns verabschieden wollte«, wechselte sie schnell das Thema.

Käthe wusste, dass Andi lieber einen großen Bogen um den aufgescheuchten Hühnerhaufen machte, da er das Gegacker nicht ertrug, doch sie wollte in den letzten Augenblicken in der Küstenklinik nicht noch für einen Eklat sorgen. »Der trainiert seine Muckis«, erklärte sie daher ausweichend. »Er ist jetzt voll auf dem Sporttrip, und ich glaube, er ist ein bisschen verknallt.«

Bei diesen Worten bat Natascha den Fahrer, umgehend loszufahren, denn sie spürte deutlich den Liebesneid in sich aufkeimen und wollte nicht riskieren, von ihrem Therapeuten aus dem Wagen gezogen zu werden, weil sie die Nerven verlieren und im Wagen randalieren würde. Stattdessen drückte sie ihre Finger tief in den Anti-Stress-Ball in ihrer Hosentasche, um sich ganz schnell abzureagieren.

Käthe sah dem abfahrenden Taxi mit einem flauen Gefühl in der Magengegend hinterher, denn das Schlimmste des Tages stand ihr noch bevor: eine Therapiestunde mit Jupp und Inge, die spontan ein paar Tage Urlaub auf der Insel verbrachten sehr zum Leidwesen von Käthe, die sich von ihnen permanent beobachtet fühlte. Sie kam sich vor, als säße sie im Fadenkreuz der Stasi.

Zehn Minuten später saßen sie zu viert im Stuhlkreis und an Jupps Körperhaltung war sogleich zu erkennen, dass er überhaupt kein Interesse an einer Familientherapiesitzung hatte. Lediglich wegen seiner Inge hatte er sich zu dieser privaten Gesprächsrunde breitschlagen lassen, da sie ihn bekniet hatte, die Gunst der Stunde zu nutzen, um die ständigen Reibereien im Hause Backes besser in den Griff zu bekommen. Vielleicht könnte der Therapeut ihnen Tipps geben, wie man mit einer spätpubertierenden Oma umgehen musste, die sich immer mehr von ihrer erwachsenen Tochter abnabelte.

»Also, hallo erst mal, ich bin Malte, und ich freue mich wahnsinnig, dass du, lieber Jupp, auch endlich bereit bist, offen über deine Gefühle zu sprechen. Wie geht es dir gerade mit der Situation?«

Jupp blies die Backen auf und ließ die Luft mit einem Knall entweichen. »Na los, hopp, schwätz, was du zu schwätzen hast, denn meine Zeit ist kostbar. Ich muss dringend noch in den Baumarkt und Sprühlack kaufen. Da hat mir nämlich so ein Vollidiot einen Kratzer in den Kotflügel von meinem Streifenwagen reingeschafft. Ich hab so einen Hals!«

»Jupp! Jetzt geht es nicht um dein Auto, sondern um die Oma!«, raunte Inge ihm von der Seite zu. Sie saß mal wieder im wahrsten Sinne des Wortes bei Käthe und Jupp zwischen den Stühlen.

»Du, Jupp, ich verstehe, dass deine Emotionen überkochen, und wenn du eine Pause brauchst, dann sagst du einfach Bescheid«, erwiderte Malte etwas undeutlich, da er wie gewohnt kaum die Zähne auseinanderbekam. »Keiner soll gezwungen werden, in unserem kleinen Kreis zu sein. Alles ist freiwillig, das ist mir noch mal ganz wichtig, dass ihr das wisst. Ich zwinge niemanden zum Reden.«

»Hä?« Jupp guckte den Psychologen stirnrunzelnd an.

»Könnten Sie bitte mal den Mund weiter aufmachen, man versteht Sie so schlecht.« Demonstrativ legte er sich eine Hand hinters Ohr.

»Jupp! Du bist unmöglich«, regte sich Inge auf.

»Wo ist denn nun das eigentliche Problem?«, fragte Malte und gab sich sichtlich Mühe, lauter und deutlicher zu sprechen.

»Ich werde oft wie eine naive Teenagerin behandelt, die der Familie ständig darüber Rechenschaft ablegen muss, was sie macht, wohin sie geht und mit wem sie sich trifft«, zählte Käthe auf.

»Mama! Das ist nicht fair, du weißt genau, dass wir es nur gut mit dir meinen, weil du schon ganz oft von den Männern enttäuscht wurdest. Hast du vergessen, dass du beinahe auf einen Heiratsschwindler reingefallen wärst?«

»Mein Gott, das ist doch ewig her«, winkte Käthe ab.

»Wer ein Mal auf so eine Masche reinfällt, weil man mit der rosaroten Brille rumrennt, dem kann so was sehr wohl auch ein zweites Mal passieren«, gab Jupp seiner Frau recht.

»Hinnerk ist garantiert kein Heiratsschwindler, da könnt ihr mir vertrauen«, legte Käthe ganz schnell die Hand für ihn ins Feuer.

Jupp applaudierte. »Na, bravo. Dann ziehst du also bald bei uns aus? Da reserviere ich am besten gleich einen Kleintransporter, damit wir deinen Krempel nach Sylt kutschieren können.«

»Wieso heiraten?« Inge fiel vor Schreck fast vom Stuhl. »In deinem Alter noch? Das muss doch nun wirklich nicht mehr sein.«

»Also meinen Segen habt ihr. Ich hätte nur eine Frage: Was machen wir mit deinem Wohnzimmerschrank, den krieg ich niemals ein zweites Mal ab- und aufgebaut. Soll ich den gleich zum Sperrmüll bringen oder bei Ebay einstellen?«, erkundigte sich Jupp pragmatisch.

»So, Malte, und genau das ist unser Problem«, meldete sich Käthe wieder zu Wort. »Ich habe lediglich erwähnt, dass Hinnerk kein Heiratsschwindler ist, und schon wird wild spekuliert und irgendwas in meine Worte hineininterpretiert, was ich so nie gesagt habe.«

»Ist euch auch so warm hier drin?«, fragte Inge völlig zusammenhanglos und wedelte mit einem Flyer vor ihren glühenden Backen herum.

»Hm, verstehe. Ihr drei habt ein echtes Kommunikationsproblem«, stellte Malte fest. »Könntest du, liebe Käthe, Jupp auch mal eine Frage stellen? Ich würde das Verhalten gern beobachten und analysieren.« Er zückte Block und Stift, um sich Notizen zu machen.

»Ähm, Herr Malte, wie lange geht denn dieses Spielchen hier noch? Ich hoffe, die Baumärkte haben auf Sylt über die Mittagszeit auf? Ich will in ein paar Tagen nicht mit einer Rostlaube heimfahren müssen, weil so einen Lackschaden muss man unverzüglich beheben«, reagierte Jupp und tippte ungeduldig auf seine Armbanduhr. Seine Unlust, an dieser Sitzung teilzunehmen, war nicht zu übersehen.

»Jupp, kennst du eine gewisse Gina Popobrigida?«, fiel Käthe eine spontane Frage ein.

»Mama, du meinst die Gina Lollobrigida«, ergriff Inge das Wort. »Die war mal eine ganz berühmte Schauspielerin aus Italien und selbstverständlich kennt der Jupp die Gina, gell, Jupp?«

Wieder ging Malte rasch dazwischen und gab kund, dass die Tatsache, dass Inge für ihren Mann antworte, der Grund für ihr Kommunikationsdesaster im Familienalltag sein könnte.

»Ich rede aber von der Popobrigida - keinesfalls von der Lollobrigida, da gibt es einen kleinen feinen Unterschied, weil beide waren auf der Mattscheibe gern gesehen. Nur halt anders. Also, kennst du sie?«, forderte Käthe ihren Schwiegersohn heraus.

Jupp schüttelte vehement den Kopf. »Sag mal, was ist das hier eigentlich für ein Kasperletheater? Bin ich hier auf einem Kindergeburtstag oder was? Lollo, Popo, das ist doch alles komplett ballaballa und gaga, aber so was von gaga«, regte er sich auf. Dann verkündete er todernst, dass er sich von der Oma regelrecht vorgeführt und veräppelt fühle, und da er lieber an seinem alten Peugeot 405 rumtüftele, als seine kostbare Zeit mit so einem Blödsinn zu vergeuden, stand er auf und ließ die Tür wütend hinter sich zuknallen.

Malte bestätigte den zurückgebliebenen Damen, dass Jupp seine Aggressionen nicht unter Kontrolle habe, und überreichte Inge, stellvertretend für ihren Gatten, einen neongelben Anti-Stress-Ball mit einem lachenden Smiley. Damit beendete der Psychologe die außergewöhnliche Familientherapiesitzung, weil das Hauptproblem namens Jupp zu keiner Therapie bereit sei und er unter diesen Umständen nicht arbeiten könne.

Inge war die verkorkste Therapiestunde schrecklich peinlich. Gemeinsam mit Käthe war sie nach draußen an den Strand gegangen und setzte sich jetzt mit knallrotem Kopf in den Sand. Die frische Brise, die ihr Haar durcheinanderwirbelte, sorgte für die nötige Abkühlung und Käthe für die passenden Streicheleinheiten.

Tröstend legte sie den Arm um ihre Tochter. »Ich weiß, es ist schwer, wenn sich Eltern vom Haus der Kinder abnabeln, aber das ist ein ganz normaler Prozess, den vor dir schon zig Millionen andere Leute durchgemacht haben.«

Inge schniefte. »Ja, ich weiß, ich will dich halt nicht verlieren. Sylt ist nicht gerade um die Ecke und eine zehnstündige Autofahrt ist verdammt anstrengend, solltest du jetzt dauerhaft hierbleiben.«

»Glaub mir, auch die Zugfahrt kann schmerzvoll sein«, gab Käthe zurück.

Inge nahm all ihren Mut zusammen und fragte: »Liebst du ihn denn, diesen Hinnerk?«

Käthe schaute auf das weite Meer und ließ ihren Blick über den Horizont schweifen. »Er war sozusagen mein Kollege bei der Aufklärung der zwei Morde und wir lernen uns gerade erst besser kennen, es ist alles noch ganz frisch. Eine Beziehung ist ja wie ein kleines Pflänzchen, das gegossen werden muss, damit die Liebe wachsen und gedeihen kann.«

»Wow, Mama. Ich wusste gar nicht, dass du so poetisch sein kannst - das liegt bestimmt an dieser malerischen Umgebung, dass du so blumig sprichst.« Inge war schwer beeindruckt.

»Nee, ist ein Kalenderspruch«, gab Käthe offen zu, worauf Mutter und Tochter sich lachend um den Hals fielen.

»Du weißt schon, einen Partner bei der Polizei zu haben, ist nicht einfach. Ich weiß, wovon ich spreche«, seufzte sie dann.

»Er ist ja im Ruhestand«, versuchte Käthe sie zu beruhigen.

»Aber du wolltest doch nie einen Mann mit Bauch und Bart, der dazu noch Pfeife raucht?«, erinnerte sie ihre Mutter an frühere Aussagen, wenn es um ihren zweiten Frühling ging.

»Tja, irgendwas ist halt immer«, erwiderte Käthe achselzuckend. »Ich habe eher Probleme damit, die nächsten Wochen auf dem Fahrradgepäckträger unterwegs zu sein. Immerhin besitzt er auch ein Segelboot, auf das er mich eingeladen hat.

Weißt du, Bötchenfahren ist für mein Popöchen tausendmal besser, als auf einem klapprigen Drahtesel die Insel zu erkunden.«

Inge nickte zustimmend. »Habt ihr denn auch schon Kosenamen füreinander? Weil dann stehen die Zeichen gut, dass man in den Hafen einer festen Beziehung schippert.«

Käthe grinste verschmitzt: »Ich bin die Chefhostess auf seinem kleinen Traumschiff und er ist mein ganz persönlicher Käpt'n Iglo.«

»Tja, wo die Liebe hinfällt oder hinsegelt, gell«, sagte Inge und starrte vor sich auf den Sand.

»Ach, da fällt mir gerade ein, dass ich noch gar keinen Schnappschuss von mir hier am Strand auf Instagram gepostet habe. Sei doch bitte so lieb.« Sie reichte Inge ihr iPhone, legte ein Sechser-im-Lotto-Lächeln auf und bat mit erhobenem Zeigefinger: »Knips mich aber bloß nicht mit einem Doppelkinn, weil dagegen habe ich keinen Filter! Übrigens, Hinnerk nutzt keine sozialen Medien und will nirgendwo in Erscheinung treten - auch nicht mit mir zusammen.«

»Er ist mir wirklich sehr sympathisch!«, reagierte Fotografin Inge erleichtert, die sich überhaupt nicht vorstellen wollte, dass es verliebte Pärchenfotos auf Facebook und Co von ihrer Mutter geben könnte. Für Inge wäre das nicht nur peinlich, sondern absolut zum Fremdschämen! Sie war da nun mal etwas konservativer.

Nachdem sie Käthe ihr Handy zurückgegeben hatte, brachte sie verlegen stammelnd hervor: »Ähm, Mama, ich frag dich mal was sehr Indiskretes: Hast du auch in deinem Alter noch so richtige Schmetterlinge im Bauch?«

»Ach, Inge! Wir sind doch nicht in Hollywood und ich bin keine fünfzehn mehr. Was ich dir aber sagen kann: Ich mag ihn schon sehr, er hat so eine beruhigende Art, die mir guttut nach all dem Schrott an Kerlen, die ich in letzter Zeit kennengelernt habe.« Mit einem lauten Seufzer schaute sie wieder auf die Weite der Nordsee und stellte sich vor, wie sich ihr Lebensabend schlagartig verändern könnte, wenn sie zukünftig auf Sylt statt im Saarland leben würde. Die Vorstellung, mit ihrem Hinnerk in der Abendsonne dem Horizont entgegenzuschippern, war verlockender als die Aussicht, in ihrem kleinen Kaff zu versauern und darauf zu hoffen, dass doch noch ein alter Prinz auf seinem blöden Pferd angeritten käme. Ob sie in ihrem Alter also tatsächlich einen Neuanfang wagen sollte?

Verträumt ließ Käthe ein wenig Sand durch ihre Finger rieseln. Warum eigentlich nicht? Es war schließlich nie zu spät, sein Leben umzukrempeln. Man musste sich halt nur trauen, und Angst vor Veränderungen hatte sie sowieso nicht. Allerdings, warum musste ausgerechnet sie als moderne Frau der Liebe wegen umziehen? Hinnerk könnte genauso gut in das Eigenheim von Jupp und Inge umsiedeln. Andererseits, würden zwei Polizisten unter einem Dach auf Dauer überhaupt miteinander klarkommen? Momentan konnte sie sich das nicht vorstellen, aber vielleicht täuschte sie sich und bald würden zwei Profis zusammen mit ihr und Inge als Hobbyschnüffler am Küchentisch Mordfälle in Hirschweiler aufklären. Wäre das ein Ermittler-Quartett voller Harmonie oder blankes Chaos? Dafür müsste Käthe in die Glaskugel gucken - oder es einfach ausprobieren, denn wer nicht wagt, der nicht gewinnt. Aber so was von!

ENDE

Nachwort

Sie haben soeben mein 14. Buch gelesen und ich verrate Ihnen mal ein kleines Geheimnis: Ich habe in diese Geschichte viele meiner eigenen Erfahrungen einfließen lassen.
Keine Sorge, natürlich habe ich nie jemanden vom Balkon geschmissen! Es geht eher um die Berufserfahrung, denn meinen allerersten Job nach der Schule hatte ich in einer Rehaklinik im Saarland, wo ich ein paar Jahre beschäftigt war. Angefangen hatte ich dort auf der Station als Zivi (ja, so alt bin ich schon), später wechselte ich aufgrund meiner Ausbildung zum Bürokaufmann an die Rezeption. (Warum nun ausgerechnet Margit Thomsen eine entscheidende Rolle in dem Fall spielte, ist purer Zufall).

Ich kenne also die Arbeitsabläufe in einer Rehaklinik, doch da ich aufgrund meiner Saarland-Krimis Oma Käthes eigenen Fall nicht schon wieder in meiner Heimatregion spielen lassen wollte, habe ich mich für Sylt entschieden, weil ich mir dachte: »Mensch, die Oma braucht mal frische Seeluft!«
Diese Brise wollte ich bei meiner Recherchereise auf die Nordseeinsel übrigens auch genießen, aber leider war ich meilenweit davon entfernt. In meinem Pensionszimmer roch es fürchterlich nach Fritteusenfett, weil ich direkt über einer Restaurantküche einquartiert wurde. Tja, vielleicht schreibe ich irgendwann eine Fortsetzung, in der der Küchenchef um die Ecke gebracht wird, weil ein Gast wegen Geruchsbelästigung komplett ausgerastet ist. Schauen wir mal, denn das kreative Hirn rattert halt ständig und irgendwie kann man alle Erfahrungen verarbeiten.
Apropos Erfahrungen: Eine Zeit lang habe ich auch bei einer

Krankenkasse gearbeitet und war dort unter anderem für die Kuren zuständig. Zufälle gibt's ...

Eine kleine Bitte noch:
Ich würde mich sehr freuen, wenn Sie eine Rezension oder eine Kundenbewertung für »Der tote Kurschatten von Sylt« auf den bekannten Webseiten hinterlassen würden. Denn das motiviert enorm, ein neues Buch zu schreiben.

Beste Grüße

Dany R. Wood

PS: Schreiben Sie mir jederzeit bei Fragen und Anregungen zu meinen Büchern und besuchen Sie meine Homepage. Folgen Sie mir auf den sozialen Kanälen oder abonnieren Sie meinen Newsletter, um keine Neuveröffentlichung zu verpassen!

Kontaktdaten

Newsletter-Anmeldung unter: www.arturo-verlag.de
E-Mail: info@arturo-verlag.de

Bei Facebook folgen:
Dany R Wood - Autor

Bei Instagram folgen:
dany_r_wood_autor

Und so geht es weiter.

»Nur Norbert malte blauer«

Jetzt schon vorbestellen und als Erster diese Geschichte voraussichtlich ab November 2024 lesen.

Klappentext:
Skandal in Hirschweiler! Der Nachbar von Familie Backes wird tot aufgefunden: erhängt! Oma Käthe ist fassungslos, dass sich ihr Geschäftspartner vom Bed & Breakfast ausgerechnet jetzt aus dem Staub macht: Die Pension ist nämlich komplett ausgebucht wegen eines Kunstkurses, bei dem ein Maler versucht, seinen Schülern die kreative Ader zu entlocken.

Dorfbulle Jupp Backes ist der felsenfesten Überzeugung, dass der Tote von einem der Möchtegernkünstler ermordet wurde, denn die haben irgendwie alle Dreck am Stecken. Deshalb setzt er die ganze Bande unter Hausarrest, um ihr mal ordentlich auf den Zahn zu fühlen.

Und dann gibt es noch ein ganz anderes Drama im Hause

Backes: Tochter Eva steht vor den Scherben ihrer Beziehung und sucht Rat bei Mutter Inge, während Oma Käthe damit kämpft, Beruf- und Privatleben unter einen Hut zu bekommen. Als ihr Freund Hinnerk sich anbietet, aus dienstlichen Gründen nackte Frauen auf einer Leinwand zu zeichnen, ist das Chaos mal wieder perfekt. Kann man in dem ganzen Schlamassel tatsächlich einen Mord aufklären?

Sie wollen wissen, warum Oma Käthe Liebeskummer hatte und weshalb sie reif für die Kur war? Viel Spaß mit **Band 7 »Nur Hilde küsste wilder«**.
Und das Beste: Sie können ohne Vorkenntnisse beginnen, denn jeder Krimi ist ein in sich abgeschlossener Fall. Selbstverständlich können Sie auch von Beginn der Reihe **»Familie Jupp Backes ermittelt«** und **Band 1 »Nur Gisela sang schöner«** starten.

Band 1: »Nur Gisela sang schöner«

__Klappentext__

Ach, du heiliger Bimbam! Dorfpolizist Jupp und seine Inge finden die Nachbarin in der Badewanne. Natürlich nackt - trotzdem kein schöner Anblick. Mausetot liegt sie in ihrer Schaumbrühe und für die Kripo ist alles glasklar: die Sängerin aus dem örtlichen Kirchenchor (erste Reihe, Mitte) wollte lieber mit den Engelchen im Himmel trällern - freiwillig!

Jupp nebst Gattin tippen jedoch auf Mord, und schnüffeln im Leben der Toten rum. Dabei kommen nachbarschaftliche Abgründe vom Allerfeinsten ans Licht. Und auch privat gibt es düstere Wolken: Inge drangsaliert ihn mit einer Paartherapie um die angeknackste Ehe zu retten. Und Schwiegermutter Käthe leidet unter chronischer Alterssturheit und macht mal wieder, was sie will.

Plötzlich fallen weitere Kirchenchorsänger um wie die Orgelpfeifen. Spürnase Jupp ahnt, dass hier etwas mächtig faul ist. Knallhartes Ermitteln bei Familie Backes ist gefragt - aber so was von!

Kapitel 1 (Leseprobe)

»Polizei Hirschweiler, Oberkommissar Backes am Apparat. Wer stört noch um diese Zeit?«, meldete sich ein genervter Gesetzeshüter.

Er stand an seinem Schreibtisch aus Mahagoni, in der rechten Hand hielt er den Hörer des grünen Tastentelefons, einem Relikt aus den Achtzigerjahren. In seinem Arbeitsbereich war equipmenttechnisch die Zeit stehen geblieben. Auch die Polizei musste schließlich sparen, erst recht bei den grünen Bullen auf dem Dorf.

»Hallo? Hallo?«, schrie Jupp in den Hörer, doch er bekam keine Antwort.

Am anderen Ende der Leitung hörte er nur ein lautes Schnaufen oder Keuchen. Gefolgt von einem Rascheln des Hörers.

»Aha, ein Perverser! Der hat mir jetzt gerade noch gefehlt«, sagte er laut, um den Anrufer zu verängstigen und zeitgleich in seine Schranken zu weisen.

Jupp knallte den Hörer auf die Gabel und schüttelte genervt den Kopf.

»Nur noch Bekloppte auf der Welt«, murmelte er und packte seine leere Thermoskanne gähnend in die Tasche.

Sein wohlverdienter Feierabend war damit eingeläutet, doch müde und geschafft war er keineswegs. Es war nämlich schlichtweg nichts zu tun in dem Bereich, für den er zuständig war. Der Einzige, der heute angerufen hatte, machte obszöne Geräusche und gab sich dann nicht zu erkennen. Dumm gelaufen für den Dorfpolizisten Josef Backes - genannt: Backes Jupp.

Das Beamtendasein in der Provinz konnte wirklich langweilig und trist sein. Keine Morde, keine Einbrüche, nicht mal

Gartenzaunkleinkriege unter Nachbarn. Oder wenigstens ein bisschen (softe) häusliche Gewalt, sodass man als Polizist dem Täter mal ordentlich die Hammelbeine hätte langziehen können.

Doch Fehlanzeige! Tote Hose und hochgeklappte Bürgersteige ab 18 Uhr standen in der Gemeinde Hirschweiler, für die Jupp Backes zuständig war, genauso auf der Tagesordnung wie sein pünktlicher Feierabend.

Als Jupp nun endlich heimgehen wollte und schon an der Bürotür stand, klingelte der Telefonapparat erneut. Einmal. Zweimal. Erst beim dritten Mal ging er pflichtbewusst zurück zum Schreibtisch und hob ab.

»Das hier ist keine ominöse Hotline, bei der man in den Hörer stöhnt, sondern eine anständige Polizeidienststelle. Ende der Durchsage!«, schrie er wütend in den Hörer.

»Jupp! Jupp! Warte mal, leg nicht auf!«, wimmerte und keuchte am anderen Ende das zerbrechliche, quietschende und helle Stimmchen eines alten Mütterchens.

»Marianne? Du schon wieder? Na, wo brennt es denn diesmal?«

Jupp erkannte seine anstrengendste Bürgerin, die einen ganz engen Bezug und Kontakt zum Gesetzeshüter pflegte. Er rollte genervt mit den Augen.

»Schnell, du musst ganz dringend kommen!«, japste Anruferin Marianne Müller aufgeregt.

»Ich bin eigentlich schon im Feierabend und habe keine Zeit für deinen Krimskrams«, versuchte er sie abzuwimmeln.

»Was? Wieso?«, hechelte Marianne kurzatmig.

»Na, ich bin mit einem Kollegen zum Bier verabredet«, sagte Jupp ausweichend.

Er wollte Marianne ganz schnell loswerden. Doch leider

war ein marokkanischer Esel im Vergleich zu Müllersch Marianne eine echte Kooperationsgranate. Sie war bekanntlich stur und störrisch.

»Bitte, bitte, Jupp! Du musst vorbeikommen. Bei mir wurde eingebrochen«, flüsterte sie auf einmal.

»Ach, Marianne! Bei dir wird komischerweise ständig eingebrochen oder was geklaut. Da dürfte ja eigentlich gar nix mehr zu holen sein, so oft, wie da schon die Banditen ein und aus gegangen sind und dein Hab und Gut rausgeschleppt haben. Du hörst mal wieder die Flöhe husten.«

»Nein, Jupp. Diesmal bin ich mir ganz, ganz sicher, dass ...«, plötzlich hielt sie inne und piepste dann hysterisch weiter: »Hier ist jemand. Oh Gott, oh Gott, oh Gott! Ich höre Schritte über mir, eindeutig Männerschritte. Auf meinem Dach ... Jupp, ich habe Angst!«

Marianne klang verzweifelt und panisch.

Dorfpolizist Jupp seufzte nun auch in den Hörer. Er haderte mit sich. Zu oft schon hatte Marianne wegen Pillepalle falschen Alarm bei ihm ausgelöst. Er fragte sich ernsthaft, ob an diesem sommerlichen Donnerstagabend mal wieder nur eines ihrer Hirngespinste in ihrem faltigen Kopf rumspukte. Aber was wäre, wenn in der Tat ein Einbrecher in Mariannes Haus Unfug trieb?

Jupp würde es sich niemals verzeihen, wenn er nicht eingeschritten wäre, und wenn Marianne dann mittellos ohne Möbel in ihrem Bauernhaus hausen müsste.

»Marianne, wo bist du jetzt gerade?«, fragte er plötzlich diensteifrig.

Er brauchte eine genaue Standortbeschreibung, um sich »per Ferndiagnose« einen Überblick über die knifflige Lage zu verschaffen. Da war Jupp urplötzlich ganz der Profi. Grundsätzlich kannte er ihre vier Wände aus dem Effeff - von früheren dringenden »Einsätzen«, für die er hatte anrücken müssen.

»Ich krawwele (*krabbele)* auf allen Vieren durch den Flur«, keuchte sie.

Zum Glück entpuppten sich die obszönen Geräusche als altersbedingte Atemlosigkeit beim Seniorenbodenturnen.

»Marianne, jetzt bleib ganz ruhig! Versteck dich unter der Eckbank in der Küche und bleib, wo du bist!«

»Aber das Kabel reicht doch gar nicht bis zur Küche ...«, wandte Marianne ein.

Sie hatte den Hörer zwischen Kinn und Ohr geklemmt, um auf beiden Händen krabbeln zu können.

»Dann stell dich tot und leg dich im Flur auf den Bauch!«, befahl Jupp.

»Bist du wahnsinnig! Ich hab doch den Hund hier.«

»Na, und? Was ist mit dem Hund?«

»Der hat doch letztes Jahr meinen Mann tot auf dem Teppich gefunden ...«

»Ähm, und?«

»Herzinfarkt. Ganz plötzlich. Wenn der mich jetzt auch so dahingerafft sieht, dann ...«

»Aber wieso bellt denn dein Hund nicht, wie jeder normale Köter, wenn ein Fremder im Haus ist?«

»Vergiss es! Der Hund ist traumatisiert, seit der Sache mit meinem Mann bellt der nicht mehr. Der Tierarzt ist ratlos. Ich könnte ihn kaputt schlagen ...«

»Ach Gott, der arme Hund ... Aber der macht das ja nicht absichtlich«, meinte Jupp kopfschüttelnd.

»Nein, ich rede doch vom Tierarzt. Wenn die Ärzte nix finden, könnte man ausrasten. Ganz schlimm, wenn der Hund von einem Moment auf den anderen das Bellen einstellt. Angeblich wohl eine depressive Verstimmung ...«

»Aha, so was habe ich ja noch nie gehört. Aber trotzdem, bleib ganz ruhig dort, wo du jetzt bist! Jupp kommt!«

Und da war es wieder! Sein Verantwortungsbewusstsein. Das Gefühl für Recht und Ordnung sorgen zu müssen und für Fremde sein eigenes Leben zu riskieren. Polizist zu sein konnte man laut ihm nicht erlernen. Das war eine innere Einstellung, der Drang zu helfen. Und im vorliegenden Fall konnte Jupp nicht anders als Marianne Müller zur Hilfe zu eilen. Da hätte sie auch nachts um drei Uhr bei ihm anrufen, von Trippelschritten halluzinieren und sich gemeinsam mit dem Vierbeiner auf dem Arm vor Angst ins Hemd machen können. Wenn Not am Mann oder an der Marianne war, dann stand Jupp parat. Aber so was von!

Hektisch rückte Jupp seine Polizistenmütze zurecht und trat auf den breiten Flur des Rathauses von Hirschweiler, einer ca. 3.000-Einwohner-Gemeinde mitten im Saarland. Hier im Erdgeschoss befand sich seine Polizeidienststelle.

Jupp platzte in das gegenüberliegende Büro hinein.

»Günther! Es gibt einen Notfall. Mit unserem Feierabendbier wird es heute nix«, plärrte er ihm entgegen.

Ein dickbäuchiger Mann mit vollem pechschwarzem Haar und breiten Koteletten, die bis zum Unterkiefer wucherten ließ, vor Schreck eine Akte fallen und schaute ihn überrascht an.

»Ach, macht deine Inge mal wieder Mucken, weil du dich mit deinem Lieblingskollegen und Kameraden auf ein Bier treffen willst?«, fragte Günther ironisch grinsend.

»Quatsch! Mit meiner Inge hat das rein gar nix zu tun, sondern ...«

»Ist was mit eurer Oma?«, unterbrach ihn Günther besorgt.

Sein Grinsen war schlagartig verschwunden.

»Blödsinn! Die Oma ist fit wie ein Turnschuh und überlebt uns alle noch. Müllersch Marianne rief gerade an, dass bei ihr eingebrochen wurde. Ach, was - der Einbrecher ist wohl noch aktiv am Werkeln.«

»Aha, und zum wievielten Mal ist das jetzt in diesem Jahr?«, fragte Günther lachend.

Das vermeintliche Einbruchsopfer war im Rathaus bekannt wie ein bunter Hund und so gerne gesehen wie Dünnpfiff in einem Whirlpool.

»Ja, ja, ich weiß. Aber was soll ich denn machen? Wenn eine Bürgerin anruft, muss ich dem Ganzen auf den Grund gehen. Lass uns später beim Panajotis treffen! Ich düse jetzt zum Marianne rüber. Du kannst mir ja schon mal einen Kreta-Teller bestellen, aber mit viel Zaziki. Das brauche ich garantiert nachher um runterzukommen«, bat Jupp ihn um einen Gefallen.

Günther, der als Standesbeamter heiratswillige Paare in den gesetzlichen Bund der Ehe hievte, nickte brav. Beide verabredeten, sich in einer guten halben Stunde beim griechischen Wirt Panajotis in der »Mykonos«-Taverne zu treffen - länger würde sein Einsatz sicher nicht dauern.

Jupp freute sich schon auf Gyros, Pommes, Krautsalat und ein kühles Karlsberg UrPils. Feierabend- und Kreta-Teller-Vorfreude halt, wie ein kleiner Miniurlaub in Griechenland.

Hirschweiler war nicht besonders groß, und das 1969 erbaute Rathaus befand sich im Ortskern - also mittendrin im Dorfgeschehen. Von überall aus konnte Jupp Backes mit seinem klapprigen Dienstwagen, einem grün-weißen Peugeot 405 (die neuen blau-silbernen Dienstfahrzeuge waren in Hirschweiler noch nicht angekommen), in Nullkommanix am Tatort des

Geschehens sein. Oder halt bei Marianne Müller, die in unmittelbarer Nähe des Sportplatzes auf einem still gelegten Bauernhof lebte.

Jupp klingelte. Einmal. Zweimal. Erst nach dem dritten Mal machte das laufende ein Meter 50 kleine, Kopftuch tragende Mütterchen mit einem Katzenbuckel vorsichtig die knarrende Haustür einen Spalt weit auf. Ganz langsam reckte sie den Kopf nach draußen und schaute Jupp schüchtern wie ein scheues Reh mit großen Augen an. (Uroma-)Bambi war ein Scheißdreck gegen Marianne Müller in diesem Moment.

»Na, Marianne, wo ist denn dein Einbrecher?«, wollte Jupp gut gelaunt wissen.

Er schritt energisch an ihr vorbei in die dank zugezogener Vorhänge abgedunkelte Wohnung, und schaltete das Licht an.

»Pst, nicht so laut!«, flüsterte Marianne mit verkniffenen Augen, da sich ihre alten kurzsichtigen Augen erst mal an das grelle Licht gewöhnen mussten.

»Was fehlt denn diesmal? Dein billiger Modeschmuck, Geld oder doch wieder der Einkaufskorb, der sich beim letzten Mal im Foyer der Volksbank wiedergefunden hat?«

Jupp nahm die ganze Situation nicht ernst und beobachte Marianne, die krampfhaft versuchte ihren Rücken wieder gerade zu bekommen. Zu lange hatte sie unter der Kücheneckbank versteckt gekauert – zusammen mit ihrem ängstlichen Schäferhund, der traurig winselte und jaulte.

»Horch! Horch doch, Jupp!«, flüsterte Marianne und zeigte mit dem Finger zur Decke, von wo tatsächlich Schritte auf dem schlecht gedämmten Dach zu hören waren. »Das geht schon die ganze Zeit so. Tu doch bitte was!«, flehte sie ihn an.

»Vielleicht sind es Außerirdische, die dich im Raumschiff

von Hirschweiler aus ins Weltall schießen wollen«, mutmaßte Jupp mit süffisantem Grinsen.

Marianne stand eckbankbedingt immer noch leicht gekrümmt vor ihm, und wies mit halb ausgestrecktem Arm und knochigem Zeigefinger weiter zur Decke. Es fehlte nur noch, dass sie anfing, wie bei »E. T.« von »Nach Hause telefonieren« zu faseln. Wobei in Mariannes gesegnetem Alter von 87 Jahren ein Nach-Hause-Telefonieren völlig anders hätte interpretiert werden können. Da klopfte eher der Sensenmann an als Außerirdische. Und Einbrecher hatten bestimmt auch Besseres zu tun.

»Na, dann werden wir dem bösen Ganoven mal das Handwerk legen«, meinte Jupp fröhlich und rieb sich die Hände.

Ende der Leseprobe

Band 7: »Nur Hilde küsste wilder«

Klappentext

Endlich! Ex-Schlagerstar Hilde Kaiser feiert das langersehnte Comeback, jedoch mit fatalen Folgen: Ihre Eltern werden ermordet und die prominente Tochter wird verdächtigt, die hochbetagten Senioren im Suff erschossen zu haben. Sie kann sich allerdings an absolut nichts erinnern - Filmriss vom Allerfeinsten!

Dorfpolizist Jupp Backes glaubt an Hildes Unschuld, denn einige Einheimische waren überhaupt nicht gut auf die Sängerin zu sprechen. Will man ihr die Tat etwa in die hochhackigen Schuhe schieben? Jupp muss schnell dahinterkommen, sonst wird seine heimliche Jugendliebe lebenslänglich hinter Gittern schmoren.

Apropos Liebe: Gattin Inge kümmert sich rührend um Hildes Mops, während Oma Käthe sich frisch verknallt hat: in einen Professor Doktor. Hoffentlich endet die Schwärmerei der Turteltauben nicht nach dem Motto von Hilde Kaisers altem Nummer-eins-Hit: »Belogen! Betrogen! Beschissen!«

Kapitel 1 (Leseprobe)

Jupp schnaufte und senkte die Zeitung, die er bis eben weit aufgefaltet vor sein Gesicht gehalten hatte. »Ach, Inge, was machst du dir am frühen Morgen wieder für unsinnige Gedanken. Ich glaube, das war ›Für dich soll's tote Tulpen regnen‹.«

»Das ist mal wieder typisch für dich. In Sachen Musik hast du wirklich überhaupt keine Ahnung«, erwiderte seine Frau verärgert und biss in ihr Marmeladenbrot. »Du meinst das Lied von der Knef Hildegard, aber die hat von roten Rosen gesungen und nicht von toten Tulpen, auf so was Dämliches kannst auch nur du kommen«, nuschelte sie kauend.

Jupp stöhnte. »Ich verrate dir mal was. Mir ist es wurschtegal, welche von den Hildes da irgendwas in die Welt gehaucht hat. Warum fragst du mich überhaupt, wenn ich dir sowieso keine Hilfe bin?«

»Siehst du außer uns beiden hier noch jemanden in der Küche sitzen, hä? Tut mir leid, dass ich dich belästigt und beim Lesen deines Sportteils gestört habe. Es gibt ein Leben neben dem Fußball«, gab sie schnippisch zurück und schob sich den letzten Bissen Brot in den Mund.

»Jetzt sei doch nicht so giftig. Ich kann nix dafür, dass du unter Erinnerungslücken leidest und dir deshalb das blöde Lied von der Kaiserin nicht einfällt, aber deswegen muss man ja nicht gleich so pampig werden.«

Inge tippte demonstrativ mit ihrem Zeigefinger auf den Artikel in der Lokalzeitung, die neben ihrem Frühstücksbrett lag. »Hier steht, dass Hilde Kaiser nach über zwanzig Jahren Bühnenabstinenz ihr Comeback auf unserem Dorffest haben wird. Hast du davon gewusst?«

»Nö. Nur fürs Protokoll: Ich bin immer noch bei der Polizei beschäftigt und habe mit dem Orgateam des Dorffestes so wenig am Hut wie mit Liedern über Rosen, Tulpen oder weiß der Kuckuck.«

»Aber du hockst doch im Rathaus an der Hauptinformationsquelle, da muss man von so einer Neuigkeit zwangsläufig was mitbekommen. Oder sitzt du da auf deinem Posten wie die drei Affen - nix sehen, nix hören, nix sagen?« Inge lachte.

Jupp kräuselte die Stirn. »Kann es sein, dass du heute Nacht schlecht geschlafen hast und deine miese Laune an mir auslässt?«

»Kein bisschen, ich habe dich lediglich gefragt, ob du dich an diesen Megahit erinnern kannst, und ...«

»Na, so mega kann dieser Hit ja nicht gewesen sein, sonst würde er uns sofort einfallen«, fiel Jupp seiner Gattin ins Wort.

Inge rollte genervt mit den Augen. »Ach, vergiss es. Mein Arzt hat mir empfohlen, mich weniger aufzuregen, sonst kriege ich meinen Bluthochdruck überhaupt nicht mehr in den Griff. Autogenes Training soll laut ihm ganz gut helfen, mal schauen, ob die Volkshochschule so was anbietet, weil bei einem Töpferkurs finde ich nicht die nötige Ruhe.«

Jupp hörte ihr nicht zu, da er gedanklich noch in die Schlagerwelt vertieft war, und murmelte Richtung Zeitung: »Ähm, sag mal, was ist mit diesem ›Atemlos durch die Nacht‹? Das kann ich sogar nach drei Bier mitgrölen.«

»Hör auf, Jupp, das bringt doch überhaupt nix«, wehrte Inge ab und hob die Hand, um ihn zum Schweigen zu bringen. »Ich suche den Hit von der Hilde, nicht den von der Helene. Übrigens, in der Zeitung steht, dass sich die frühere Schlagersängerin sehr freut, wieder in ihrem Heimatdorf Hirschweiler zu leben, weil sie gemerkt hat, dass das Saarland tausendmal schöner ist als Monaco.«

»Tja, der Kaiserin wird die Kohle ausgegangen sein. Monaco ist ein teures Pflaster und diese Künstler haben sich früher nie gescheit um die Rente gekümmert. Wer nix in die Rentenkasse einzahlt, muss halt am Ende der Karriere in Autohäusern singen oder auf unserem Marktplatz beim Dorffest«, bemerkte er süffisant.

»Sei nicht so schadenfroh. In der heutigen Zeit werden kaum noch CDs verkauft, also da möchte ich nicht vom Singen leben müssen.«

Jupp grinste breit. »In dem Fall hätten wir auch jedem CD-Käufer Geld draufzahlen müssen, dass er sich freiwillig dein vibrierendes, dünnes Stimmchen anhört. Gott sei Dank, dass dieses Schicksal der Menschheit erspart geblieben ist.«

»Sei nicht so frech, du triffst auch keinen Ton. Gehen wir eigentlich gemeinsam aufs Dorffest und gucken uns den Auftritt von der Hilde Kaiser an?«, fragte Inge, dabei legte sie ihren Kopf schräg und klimperte aufreizend mit den Wimpern. »Wir machen viel zu wenig zusammen, obwohl gemeinsame Unternehmungen als Paar so wichtig sind. Enorm wichtig!«

Jupp schüttelte den Kopf und trank einen Schluck von seinem Bohnenkaffee. »Das stimmt doch überhaupt nicht, erst letzte Woche waren wir zusammen im Globus und haben Bier, Sprudel und haufenweise Lebensmittel eingekauft, als ob bald der dritte Weltkrieg ausbrechen würde. Schon vergessen?«

Inge stöhnte auf und wiederholte, dass sie das Comeback der Kaiserin sehr gern live auf dem Marktplatz erleben würde – mit ihrem Jupp.

»Vergiss es.« Erneut schüttelte er energisch den Kopf. »Für mich bedeutet so ein Dorffest Arbeit ohne Ende. Ich kotze jetzt schon im Strahl, wenn ich an die Endlosdiskussionen mit den Besoffenen denke, die mir weismachen wollen, dass sie mit ihren Schlangenlinien auf der Hauptstraße nur einer Katze auf der Fahrbahn ausgewichen sind. Jedes Mal wollen die bis zum

Erbrechen mit mir diskutieren, weil sie glauben, dass man einem so erfahrenen Dorfbullen wie mir einen Bären aufbinden kann. Aber nicht mit mir!« Er schlug mit der Faust auf den Tisch.

»Jetzt reg dich bitte nicht auf. Das Dorffest dauert gerade mal drei Tage, das wirst du schon überleben«, versuchte Inge ihn zu besänftigen, doch mit dem Stichwort »Dorffest« hatte sie wohl in ein Wespennest gestochen, denn plötzlich gestikulierte Jupp wild mit den Händen und es sprudelte nur so aus ihm heraus.

»Außerdem kommen wieder diese nörgeligen Anwohner, die sich wegen ein paar bescheuerter Wildpinkler in ihrem Vorgarten beschweren, nein danke! Für mich gehört das Dorffest abgeschafft, damit hat man bloß Stress, Aufregung und Ärger.«

»Mensch, Jupp, du wirst halt älter. Früher haben dir solche Events nix ausgemacht«, bemerkte Inge. »Kirmes ist ja auch bald wieder.«

»Ja, davor graut es mir auch schon.« Er winkte ab. »Lass uns von was Schönerem reden, sonst schwillt mir noch mehr der Kamm.«

Ende der Leseprobe

Bücher von Dany R. Wood

Die Backes:
Band 1: »Achtung Familienfeier - Betreten auf eigene Gefahr«
Band 2: »Urlaub! Wir sind dann mal fort«

Familie Jupp Backes ermittelt:
Band 1: »Nur Gisela sang schöner«,
Band 2: »Nur Uschi kochte schärfer«
Band 3: »Nur Rudi tanzte schräger«
Band 4: »Nur Helga schwamm schneller«
Band 5: »Nur Bärbel backte besser«
Band 6: »Nur Rita raste rasanter«
Band 7: »Nur Hilde küsste wilder«

Weitere Veröffentlichungen:
Band 1: »Limetten retten in Sydney«
Band 2: »Trauben rauben in Kapstadt«
Band 3: »Zitronen klonen in Barcelona«

Schweden-Thriller:
»Der Orchideenmörder«

Küstenkrimi:
»Der tote Kurschatten von Sylt«